世界华文文学书系
The World Chinese Literature Series

Tuff City Blues

北冥有鱼

[加] 高萨 ◎ 著

中国华侨出版社
·北京·

图书在版编目（CIP）数据

北冥有鱼 /（加）高萨著. -- 北京 ：中国华侨出版
社，2025.7. -- ISBN 978-7-5113-9613-6

Ⅰ. I711.45

中国国家版本馆CIP数据核字第2025Q4M222号

北冥有鱼
BEI MING YOU YU

著　　者：	[加]高　萨
出 版 人：	杨伯勋
策划编辑：	罗路晗
责任编辑：	罗路晗
封面设计：	瞬美文化
版式设计：	浪波湾图文工作室
经　　销：	新华书店

开　　本：880毫米×1230毫米　　1/32开　　印张：8.5　　字数：191千字

印　　刷：河北朗祥印刷有限公司

版　　次：2025 年 7 月第 1 版

印　　次：2025 年 7 月第 1 次印刷

书　　号：ISBN 978-7-5113-9613-6

定　　价：56.00 元

中国华侨出版社　　北京市朝阳区西坝河东里77号楼底商5号　　邮编：100028

发 行 部：（010）64443051　　编辑部：（010）64443056

如发现印装质量问题，影响阅读，请与印刷厂联系调换。

目 录
Contents

最后的舞狮人

惊蛰日。低垂的暮色明确无误地宣告温哥华短暂的白昼已经退场。

嘉华醒狮会的大门紧锁着。曾祥把一张招租启事贴在了醒狮会门口，心里五味杂陈。陈列窗里林立的奖杯早被清空，醒狮会牌匾也被摘掉了，墙上只留下两根锈铁钉。

温哥华东区这家醒狮会是曾祥的大伯和二伯一起创建的，已经有二十年了。兄弟俩分家后，二伯离开，大伯独自支撑。两年前意外出现的公共卫生危机让醒狮会陷入麻烦。困境已经持续了两年，所有公众活动，包括唐人街的农历新年庆祝活动全被取消。接不到演出单，醒狮会发不出薪水，入不敷出，伙计们陆续离去。

看到醒狮会捉襟见肘的局面，曾祥有空就到大伯这里帮忙。曾祥幼时父亲早逝，在大伯家长大。大伯的两个儿子是大伯和前妻所生，现在都在美国。能在温哥华陪伴大伯的只剩契仔曾祥。大学毕业后，曾祥也搬出大伯家，在临近的新西敏市租房。大伯是位远近闻名的舞狮高手，一辈子为醒狮会倾尽心血。他很想把醒狮会交给曾祥打理，曾祥毕业后却去了一家韩国人的园艺公司打工，他觉得自己完全没有大伯那份坚忍和担当。

"嘉华再不改变就来不及了。阿祥你读过书，最合适，"大伯对曾祥说，"刚开张那阵，你二伯和我为这事吵到翻脸，现在想想，他是对的。"不过大伯从来没有给曾祥解释过他说的"这事"到底是什么。

危机迟迟没有结束，醒狮会只能苦熬。亲友们都劝大伯趁早接受现实，卖掉醒狮会。每次有人这么说，大伯总会指着那头蓝色舞狮头大声说："狮子是我阿爸亲手抱着，从佛山漂洋过海带到这里，醒狮会不能断在我手上！"大伯、蓝色舞狮头和神位上供奉的红脸关公一起威严地瞪着眼，见他这么固执，大家也都不再出声。

固执归固执，现实归现实。醒狮会的日子越来越困难。大伯拆东墙补西墙，继续苦苦支撑。"我找人算过了，只要能挺到牛年就能过关。"大伯总是这么说。曾祥也希望如此，不过他觉得大伯的话更像在给自己打气，谁都看得出来他在咬牙坚持。

转眼到了牛年，商家仍然大门紧闭，贺岁迎新、开业庆祝等传统活动仍然无法进行。大伯坚持回到醒狮会，和蓝色舞狮头陪着关老爷一起枯坐了三天。电话始终没响，醒狮会一个单都没接到。

大年初四接财神。大伯照老规矩大早起来迎财神，却在厨房里意外跌倒了。幸亏在大伯家帮忙的曾祥及时送他就医。大伯出院后身体瘫痪，虽然意识清楚但言语困难。掌门人病倒，醒狮会何去何从亟待决定。大伯的两个儿子是法定继承人，但两人都对接管嘉华的建议坚辞不受,他们建议尽早解散醒狮会,避免增加负债。曾祥虽然不支持解散嘉华,但从法律角度,他的想法无足轻重。伯母喜欢打牌跳舞,从不过问醒狮会的事,她说这事由儿子们决定。

于是这家老牌醒狮会终于走到了尽头。剩余员工被遣散后,资产迅速被出售抵债,牌匾被摘,嘉华关门停业。

曾祥到醒狮会是替伯母整理嘉华的会计文件。此刻醒狮会空荡无人,仅剩死寂。曾祥站在被游民喷画了涂鸦的醒狮会门前,沉默地望着寻租启事,脚边是塞满文件的纸箱和一头蓝色舞狮头,这些是醒狮会最后的家当了。

那头蓝色舞狮头是嘉华的第一头醒狮,是曾祥爷爷从佛山带到温哥华的。醒狮会后来陆续置办了几头新舞狮头,都是新材料制作的,都比这头蓝色舞狮头精巧轻盈,也更绚丽斑斓。醒狮会学舞狮的后生仔们都中意那些新狮子,蓝色舞狮头被搁置在大伯办公室,蒙上了一层厚厚的灰。

城里曾有新开张的舞狮会想收购蓝色舞狮头,但被大伯拒绝了。蓝色舞狮头被他放在柜顶,和旁边的关公日夜守护着嘉华。大伯说蓝色舞狮头是他父亲亲手扎制的。曾祥从亲戚们口中听说过,从太爷爷那一辈开始,曾家就是家乡有名的醒狮家族,爷爷更是位远近闻名的舞狮高手,还和这头蓝色舞狮头一起夺得过粤港醒狮赛冠军。他很清楚蓝色舞狮头在大伯心里的地位。

“这是根,天塌下来也不能断。”大伯经常这么唠叨,不知说给谁听。周围的人都不以为然,大家都觉得时代不同了,大伯坚信的那些早已过时。

离开嘉华回家的路上，曾祥突然接到伯母来电："阿祥，你大伯不行了。"

曾祥挂了电话直奔大伯家。病床上原来壮实的大伯变得形容枯槁，两腮和眼眶深陷，手臂青筋暴露，呼吸艰难。曾祥站在床前握着大伯的双手，大伯挣扎着试图抬起手臂，喉咙里发出微弱的声音，似乎努力想跟曾祥说什么。

"蓝色舞狮头在我这里。"曾祥俯身大声告诉大伯，他知道大伯最惦记的就是那头蓝色舞狮头。

"庆仔……"大伯发出微弱的声音，气若游丝。

这个字似乎耗尽了他残存的能量，微抬的手臂瘫落在床上。大伯圆睁双眼瞪着天花板，不再作声，脸上仅剩的光泽消失了。大伯像一头濒死的老狮子，吐出最后一息游丝。

晚上，曾祥留在大伯家守夜。他反复回想着大伯的遗言。"庆仔"是大伯对弟弟的称呼，兄弟俩共同创建了醒狮会。虽是孪生兄弟，两人性格迥异：大伯沉稳踏实，庆仔却放浪不羁，好酒嗜赌。为了帮二伯，大伯几乎倾家荡产。两人最终分道扬镳，再无联系。曾祥没见过这位二伯。他搬到大伯家时，二伯已离开，曾祥一度以为庆仔已经去世了。

曾祥收起回忆，他瞥了一眼病榻，却意外发现大伯遗体缩小了。曾祥完全无法将面前这具生气全无的躯体与壮实的大伯联系在一起。他太熟悉大伯矫健腾挪的舞狮英姿，曾祥这么想着，好像又听到震撼心扉的锣鼓声响起。

突然一阵急促的电话铃声驱散了锣鼓声，曾祥拿起电话：

"喂！系边位？"电话里的男子讲粤语。口齿不清，语气生硬。

"我是曾祥。请问您找谁？"曾祥回答道。

"你系阿厚个仔？"男子问。曾祥父亲的名字是曾广厚。

"我是。"曾祥说。

"阿杰是不是死了？"对方粗鲁地问。大伯名杰，家人长辈叫他阿杰。

"大伯去世了。您是谁？"虽然不知对方是何人，但男子的口气令曾祥不快。

"我阿庆。喂！细路仔，阿杰的蓝色舞狮头还在吗？"电话另一端的男子说。

"在！您稍等，我找伯母。"听到是大伯失联多年的兄弟，曾祥很吃惊。

"不用。狮头还在就得。把它带给我，我在荒凉湾码头等你。"二伯在电话里的语气听起来不容商量，没等曾祥提问就挂断了电话。

大伯的亲兄弟提出要那蓝色舞狮头，曾祥觉得无可厚非，但他的突然现身和粗鲁举止让曾祥有些不确定。他放下电话找伯母商量。

"我想去荒凉湾找二伯。"曾祥试探道。

"找庆仔做什么？"伯母惊讶地问，显然她对阿庆的出现感到疑惑。伯母祖籍舟山，温柔白净，虽然与大伯同龄，但她看起来年轻许多。她会说广东话，不过曾祥通常和她说普通话。

"二伯要我把大伯的蓝色舞狮头交给他。"曾祥说，他提醒道，"大伯家兄弟几个只有他还在世，醒狮会是他俩创办的。"

他知道二伯是一位受家人亲友排斥的叛逆者，但不知何故，他却对这位素未谋面的伯父一直暗暗感到好奇。大伯过世了，曾祥觉得把蓝色舞狮头交给二伯合情合理。

"你不了解庆仔。"伯母叹了口气说，"从嫁到曾家那天起，我就答应你大伯，醒狮会的事我不发声。他说按家规，曾家女眷不能碰舞狮。既然你问我，我只能说要是我是你，肯定不理他。荒凉湾鬼远不说，庆仔嗜酒如命，他想要蓝色舞狮头肯定是为了卖钱沽酒。你二伯从小就是废柴，要不是为了他，你大伯……"

伯母又叹了口气，没继续说下去。

她起身点燃一炷香插在香炉中，合手默念。观音垂望着她，目光悲悯。

"南无阿弥陀佛。"伯母合眼，低声诵着佛号。

"二伯是怎么知道大伯过世的？您跟他说的？"曾祥好奇地问。

"我们已经好多年没他的消息了。天晓得他怎么知道的。当年他头也不回，甩手出门走人，现在又想起我们了。"伯母摇头叹息，收拾着大伯的衣物。

"那……蓝色舞狮头怎么办？"曾祥望着醒狮。

蓝色舞狮头放在客厅角落，面对着墙。

"醒狮会都没了，狮头还有什么用。你看着办吧，大伯入葬后把它烧了也行，让你大伯带它走。"伯母说，她挑出几件旧衣服放进一只铁皮桶拎到屋外，嘴里念念有词。她点着火引抛入桶中，桶里火光忽明忽暗地映在伯母脸上。

温哥华降温了，冬雨断断续续地下了几日。

参加完葬礼，曾祥回家洗了澡倒在床上，临睡前盯着桌上的蓝色舞狮头，心里不停回想着大伯咽气前提到的那个名字。从小他常听大伯跟别人说，自己长得与儿时的庆仔一模一样。

"庆仔哪像吉米（曾祥的英文名）这么省心。"伯母摇头叹息。

"人都会变的，一切都会变的。"大伯却这么说，曾祥一直不理解他说的话。

曾祥从小就是缅印街最内向害羞的孩子，大伯家的两个儿子常趁父亲不在家时欺负他，曾祥吃了亏从不向大伯告状。他知道大伯下手重，不想见到他俩挨揍。伯母常跟朋友说曾祥乖得像个女娃，他不喜欢她这么说，但也从没辩解过。

曾祥半梦半醒。雨仍然下个不停。宽阔的弗雷泽河上，密集的细雨随风飘扬。曾祥努力仰头张望，一头隐约可见的硕大狮子几乎遮蔽了天空，密实柔软的鬃毛在空中舞动，带着幽蓝的光泽。曾祥无法分辨此时是黑夜还是白昼，他凝视着那个狮头。蓝黑色狮子颜色深沉，看起来几乎如同黑色。狮头长鬃起伏如波涛翻滚，有种催眠感。曾祥仰头凝望，张着嘴，双脚似乎飘浮起来。他不由自主地随着那个节奏起伏。狮子深蓝色的鬃毛随风飘舞，虽然浓密得难以计数，曾祥却看得清每一根起舞的长鬃。

"去荒凉湾！"蓝黑色狮子俯视曾祥。它的目光威严，不容置疑。低沉的咆哮如潮音席卷而来。说罢，狮面消失在空中，不留痕迹。

曾祥猛然醒来，他口干舌燥，浑身被汗水浸湿。桌上的蓝色舞狮头大张着嘴，一双大眼直瞪着他。虽然大伯没留下完整遗言，不过从梦中惊醒后，曾祥更加确信大伯是想让他把蓝色舞狮头交给兄弟庆仔。他辗转反侧，无法入睡。黎明前，曾祥心意已定，决定去荒凉湾。

天亮后，曾祥匆匆吃完早饭，给老板发邮件请假。他到伯母家借了大伯的车，小心地把蓝色舞狮头放在后座固定好，就出城了。曾祥只是告诉伯母出门办事，没说去找二伯，不过他毫不怀疑自己的决定。

前往荒凉湾要先坐船到温哥华岛，然后开车到坎贝尔镇，再从那里换乘渡轮。曾祥仓促冒雨出门，没留心天气预报。他到坎贝尔镇后，才从收音机里听到紧急气候警报：一场二十多年未遇的降雪即将来临，所有进出坎贝尔镇的渡轮全部停航，机场、公路也被封闭。曾祥无奈，只能在镇上找了家汽车旅馆住下，耐心等候次日渡轮的消息。

曾祥把沉甸甸的蓝色舞狮头从车里抱出来，扛在肩上。硕大的醒狮遮住了他的头，远远看起来曾祥像长着狮头。

"喂！朋友，那是个啥玩意儿？"

一辆灰色皮卡在曾祥身旁停下，车里探出一个戴宽檐雨帽的脑袋，杂乱的灰白头发从帽檐下钻出来，说话带着些奇怪口音。

"狮子。"曾祥锁好车，扛着狮头继续朝客房走去。

"帕瓦节不是因为下雪取消了吗？"帕瓦节（Pow Wow）是印第安原住民的传统盛装聚会，看起来那家伙把曾祥错当成原住民了。

"我不是参加聚会的。"曾祥转身回答，两人终于看清彼此相貌。

问他话的司机袖子高高挽起，露出晒得发红的粗壮胳膊，右臂上有一只雄鹿头和皇冠的文身。破旧不堪的雨帽下架着一副墨镜，灰白络腮胡须和压低的帽檐遮住了大半张脸。司机也从车上探出身打量着曾祥。灰色皮卡后面拖着一艘单引擎快艇。

从司机的问题和相貌，曾祥猜男子来自附近原住民部落。

"除了渡轮，坎贝尔还有船去荒凉湾吗？"曾祥问。

"有私营快艇，不过别想了，这鬼天气不会有人敢出海的。"司机说着抬头望了望天。铅色絮状厚云密布，几乎垂到海面。

"马上要下雪了。天气预报说有二十多毫米，是二十年未遇的大雪。据说得下好几天。但愿别停电，农庄柴油用完可就麻烦了。"男子唠唠叨叨地说。他好奇地盯着曾祥问："你要去荒凉湾？"

"对，去送件东西。"司机所说的话让曾祥感到焦虑。

"送什么？"

"它。"曾祥拍了拍蓝色舞狮头回答。

"那你得等几天了，渡轮一时半会儿不可能重开。我要是你就掉头回家，你从哪儿来？"司机摸着下巴的胡子楂儿说。

"温哥华。"曾祥心烦意乱地答道。

不用说，即使回程高速公路还没关闭，回温哥华的渡轮肯定也已取消。

"惨了，看起来你只能在这儿等了。那就好好享受坎贝尔吧，去棕熊之家喝一杯，他们家炸鸡翅也不错，哈哈。"司机发动了汽车。

曾祥无声苦笑，他可不是来旅游的。

他惦记着尽早把蓝色舞狮头交给二伯，却没想到被突发的风雪天气阻断了去路。灰色皮卡刚启动又停下，蓬乱灰发的脑袋再次探出车窗："喂，朋友，你非得去荒凉湾吗？"

"我必须得去。"曾祥的年假仅剩两天，他得尽快赶回温哥华。

"我能送你去，我有船。"司机跷起拇指朝车后的快艇晃了晃。

"太好了！船费多少？"曾祥喜出望外地说。

"不收你钱，那个狮头送给我，怎么样？"皮卡司机大声提议。

"你要狮头？"曾祥诧异地问。

"我喜欢收古董旧货，有点异国情调的更好，除了狮头，要是你还有其他破烂家当想出手也行。"司机声如洪钟。

"这不是破烂，更不能给你！"曾祥断然回绝，扛着狮头朝旅馆走去。

"不去了？"

"不用了，谢谢！"

"好吧，那就耐心等着吧，祝你好运，哈哈。"

响亮粗野的笑声在停车场回荡，灰色皮卡隐入铅色的天空背景里。

坎贝尔镇的夜晚悄然无声。曾祥如醉酒般酣睡至天亮。

早上醒来，曾祥拉开窗帘，旅店外银白的世界让他目瞪口呆。积雪比他想的还厚。大片雪花纷扬飘落，没有停歇迹象，停车场上的车子已被雪深埋，只露出一抹车窗。

曾祥急忙给渡轮公司打电话，对方明确回复说船已停航，复航消息要耐心等候。果然被皮卡司机言中，前往荒凉湾的可能性看起来极为渺茫。曾祥有点后悔昨天没跟那个司机好好谈妥。

他推开房门，一阵浓烈的烟味夹着寒风钻进鼻孔，呛得曾祥连声咳嗽。

"早，朋友。"曾祥听到熟悉的声音。

那位皮卡司机正站在旅馆屋檐下抽烟。他穿着红方格伐木衬衫，袖子随意挽着。

"你也住这儿？真是见鬼了，我没见过这么大的雪。"曾祥哀叹道。

"看起来还得下两天，破纪录了。"司机悠闲地喷了口烟，白烟弥漫，在墨镜上浮现倒影。

"你也从温哥华来？"曾祥没话找话。

"荒凉湾，我有个农庄。来罐啤酒？"司机在走廊的木椅上悠闲坐下，摸出两罐啤酒，扔给曾祥一罐。曾祥急忙抬手接住飞来的啤酒。

"谢谢。你今天回荒凉湾？这天气能行吗？"他试探问道。

"这条路我熟。"司机点头，掸了掸衬衫上的烟灰。

"捎上我行吗？渡轮站说这两天都停航。"曾祥再次鼓起勇气问。

"想明白啦？"司机笑着问。曾祥知道他说的是什么。

"不好意思，狮头不能给你，我可以付船费，多点也行。"曾祥坚持道。

"可惜，我只想要那个狮头。"司机把烟头丢在地上踩灭。

"通融一下，行吗？"曾祥近乎央求。

"抱歉啦朋友，"司机耸耸肩笑道，"很有意思，咱俩其实有点像，都很明白自己要什么。"他转身推开隔壁客房的门。屋里有位红发女子正在打电话。房门关上，屋里传来笑声。

曾祥颓然返回房间。他左思右想，决定无论如何都不能枯等。他在网上不停地搜索，终于找到了一条线索：小镇附近有家水上飞机公司，这是他唯一的机会。网页显示对方今天正常营业，曾祥打了无数电话，对方始终无人接听。曾祥暗自期盼这是个好兆头，那家公司很可能今天业务繁忙。他把地址写在手上，扛起狮头，背着包，深一脚浅一脚地出了门。

没走多远，曾祥的双脚已被雪浸透。单薄的裤子贴在腿上，寒冷刺骨。原本就清静的小镇此刻已完全被厚实的积雪覆盖，方向难辨。曾祥吃力地扛着蓝色舞狮头艰难前进。粉雪被风吹起，扬在脸上，曾祥身后留下一长串足印。一只渡鸦大叫着从他头顶掠过，突然掉头俯冲而来，试图啄狮子的鬃毛，曾祥慌忙躲避，却失足踏空，仰面倒在雪地上。他的头发和脖颈塞满了雪，狮头也滚落在一旁，蓝色鬃毛沾满雪花。曾祥气急败坏地捡起雪球朝渡鸦扔去，渡鸦嘎嘎大叫着飞走了。他喘着粗气爬到蓝色舞狮头旁，将它扛起来，跌跌撞撞，继续前进。

走了将近一小时，那家水上飞机公司的门店终于出现在视线中。曾祥加快步伐走到门前，却发现大门紧闭，窗户上挂着因恶劣天气而停止运营的标志。他绝望地坐在雪地里，荒凉湾似乎近在咫尺，却遥不可及。

曾祥走回旅馆，筋疲力尽，眉毛和头发沾满了雪，看起来狼狈至极。刚走到旅馆房门口，曾祥看到皮卡司机站在屋檐下，笑眯眯地喝着啤酒望着他。

"朋友，你真是不肯罢休啊。"司机说。

红发女子闻声走出房间，同情地看着曾祥。

"他就是那个想去荒凉湾的男孩？"她问卡车司机。

司机点点头："没错，就是那个顽固的家伙。"

"让他搭你的船吧，顺手帮个忙得了。"红发女子说。

曾祥想说感谢，但此刻他已经累得说不出话。狮头变得无比沉重，几乎要把他压垮。他无法想象伯父如何举着这个狮头在高杆上轻盈跳跃。

司机打量着曾祥："好吧！既然阿妮卡（Anicca）开口，那我就帮个忙吧。"

"谢谢！"曾祥喘息着向两人表示谢意，阿妮卡冲他眨眨眼。

"包船五百加元，打个折收你四百加元，一小时后出发，你决定吧。"司机说。

前往荒凉湾的渡轮船票仅需三十加元，显然司机是乘人之危，狮子大开口。对曾祥来说，这是一笔高昂的费用，但此时他已经没有选择。曾祥艰难地点了点头。

"爽快。我喜欢这样的，"司机笑眯眯地喝光啤酒，一把捏扁了啤酒罐，"停车场见。"

曾祥洗了个热水澡，裹着被子躺了半天才暖和过来。他收拾好行李，退房后把车留在汽车旅馆停车场，跟司机和红发女子上了皮卡。阿妮卡自我介绍说是本地人，看起来她和司机年龄相差颇大。

阿妮卡问曾祥："让我猜猜，你是个艺术家吧？"

"我是园艺师，算不算艺术？"曾祥反问。

"只要是自我表达的都算，就像我的烘焙店，"阿妮卡勾画眼线，从后视镜里望着曾祥和他身旁的蓝色舞狮头，"我以为那是你做的。"

"这是一位舞狮人做的，纯手工，花了两年时间。瞧这蓝色，是青金石和几种矿石磨粉调制的天然颜料。做狮子工序很复杂，这些蓝漆就得涂七遍，这是独门手艺，传统上是传男不传女。"曾祥介绍道。身旁的狮头望着前方。

"觉得女人做不了？"阿妮卡撇了撇嘴。

曾祥对她的反应不感到意外，西方人很难理解这些中国传统，他没有解释。

"是有人定制的？"阿妮卡又问，雪地背景中红发闪亮。

"不是。一位舞狮人过世前要我把狮头交给他弟弟。"曾祥说。

"他真这么说的吗？"司机好奇地插话问。

"我觉得是，他去世前一直念叨他弟弟的名字。"曾祥回答。

"他弟弟也是舞狮的？"阿妮卡把口红塞回包里。

"对，我没见过他，"曾祥如实说，"他因为酗酒赌钱和家人闹翻了。"

司机哼了一声说："人都会变的，一切都会变的。"

"大伯也这么说。他说当初弟弟对醒狮会的看法是对的，可惜他们后来再也没联系，"曾祥说，"很多人觉得他一无是处，可我不这么看。"

"干吗非得给他？"阿妮卡问。

"这头狮子代表了家族传承，已经好几代了。温哥华的醒狮会是他和他哥合办的，现在经营不下去，只好关门。"想起嘉华的事，曾祥有些沮丧。

"他弟弟愿意接手吗？"阿妮卡问。

"希望如此。"曾祥回答。

"如果他不肯呢？要是那样能给我了吧？"司机调侃道。

"还是不能给你。"曾祥摇头。

"为什么？"

"就算他不肯，这个狮头也只能交给该给的人。"曾祥想了半天才回答。

"你可真够……"司机扫了一眼后视镜里的曾祥，摇摇头，没再说什么。

车子驶到码头，阿妮卡熟练地倒车，顺着斜坡把小艇倒推到水中。曾祥扛着狮头上船后，司机解开小船和卡车间的锁扣，阿妮卡在岸上向他们挥手告别，驾皮卡离开。

大雪过后，海滩被白雪覆盖。一只海鸥在寒风中逆风而行。皮卡司机坐在小艇后部，操纵引擎控制船的方向。小艇咆哮着冲向大海深处。曾祥抱着蓝色舞狮头坐在船前部，司机从船舱里找了一块塑料布给他，曾祥用塑料布裹住狮头，避免狮头被海水打湿。

船在浪尖上不时跳跃。曾祥的脸被湿冷的寒风吹得生疼。

突然，他听到远处传来隐约的擂鼓声。曾祥循声望去，却什么都看不到。

"听到了吗？刚才的鼓声？"他比画着大声对司机说。

司机指了指耳塞，表示听不到。曾祥仔细听着远处的鼓声。鼓声在风中时断时续，听不清楚，有时听起来像原住民的鼓声，有时又像醒狮擂鼓。风越来越猛，船更加颠簸，却丝毫没有减速。曾祥感到担心，他有点后悔，他甚至不知道这个皮卡司机是什么人，他是否真的住在荒凉湾。上船后，那家伙戴着墨镜的脸上一直没有表情，曾祥不知道他在盯着自己，还是瞭望前方，他只能在墨镜中看到自己抱着狮头的身影。

鼓声仍然时断时续。小艇颠簸着，曾祥怀中的蓝色舞狮头随着船身猛然弹起，像要从他手中跳出去。曾祥急忙用力抱紧狮头。波浪轮番朝小艇涌来，曾祥感到更加恐惧，他心里默默祈祷，希望能早点到岸。坐在对面的那家伙却毫无惧色，单手扶着方向舵，朝海浪冲去。风浪越来越大。有几次曾祥感觉自己会被抛出船外，他不断重重地跌落在船上。

远处的海浪撞击声和海风呼啸声交织在一起，听起来如群狮怒吼，和着远处的鼓声和跃跃欲试的蓝色舞狮头。天旋地转的感觉一下子把曾祥带回了久违的记忆：小时候曾祥被大伯抱着练习站桩，桩子又高又晃，他头晕眼花，首次登杆落地后他呕吐不止。学徒们的嘲笑却没能阻止曾祥起身再次尝试，那时他一度迷上了舞狮。

皮卡司机稳稳地坐在船尾，身体随着小艇摇摆。

"随它去！别跟它较劲。"或许是看到曾祥脸色痛苦，司机大声提示曾祥，比画着解释。曾祥不知道他指的"它"是颠簸的小艇、波浪翻滚的大海，还是他两手紧抓着的蓝色舞狮头。他惊骇得说不出话，只能点头表示听到。

漫天雪花夹杂着呼啸的海风向小艇袭来。海浪继续不停搅动。小艇似乎随时会散架。奇怪的是，听到那家伙的话，曾祥似乎在所有混乱中找到了一处宁静，就像风暴中波澜不惊的风眼。他突然明白了司机说的那句"随它去"。

或许因为无暇顾及，或许因为司机的提醒，曾祥不再紧紧抓住狮头，不再怀疑皮卡司机，甚至不再努力控制身体避免跌落海中，曾祥随蓝色舞狮头的跳跃和小艇起伏有节奏地腾挪起舞，如同一位舞狮人。他只是全然专注当下，忘记了时间，忘记了终点，也忘记了旅行。

不知何时，小艇已经靠岸。皮卡司机麻利地用缆绳把小艇固定在码头，拉着曾祥让他顺着梯子爬上栈桥。曾祥刚一落地便瘫倒在木栈桥上，他突然感到浑身酸痛，衣服已被汗水湿透。他从口袋掏出现金递给皮卡司机。

司机摆手拒绝了，他捡起蓝色舞狮头，笑道："到了，这下圆满了。"

曾祥急忙试图拿回狮头："狮头给我，我来找的人在码头等我。"

"荒凉湾只有这座码头，你要找的人已经找到了。"

皮卡司机说完摘下墨镜。曾祥忽然觉得面前的男子看起来很面熟。

司机用手遮住胡须，大伯的面孔赫然出现在曾祥面前。

"你就是？……"曾祥惊愕地问。

"人都会变的，一切都会变的。"皮卡司机笑着拍拍曾祥的肩膀，拉他起身："辛苦了吉米，我带你去农庄看看，我办的蓝狮子道场，华人西人，男孩女孩都能学。"说完阿庆轻松地把蓝色舞狮头扛在肩头，转身沿着栈桥走下码头。

曾祥感到一阵轻松。他抬头眺望，不知何时雪已经停了。

银灰色的天上乌云散去，空中浮现出一个青金石色的巨大日环，光芒四射，宛如一头蓝色舞狮俯视着白雪皑皑的大地。

剪刀石头布

伊森关灯走出温哥华西区的基斯兰诺象棋学校。他盼望暑假早点结束。

过去三周，二十三岁的伊森每天都要从早到晚面对几十名小学生。这些精力旺盛的孩子都是被父母送来参加象棋学校夏令营的，狭窄的教室里挤满了吵闹的孩子。伊森不但要教他们下棋，监督比赛，还得带低龄学员上厕所。每天孩子们离开后，伊森要清理教室，消毒并重新摆好棋盘后才能下班。

伊森走下楼梯，楼下超市前停着一辆白色厢式货车。车头喷绘着施瓦森有机农庄的标志。一个戴着透明防护眼镜、金发杂乱、胡子拉碴的年轻男子正把一筐大蒜从车上卸下。几颗蒜头掉出来滚落在伊森脚下，他捡起放回筐里。送货男子微笑着感谢。伊森买了第二天的早餐后，穿过街道等巴士。

温哥华的夏天短暂迷人，晚上十点天色依然明亮。一辆巴士从伊森面前驶过，车身有西北育空地区旅游广告，炫目的荧绿色极光海报上写着广告词：非同凡响的育空（Yukon, Larger than life）。伊森突然意识到，虽然已在这里住了七年，他还从没看过极光。今年是他在加拿大的最后一年，他答应了父母毕业后回昆明。

毕业将近，伊森尚未确定未来计划。他母亲最近身体不好，父亲觉得他在加拿大找不到好工作，让他毕业后先回国再做打算。伊森觉得父亲的话有道理，不过他既没有强烈的回家愿望，也没有很想留在加拿大。

等了很久仍然不见巴士的影子，伊森终于发现车站贴着一张不起眼的通告：前往不列颠哥伦比亚大学（UBC）的巴士因道路施工暂时停运。他低声骂了一句，捡起包准备步行回学校。走回宿舍需要一小时。刚走了一站路，伊森听到有人摁喇叭，那辆白色送货车在路旁停下，司机探头问伊森要不要搭车。

"去 UBC 吗？我正好要去大学超市送货。"司机说。

伊森低头看看自己带有雷鸟（Thunderbirds，不列颠哥伦比亚大学校队吉祥物）徽标的套头衫，对方肯定是从衣着打扮上猜到了他的学生身份。伊森上车后，司机介绍自己叫安德鲁，和叔叔在列治文经营有机大蒜农场。就像在温哥华相遇的陌生人一样，他俩先聊起了天气，同声感叹无雨的夏日多么美好。

伊森不经意间说起想去白马市看极光。

"那还不简单？明天我去育空送大蒜，你想去，明天搭我车同去。"安德鲁说。

白马是育空地区的首府，那里是看极光的胜地。伊森刚冒出看极光的念头，机会便迅速出现。伊森还没来得及回答，送货车已经在大学超市门口停下。安德鲁把电话号码留给伊森后开始卸货，他告诉伊森如果想去随时和他联系，送货车明天中午从温哥华出发。

回宿舍后，伊森和身在昆明的父母通电话。父亲再次督促他尽早回国。打完电话，伊森啃着冷三明治继续调试游戏，这是他自己开发的一款叫作"剪刀石头布"的手机游戏。三明治吃完了，伊森做了决定：他打算利用在加拿大的最后一个夏天去看一次极光，他不想留下遗憾。伊森写邮件通知象棋学校他因故退出夏令营，然后发短信给安德鲁。他很快收到了年轻农夫的回复，安德鲁提供了次日的上车时间和地点。

荒野中的公路上，一辆黑色宝马越野车正在孤独前行。

车轮扬起的尘土随即被风吹散，消失得无影无踪。四十九岁的南京男子苏强坐在方向盘后打着哈欠，疲惫地揉着眼睛。车窗敞开，苏强柔软稀疏的头发随风摇摆。他把烟蒂弹出窗外，又点上了一根烟。

苏强瞥了一眼仪表盘，时间刚过中午一点。他必须在明晚前赶到白马市。玉矿竞标会后天早上八点半开始，苏强无论如何都不能错过那场会议。车外传来响亮的鸣叫，一只落单的黑雁从越野车顶仓皇掠过，呼唤着失散的雁群。叫声凄厉高亢，像石子击碎了平静的水面，层层涟漪在清冷寂静的旷野上散开。尖厉的雁鸣像是击中了苏强心里某个角落，他打了个寒战，摇上车窗。

宝马车仪表台上摆着一只婴儿拳头大小的玉雕，一只硕壮的棕熊衔着一条挣扎的三文鱼。墨绿色玉石润滑光泽，是来自不列颠哥伦比亚省的加拿大玉。那便是苏强这次旅行的目的。他前往育空寻找的正是玉矿。最近几年接连传出在近阿拉斯加的加拿大育空地区发现玉矿的消息。移民加拿大后，苏强通过很多途径了解到加拿大优质玉石在国内有不错的市场机会，于是打起了玉石的主意。

一百多年前，育空地区曾发现过金矿。1897 年，一艘满载价值五十万美元黄金的船从育空到达西雅图，在美国和加拿大引起轰动。找到黄金的消息披露后，上万名怀着发财梦的淘金者从各地涌入加拿大育空地区的克朗代克河谷，从那里挖到了人生的第一桶金。此刻苏强心里暗暗祈祷，希望自己和当年的淘金者一样，成为最早一批在育空挖到宝的人。作为矿石的玉石在加拿大本地需求有限，价格并不高，玉矿开采量也有限。但对大洋彼岸的中国来说，情况截然不同，中国人从古至今对玉一成不变的钟爱和市场规模令玉石价格始终坚挺。

虽然早就过了午饭时间，但苏强没心思停车吃饭，他想一口气赶到霍普（Hope）镇再说。在英语里，"Hope"就是"希望"的意思，苏强觉得到了那里，就看到希望了。没想到，车子尚未到霍普镇却发生了意外：宝马越野车猛然震了一下，车子不停抖动。苏强急忙停车查看。车右侧的轮胎瘪得几乎贴近轮毂。苏强不会换胎，备胎和换胎所需工具也没找到。苏强只好打电话联系拖车公司，但他的英文有限，努力解释了半天，对方还是没明白。就在这时，一辆白色送货车停在公路旁。

"伙计，需要帮忙吗？我是安德鲁，这是伊森。"货车司机问苏强。

苏强警惕地望着驾驶室里的白人汉子，他身边坐着一位亚裔男孩，棒球帽上绣着"中国李宁"四个字。

苏强磕磕巴巴地用英语自我介绍："我叫本杰明。"

他本来想给自己起的英文名字是迈克尔，好念好记，但儿子说他不像是个迈克尔，帮他挑了"本杰明"这个拗口的名字。靠留学生伊森帮忙翻译，拖车公司很快安排了救援。按他们的指示，苏强留在路边等候。白色送货车继续前进。

到霍普镇后，安德鲁和伊森停车吃饭，正好撞见苏强也走进餐厅。安德鲁邀请他同坐，问他车子的情况。苏强愁容满面，他说越野车要等明天下午才能取。他正为不能按原计划赶到白马而着急。不能准时抵达，玉矿梦就要泡汤了。

"你也去白马？明天我去育空的天堂镇送货，那里离白马很近，搭我车吧。"

安德鲁把对伊森说的话又重复了一遍，说完他问："今年夏天你们中国人是不是都去白马？"

说完，安德鲁被自己的笑话逗得大笑起来。苏强疑惑地看着白人农夫，不明白有什么可乐的。不管怎样，能继续前往白马，路上还有人帮忙翻译，这让苏强如释重负。他毫不犹豫地接受了安德鲁的邀请。苏强通知车行，回程后再来取修好的车。他刚从中国搬到加拿大，英文听说都很吃力，有来自中国的留学生伊森帮忙，苏强顿感轻松。

三位陌生人离开霍普向西北前往天堂镇，他们沿阿拉斯加公路在旷野中一起旅行。安德鲁难得找到旅伴同行，刚上路便开始说个不停，他倒不怎么打听伊森和苏强的事，主要是边听车载广播里的新闻，边发表各种评论，很像广播主持人在辩论。显然安德鲁和苏强对许多话题的看法截然不同，在伊森的努力翻译下，他们俩努力试图说服对方，各持观点，相持不下。伊森对这些话题毫无兴趣，他更感兴趣的是如何解决剪刀石头布游戏里的程序缺陷，那是他能控制和解决的问题。

争论让安德鲁变得情绪激动，为了旅途和谐，苏强退出辩论，转而评价起安德鲁的货车，他称赞车子内饰很有特色。安德鲁虽然不修边幅，却是个真正的手工能手，从货车内饰到烟熏三文鱼和蒜酱，全是自己动手做的。这位三十五岁的加拿大年轻农夫对公平和社会福利观点明确。

安德鲁得意地告诉两位同伴，他很快就将搬到育空的天堂镇，他说温哥华生活成本和住房价格越来越高，而且他厌烦了大蒜农场的工作。安德鲁听别人说天堂镇附近有个叫灰鹅岭的山谷社区，他特别向往，这次他想趁送货之便去探访那个地方。

"灰鹅岭有很多和我志同道合的人，那是个真实的香格里拉，加拿大已经很少能找到这么完美的地方了。"安德鲁指着驾驶座上方贴着的几张照片说，眼里充满渴望。照片里是一处河谷里的几间不起眼的小木屋，原始简陋，苏强看不出那地方有什么特殊之处。

"能问个问题吗？为什么你们俩用英文名？你们不是有名字了吗？"

安德鲁嚼着口香糖问，苏强看了看伊森。

"他问我们为什么取英文名。"伊森翻译道。

"都这样啊，我认识的人都有英文名啊。"安德鲁的问题让苏强很疑惑。

　　伊森翻译给安德鲁，年轻农夫耸耸肩不再追问，他随意调着收音机频道，一个男声说："生命里没有任何事能带来全然的满足，牢记这一点就能避免陷入幻觉……"

　　安德鲁继续调转手机频道，乡村歌手唱道："如果天堂是个小镇，那就是我的小镇，1985年的某个夏日，我想要的一切都在那里等候，我所爱的一切都还在……"安德鲁跟着哼唱。

　　苏强琢磨着投资玉矿的事。这次能去育空参加玉矿竞标是个难得的机会，让他进入一个全新且充满想象力的领域。到什么山唱什么戏，移民后他决定尝试新行业，这里赚钱比国内困难许多，看起来玉石是个绝好的机会。苏强心里充满了对玉石的畅想。离开霍普不久，苏强退出了和安德鲁的讨论，隐身在后座，路上除了打电话，很少和同伴聊天。他简单告诉两位同行者，自己去育空是为了考察玉矿。两位同伴对玉石的话题都不感兴趣。安德鲁对矿业颇有微词，他说当年育空淘金热过后自然环境被毁，淘金重镇道森经过几十年挖掘和液压冲洗采矿，留下大片遭到严重破坏的环境，至今仍是一道无法愈合的伤疤。

　　车上三人当中最年轻的是大学生伊森，他也是车里最沉默的人。整个旅程中，他那副蓝牙耳机从没取下来过。苏强好奇伊森戴着耳机，为什么还能听清楚他们的对话。两位同伴的人生目标似乎都很明确，但是伊森只想去白马看极光，他既不知道接下来要做什么，也不那么在乎。伊森觉着他面前有无数的可能和同等数量的不可能，他不喜欢考虑任何24小时以后的事，此刻心里只惦记着极光和游戏。

　　伊森高中时来到加拿大，他的留学生活即将结束。不管是在高中还是大学，伊森的朋友都是跟他有相同背景的大陆留学生。从高中开始，学校的华人学生多以个人背景结伴交往：讲粤语的早期移民子女、本地出生的第二代华裔、来自大陆的留学生，各有群体。虽然来加拿大多年，伊森仍然更喜欢吃中餐，用微信，上中文网站，大部分时候说中文。每年他都回昆明，有时伊森觉得自己像从没离开过那里。极光是加拿大的特色，他想去看看。

苏强出国那会儿，房地产行业正经历变化。他把公司交给合作多年的伙伴，自己和家人移居国外。移民前，苏强和妻子商量好，她留在温哥华陪读，自己两边跑，但落地后妻子说对加拿大生活不适应，坚持要他留下。苏强知道她的真实想法：她担心苏强独自留在国内会面对很多诱惑，再过几年儿子就要上大学了。苏强衡量再三，决定在加拿大先住满三年。投资玉矿的事是同乡会的老移民宋平怀介绍的。宋平怀是商业地产经纪人，两人本来约好同去白马，但竞标会门票紧俏，只有苏强侥幸抢到一张入场券。他本想谦让，但是宋平怀不答应，苏强只好独自出门。

加拿大西北部，育空地区。

狂风呼啸着扫过厚实的冻土原野，像刀无情地刮过粗糙的案板。满载大蒜的送货车如甲壳虫般在荒原上向北移动。夜幕低垂，气温陡然下降。一望无际的旷野上，阿拉斯加公路蜿蜒着朝北方延展，像一只竭力向上伸出的手。阿拉斯加公路从与华盛顿州相邻的不列颠哥伦比亚省向北延伸，贯穿育空地区，通往美国阿拉斯加。育空地区疆域近五十万平方千米，接近黑龙江省，仅有三万多居民，多数住在白马市。

去北方的路上，他们在乔治王子市住了一晚。安德鲁说他姐姐住在这里。但他俩已经多年没有说过话。他说很讨厌姐夫凯文，两人甚至还动过手，安德鲁说他打落了姐夫两颗牙齿，不过想了半天，安德鲁却记不起来为什么打架。

好像是我的狗咬了他的猫，也可能是那个酒鬼又喝多了。

安德鲁沉吟许久，不能确定。话虽如此，离开王子市前，安德鲁还是专程拐到姐姐家，送给她一些大蒜和自制的烟熏三文鱼。苏强看到安德鲁下车把东西放在门廊，发了条短信就走了。

第二天日落前，他们终于赶到了育空地区天堂镇。这个地方过去曾叫作麦瑟斯堡，曾是座军事要塞。如今只是一座不起眼的路边小镇。这里有家带便利店和酒吧的加油站，还有一家叫天堂镇客栈的汽车旅馆。加油站经理原住民汉子本森也是旅馆老板，镇上二十多位居民基本上都有血缘关系。

他们三人赶到天堂镇时天色已晚，安德鲁、伊森和苏强在汽车旅馆各自取了房间钥匙住下。汽车旅馆就在加油站前的公路对面。老板本森把他们三人安排在相邻的三个客房，伊森住中间那间屋子。入住时，苏强顺便把车费付给安德鲁，并把伊森那份也代付了。他跟伊森约好天亮后一起去白马，竞标可能要用英文，他本想在本地找人帮忙，现在碰到伊森，刚好可以请他帮助翻译。不过伊森说翻译的费用他可以收，车费他自己掏。苏强本来没打算付翻译费，但是听起来跟车费差不多，他欣然接受了。

安德鲁吃完饭留在餐厅和本森聊天。餐厅打烊后，他回房间很快就睡了。安德鲁鼾声如雷，住在隔壁的伊森听得清清楚楚。夜色已深，苏强仍在不停地打电话，和不同行业的朋友探讨玉石矿的情况，他喜欢做决定前通过众多渠道了解不同意见。

伊森进了房间就倒在床上继续摆弄手机游戏，鞋被甩在门外。他听到隔壁房间苏强在不停打电话，伊森想起了父亲，他也是这样总是不停打电话。打了一会儿游戏，屋里互联网信号断了，伊森问前台，本森告诉他旅馆的调制解调器坏了，只能等明天报修。伊森打开窗户仰望夜空，天上阴云密布，别说极光，连一颗星星也看不到。伊森只好上床睡觉。

那天晚上，他们三人都做了很奇怪的梦。安德鲁梦见自己是条三文鱼，满怀希望从灰鹅岭出发，一路游到亚洲，然后上岸进入皇宫，变成一位日本武士，不过根据安德鲁对皇宫的描述，伊森觉着那条叫安德鲁的三文鱼登陆的地方应该不是日本，而是泰国或东南亚某处，老家云南的西双版纳有很多类似建筑，他很熟悉。伊森梦到他是从棋盘上跌落的皇后，冠军之战在即，她却无论如何也爬不上棋盘，只好退出比赛。苏强则在半夜发现有人闯进屋里，在床边一声不吭地盯着他，他被吓醒才发现是一场噩梦。

吃完早饭，安德鲁把伊森和苏强捎到白马市中心，便去送货了。他们约好晚上五点半在市中心的麦当劳餐厅碰头，安德鲁会把两人带回汽车旅馆，次日同路返回温哥华。

不到十点半，安德鲁送完了货，他驾着空车兴致勃勃地赶往灰鹅岭。几年前他就听说过这个后嬉皮士时代的小村。车子开出白马不久，安德鲁果然在公路边一个木牌上看到了灰鹅岭和方向箭头。看到路牌，安德鲁心中充满了喜悦，他仿佛已经看到了长发披肩、头戴花环、身穿长裙在溪边跳舞的女孩。安德鲁满心憧憬地沿着林间小路开了二十分钟，却被一处施工路牌无情地拦住了去路。

他走下车，惊讶地发现施工路牌后停着几辆大型推土机，前方小溪旁的那处美丽山谷已经被推土机推得平整，伐倒的大树被切割成段，堆放在溪流边。图片上看到的那条溪流仅剩下手指宽的涓涓细流。整座谷地被临时搭起的铁丝网封住，铁网上挂着一块写着"矿业集团私属领地，严禁入内"的金属牌。

安德鲁手扒着铁丝网，满怀惆怅地看着被推土机摧毁的山谷。没有了野草和森林的遮蔽，新鲜湿润的泥土粗暴地裸露在地表，夹杂着腥辣味的泥土味让他感到有些刺鼻。他好像看到了农场那被反复耕种过的蒜田。高大的推土机前粗重生锈的推土铲高高举起，像宣告着竞争的胜利。安德鲁理想中的那个世外桃源已不复存在。那些在此幸福生活的居民，那些白桦林、木屋、溪流边的岩石，统统消失得无影无踪，只剩下一块毫无生气、黑乎乎的泥地。安德鲁心里感到空空荡荡的。

和安德鲁分手后，苏强和伊森很快赶到了玉矿竞拍会会场。这次活动的主办方北极矿业公司是一家华人持股的矿业投资企业。主持人赵保罗来自天津，是加拿大北极矿业协会的联合创始人之一。他自我介绍说移民前曾在北方矿业集团担任要职，苏强没听说过那个企业，但是听起来好像实力雄厚。赵保罗告诉苏强，这次活动仅限受邀者参加。

伊森离开会场，独自在白马溜达，他没有特别安排，只等着晚上极光降临。伊森问了当地人，他们都说这段时间看到极光的概率很高，上周几乎每天都能看到极光。今天天气晴好且能见度颇高，他们说今天见到极光的机会应该很大。当地人经常能看到极光，说起来都平淡无奇。伊森非常开心，他对极光充满了向往，还专门给手机充足了电。极光通常半夜甚至凌晨降临，伊森可不想在关键时刻，手机没电无法拍照，如果不能在社交媒体上分享极光照片，等于没看到。

苏强刚随赵保罗走进会场，闭门的竞拍会已准备就绪。参加会议的看起来都是行业内部人士，苏强注意到他们彼此都比较熟悉，应该都是行业浸淫很深的资深人士。他到处发名片介绍自己。上午的活动主要是主办方介绍育空地区的玉矿分布和此次参加拍卖的玉矿信息。这是一处位于白马市附近新近发现的玉矿。据主持人介绍，那处玉矿玉石储量丰富，矿质优良。主持人赵保罗出示了勘测报告和玉石采样化验报告，并出示了当地原住民部落签署的土地转让书及未来开采权授权书。苏强知道在加拿大某些地区，土地所有权属于原住民部落，开采或转让必须经过部落允许。会议开始前，主办方要求与会者不能将该次会议公布的玉矿信息外传，并要求与会者都签署保密协议。

会议茶歇的时候，苏强对赵保罗表达了对玉矿的真诚兴趣，但因为没有亲眼见过那处地方，他觉得心里没底。赵保罗欣然同意带他去看看。中午休会时，赵保罗亲自驾车带他前往那处玉矿实地考察。那是镇北部郊外一片占地面积巨大的荒芜土地，大到苏强根本看不到领地尽头。赵保罗豪迈地指着那片地告诉苏强："这里你随便放一枪，凡是能听到枪声的地方都属于你。"

这句话让来自人口密集都市的苏强感到由衷的震撼。他真正体验到一种早年西部拓荒者的感觉，仿佛自己脚下都是震颤着的宝藏。

赵保罗开车带苏强走了很远，车子终于在一处河滩停下，河边停着一台挖掘机和一堆工具。挖掘机旁边有几个深坑，坑里赫然堆放着几块如汽车大小的灰色石头，其中有块岩石已被切割开，露出绿色玉石剖面。苏强抚摸着冰冷没有抛光过的玉岩，仿佛听到了玉石拍卖会场此起彼伏的亢奋报价声。赵保罗告诉他，那是上周刚从河滩采掘出来的一块玉岩。他随手从地上捡起一块巴掌大的玉石，递给苏强慷慨地说："这个你带回家留念。"他说话的方式就像那块玉是块不稀罕的石头。苏强接过那块未经打磨的玉石，面如平湖，心里却激荡着希望。

伊森漫无目的地在白马街上游荡。忽然见到安德鲁的白色厢式货车停在一个无人的后巷里。车子有节奏地不停上下摇摆，车窗蒙着一层雾气。伊森识趣地没去打扰安德鲁，继续在城里游荡。他走了没多久，撞见赵保罗和苏强走出一家中餐厅，两人年龄相仿，身材同样发福，脸上带着相似的微笑。伊森突然想起来，这是遇到苏强后第一次见到他脸上有笑容。在镇上走了一会儿，伊森感到索然无趣，他提前赶到麦当劳，买了薯片和可乐，找了个安静的角落玩手机游戏等同伴。

下午矿业研讨会部分苏强没有参加，他一直在走廊里跟宋平怀通电话，他把玉矿的情况和那块玉石照片发给宋平怀，宋平怀随即转发给几位国内玉石专家，很快专家们回了初步鉴定的结果，确认那块样品是块加拿大碧玉，质量不错。专家们的确认让苏强兴奋不已。下午竞标开始后，势在必得的苏强毫无悬念地拍下了那块地。

黄昏时分，安德鲁载着伊森和苏强回到汽车旅馆。中标成功拿下玉矿的苏强兴致很高，他主动提出请安德鲁和伊森吃饭。加油站餐厅里除了原住民老板本森，只有他们三人。看到餐桌上的那块玉石样品，沉默的加油站老板本森主动开口问起苏强玉石的来历。苏强便把收购玉矿土地的事情告诉了他，还说，因为签了保密协议，不方便透露玉矿的细节。

"我不需要知道细节，不过很抱歉，你可能被骗了。"本森说完把玉石还给苏强。

本森告诉苏强，他认识一位常往返于本地和阿拉斯加的美国矿业工程师，那位工程师曾代表公司勘查过苏强所收购的那块地，说那里根本没有玉矿。苏强看到的那些玉石，是被人摆放在那里做局的摆设。本森说，过去他见过好几位来考察玉矿的华人投资者，都有类似的经历。

本森的话令苏强如梦初醒。本森同情地告诉苏强："很不幸，你买的是一块没有价值的沼泽荒地，我不知道你付了多少钱，希望不会太多。"

听完伊森的翻译，苏强脸涨得通红，他摆弄着那块玉石，一言不发。倒是安德鲁比苏强反应更强烈，他诅咒着设局的骗子，催促苏强报警。晚餐匆匆结束。苏强没吃完饭就回到房间。安德鲁和本森继续喝酒聊天。伊森到便利店买薯片和可乐，准备晚上看极光。一位原住民男子走进店里买水，那人背着一面扁平大鼓。

夜晚天气晴朗，能见度果然非常高。伊森回到房间，坐在地上，靠着床，仰望着窗外。他在窗前守了一整夜，却始终没见到期待中的极光。隔壁房间传来持续的通话声，时而威胁，时而争吵，最后变成哀求。他只听到苏强的声音，听起来像在演一场独角戏。午夜后，电话声终于归于寂静。伊森听到淋浴声，然后是哭泣声，声音很奇特，像婴儿的啼哭。

安德鲁的房间里始终响着平稳的鼾声，伊森在凌晨听到了笑声，他猜安德鲁说不定又找到了另一处世外桃源。半夜时，伊森收到了父亲的短信，父亲告诉伊森回国的机票已经订好，提醒他尽早和房东解约。守候了一夜始终一无所获，凌晨四点半，伊森筋疲力尽地躺在地上睡着了。

黎明前，极光悄然降临。金绿色光芒穿过旅店窗户落在伊森脸上。他睡得很沉。远处传来了原住民的鼓声，咚咚咚，咚咚咚，咚咚咚……鼓声单调强劲而顽强。不知是鼓声还是极光引发了此起彼伏的狼嚎，拖着长音的长啸，听起来像一场旷野中的派对。

夜　巡

又到了万圣节。黄昏时刻，北岸山脉像堵绵延厚重的城墙，把温哥华围在豪湾岸边。市中心楼群的玻璃幕墙在暮色中闪着金光。一群乌鸦在海边觅食。散装货轮拉响雾号，号声绵延回荡如暮鼓，海滩上忙于填饱肚子的群鸦置若罔闻，只顾低头不停寻觅。

本拿比一家粤菜馆已经快要打烊，来自深圳的学生迈尔斯还没吃完饭，他胡乱扒拉了一口饭，继续埋头在笔记本电脑里修改毕业设计，后脖颈露出蓝色北斗星文身。反戴着的黑棒球帽上绣着醒目英文字样：无处俱乐部（Nowhere Club）。卡座另一侧，香港老汉陈生正入迷地跟着手机播放的粤剧《钟馗》哼唱，手里盘着一个小葫芦。

"迈尔斯，论文写完了吗？"餐厅老板汤晓走过来，手里拎着一瓶酒。这位留学生常到店里吃饭、做作业，他俩很熟。

"还差点。"迈尔斯摇头，愁眉不展。明天是毕业论文最后提交期限，是命题论文，主题是真相（Truth）。迈尔斯动笔太晚，在几个思路中纠缠了很久才定了一个方向，已经修改了几稿，但他始终觉得欠把握。

"安妮塔说，晚上城里有万圣节派对，同学都去，你不去吗？"汤晓接着问。汤晓的女儿安妮塔（Anatta）是迈尔斯的同学，论文早已完成并提交了。

"够呛，得赶论文。"看到服务生已经在打扫卫生，迈尔斯收拾起电脑。

"郊狼！"服务生指着窗外惊呼。

迈尔斯和汤晓闻声望去，一只郊狼正在街上仓皇跑过。街上车流停顿避让，有人按喇叭提醒路人当心。郊狼消失在餐厅对面的公园林中，暂停的交通恢复。

"能帮我个忙吗？"汤晓把那瓶酒放在桌上，是一瓶尊尼获加蓝牌威士忌。"老客人刚下的单，送货员下班了，帮我捎过去行吗？也在鲍威尔街。"汤晓知道迈尔斯租的公寓在唐人街附近，离送货地址很近。

"没问题。地址给我。"迈尔斯拿起酒，发现瓶里有东西，他好奇地对着灯光举起酒，金黄色酒液里有一群海马起伏。

"药酒，私人定制。"汤晓解释道。迈尔斯点点头，把酒塞进背包，取了地址走出餐厅。迈尔斯母亲的家乡厦门盛产海马，海马药酒并不稀罕。

"迈尔斯，十二点前得送到！"汤晓的声音从身后传来。

"放心。"迈尔斯挥挥手，心里还惦记着郊狼。

迈尔斯下楼走进车站，列车进站，一群骷髅装扮的年轻人嬉笑着涌出车门。车站灯箱广告亮着万圣节前夜派对的海报。迈尔斯上车坐下，一位穿紫袍戴女巫尖帽子的女孩在他旁边坐下，脸涂得煞白。

女巫盯着迈尔斯背包露出的酒瓶问："你去哪个派对？"

"我回家。"迈尔斯干巴巴地说。

"一个人喝酒多没意思！"女巫笑道。

迈尔斯如实答道："酒是客户订的，我去送货。"

"什么酒？能看看吗？"女巫好奇心很重。迈尔斯只好拿出酒递给她。女巫发现了酒瓶里的海马，她夸张地大叫："啊！这是什么？海马可是保护动物，太恶心啦！"

迈尔斯只好解释那是药酒，是中国传统药饮，泡酒的海马是合法进口的中药，经过清理晒干，不是活着被塞进酒里的。

"不，不，不……这太扯了！"女巫压根不听他解释，头摇得如同拨浪鼓。列车到站，她气咻咻地起身下车，临走前给迈尔斯竖了一个中指。迈尔斯对面坐着一对老年白人夫妇，老太太望着迈尔斯轻叹了口气。迈尔斯把酒塞回背包里。

"你也喜欢威士忌？"扶着助行器的老头问，声音洪亮。

"不是我的，是客户订的。"迈尔斯无奈地再次解释。

"什么？"老头大声问。

迈尔斯明白对方可能耳背，便不愿多解释，只是点了点头。老妇又轻声叹了口气。

列车再次停靠站台。一位大汉上车，站在迈尔斯面前，高大的身材挡住了车顶灯光。迈尔斯抬头望着那位大汉，他在加拿大住了多年，倒是从来没见过这种万圣节打扮：那位男子蓬发虬髯，面目狰狞，露出两颗尖利的牙齿，套着件破旧蓝袍，袒露一只手臂，深蓝皮肤裸露，脚蹬黑色大皮靴，右手提着一柄长剑，左肩挂着一串绳索。

迈尔斯觉得眼前这形象看起来有点眼熟。突然他想起了陈生最爱看的那出粤剧。"原来是钟馗。"迈尔斯望着那个大汉暗自赞叹，不能不承认，这个万圣节扮相很有创意。

大汉低头盯着迈尔斯，目光犀利，不怒自威。迈尔斯低头不敢对视，他用余光望着车厢里，见其他乘客都神态自若，对相貌奇特的蓝袍汉子熟视无睹，迈尔斯感到稍许轻松。

"有人吗？"蓝袍汉子指着迈尔斯身边的座位问，声音低沉如雷。

迈尔斯赶紧摇头。汉子坐下，魁梧的身材把迈尔斯挤得几乎贴到车窗上。

蓝袍汉子身上有股奇特药香味，冰凉沁骨。迈尔斯偷偷吸了一口。蓝袍汉子猛然回头，鼓起的双眼威严地望着他。迈尔斯赶紧屏住呼吸，扭头看车窗外，躲避对方视线。对面那对老夫妇还没下车，老太太低头打瞌睡，双脚随车行晃动，不时踢到蓝袍汉子的腿。两人却毫无反应。迈尔斯觉得有点奇怪。

蓝袍汉子读懂了他的心思，说："她看不到。除了你，车里谁都看不见我。"

迈尔斯猜他是开玩笑，他凑近老太太好意提醒："您踢到旁边那位先生了。"

"谁？"老太太睁开眼看了看，疑惑不解，"哪有人？"

老太太重新闭上眼，低声嘟囔："我早说过，酒不是什么好东西。"

迈尔斯诧异地看着蓝袍汉子，对方意味深长地冲他笑笑。

"这是在梦里吧?"迈尔斯问。

"得看你问谁。对他们来说这是现实。"蓝袍汉子用下巴指了指车里的乘客。

"为什么是我?"迈尔斯不知道为什么只有他能看到,他有点害怕。

"因为你想知道啊。"蓝袍汉子大笑起来,蓝袍随着肌肉结实的身体抖动。

"我想知道什么?"迈尔斯莫名其妙地望着蓝袍汉子。

"真相。你最近不是连做梦都在问真相到底什么样吗?"蓝袍汉子得意地指着自己笑道,"喏,就是这样。"

迈尔斯无奈地笑起来。现在他很确定自己正在一个荒诞的梦里。这不是他头一次做这类荒诞怪梦。从高中开始,迈尔斯经历了好几次这种情况——做梦时明知自己身在梦中,然而梦却继续。学校心理辅导师建议他多参加社交活动,树立远大理想,注意饮食,早睡早起多运动。医生还推荐了抗抑郁药物,迈尔斯吃了药总是昏沉想睡觉,他停了药,继续和各种梦境抗争。

福溪站到了。迈尔斯下车,蓝袍汉子吹着口哨跟在他身后。几个浓妆艳抹拖着残肢断臂的年轻护士迎面走来,兴高采烈,边走边唱。

迈尔斯想试探她们,他指着旁边的蓝袍汉子问女孩们:"想不想跟我朋友打个招呼?(Do you want to say hi to my friend?)"

护士们翻着白眼匆匆走过,有人骂了声"变态"。

"我早说过，她们看不到。"蓝袍汉子耸耸肩说。

迈尔斯更加确认这是个荒诞的梦，他对这种情况并不陌生，并不急着醒来。

来到渡轮码头，去市中心的摆渡船刚好靠岸，迈尔斯敏捷地跳进船舱。这种椭圆形小渡轮只能容纳少量乘客，每天在福溪和市中心之间往返。蓝袍汉子跟着上了船，坐在迈尔斯旁边。引擎重新响起，小船喷吐着水花朝对岸驶去。身旁的蓝袍汉子继续不成调地吹着口哨，迈尔斯终于听出来是皮卡丘动画片的主题曲《目标是神奇宝贝大师》。他们对面坐着三位万圣节打扮的乘客，戴着马头、蝙蝠侠和小丑的仿真头套，挤在一起拿手机不停自拍，发出哄笑。

"能跟你合个影吗？"迈尔斯问蓝袍汉子。

"行啊，不过别忘了他们看不见。"蓝袍汉子看透了他的心思。迈尔斯还是想试试，他无法相信只有自己能看到蓝袍汉子。

"朋友，帮我俩拍张合影好吗？"迈尔斯把手机递给坐在对面的蝙蝠侠，手搭在蓝袍汉子肩上。

"跟谁合影？"小丑疑惑地问迈尔斯。

"他。认得吗？他可是有名的中国鬼王。"迈尔斯指着身旁蓝袍汉子答道。

对面三位乘客对视了一眼，爆发出大笑。

"爱咋咋的。"蝙蝠侠耸耸肩，拍完照把手机还给迈尔斯。照片里迈尔斯笑容可掬，蓝袍汉子威严地瞪着镜头。

"我早说过，不化妆也能吓唬人。"蝙蝠侠望着迈尔斯对小丑和马头说。

"现在你信了吧？"蓝袍汉子笑眯眯地问。

确认是个梦，迈尔斯决定继续下去。过了一会儿，他没话找话问蓝袍汉子："今天晚上够你忙的吧？满大街都是鬼。"

迈尔斯对钟馗捉鬼的故事不陌生，老家过年家里贴钟馗年画。

"末法时期众生刚强难化，好在本自具足，只要够善巧，都可调伏。"蓝袍汉子擦拭着长剑回答，说完他安坐沉默不语。夜风里小船随浪不停颠簸，汉子稳坐不动，一只眼看着上方，一只眼垂视，看起来很有趣。迈尔斯暗自猜测，肯定是因为在餐馆听到粤剧，梦里遇到这位仁兄说话像念戏文，拿腔拿调。

"能提个问题吗？真鬼假鬼怎么分辨？"迈尔斯望着对面的乘客问蓝袍汉子。

"何必区分？"蓝袍汉子反问道，接着又说，"都是幻化，本性皆同。"

回答言简意赅，听起来仍然像唱戏，文绉绉的。

"不会吧？那你这份工作该怎么交差？"迈尔斯故意挑衅道。他很想看钟馗如何捉鬼，虽然他也知道对面三位乘客只是假扮的。

"很简单。我不需要做什么，只需到处游走，那些能见到我、想见到我、和我有缘的自然能遇到。"蓝袍汉子说。

"那些不想见到你、怕见到你、不相信甚至讨厌你的呢？"迈尔斯问。

"我同样就在他们眼前，他们无处可躲，我也从未隐藏。"

蓝袍汉子回答道。

"但是他们却见不到你，对吧？"迈尔斯问。

蓝袍汉子点点头，叹了口气。他的目光变得柔和起来。迈尔斯觉得这位人高马大的蓝袍汉子变得亲和了许多，现在迈尔斯完全不再怕他了。

船很快靠岸，迈尔斯和蓝袍汉子一同弃船登岸。

"大哥，我得回家了，要是你没有其他安排，到我家坐坐吧。冰箱里有啤酒，还有一张比萨，咱俩分着吃。"迈尔斯热情邀请。他觉得和蓝袍汉子已经成了朋友，也不再关心自己是否仍在梦中。

"你带路。"蓝袍汉子说。

他俩边走边聊，很快到了市区的西斯廷东街。这里是温哥华远近闻名的一条街，聚集了很多来自各地的流浪者，成排帐篷沿街搭建，垃圾便溺随处可见，几个形容枯槁的身影从他俩身边踉跄走过，精神恍惚，嘴里念念有词。蓝袍汉子停下脚步，凝视着街上影影绰绰的流浪人群。

"咱们得快点，我得先送完货才能回家。"迈尔斯对此早已见怪不怪，他催促道。背包拉链敞开，露出半截酒瓶。

"兄弟，给我也来点儿！"一个坐在路边的流浪汉扯着迈尔斯裤管说。

"什么？"迈尔斯没听懂流浪汉要什么。

"酒啊！在你包里。"流浪汉指着迈尔斯的背包说。

迈尔斯拿出酒，指着瓶里的海马解释道："这不是酒，是药。"

"同意，"流浪汉点头，"酒可不就是药吗？"他举起一个纸杯不停地晃着。

"他想要喝就给他喝一口。"蓝袍汉子对迈尔斯说。

迈尔斯还在犹豫，蓝袍汉子抢过酒瓶拧开，倒了一些在纸杯里，递给流浪汉。流浪汉一饮而尽，咂着嘴对蓝袍汉子说："我喜欢你，够痛快！"

迈尔斯突然意识到，这位流浪汉也能看见蓝袍汉子。没等他出声，流浪汉双眼翻白，仰面倒在街边，蹬了几下便不再动弹。

"死了！他死了！"迈尔斯惊慌失措地对蓝袍汉子大喊。

"嘘，别打扰他。"蓝袍汉子竖起手指，示意迈尔斯不要出声。他俯身在流浪汉耳边低声念叨了几句，迈尔斯惊讶地看到流浪汉圆睁的眼睛竟然闭上了。蓝袍汉子继续往前走，就像什么也没发生过。

迈尔斯抱着威士忌跟在蓝袍汉子身后，不停提醒自己这是在梦里。急救车呼啸而来，在路口停下。迈尔斯身后传来急救员的对讲机通话声："工号714呼叫，奇化街1052号需要支援，有人吸毒过量，完毕。"

迈尔斯知道那辆驰援的急救车只是他自我安慰的一个念头，不过看到救生员及时赶到仍然让他感到安心。

迈尔斯现在越来越知道该怎么对付他的梦。情况变得很有意思，有点像看电影，他知道那是一场电影却继续观赏，并体验剧情产生的各种情绪，不管剧情如何发展，他知道那是假的，所以不会失控。

迈尔斯和蓝袍汉子穿过城东的奥本海默公园。这座街心公园现在变成了流浪汉聚集的营地，野营帐篷林立，暗淡萤火闪动，远处传来酒鬼的高声诅咒。迈尔斯四处看着门牌号，寻找送货地址。

"那是什么地方？"蓝袍汉子饶有兴致地望着公园旁鲍威尔街的一座旧房子问。

"临时庇护所，过去好像是座庙。"迈尔斯答道。那栋老建筑是二十世纪早期日本移民修建的寺院，现已改作他用。迈尔斯留意到门牌号是1981，看来送货地址就在附近。

蓝袍汉子径直朝那座建筑走去。大门虚掩，蓝袍汉子推门走进去，迈尔斯跟在后面。他经常经过这座旧宅，但没进去过。沿着长廊通向房子深处，他俩走进一间有雕刻木窗的宽敞大厅，正对厅门的墙被垂地帷幕遮着。

"就是这儿。给我吧。"蓝袍汉子打量了一下四周，转身对迈尔斯伸出手。

"给你啥？"迈尔斯仰头看着蓝袍汉子，疑惑不解地问。

"你带给我的东西。"蓝袍汉子说，见迈尔斯仍在发愣，他只好自己动手，从迈尔斯的背包里拿出那瓶酒。蓝袍汉子拿着酒走进帷幕。

迈尔斯等了很久，始终不见蓝袍汉子出来。他有点不耐烦，咳嗽了几声表示提醒，见仍没动静，迈尔斯只好掀开帷幕走进去。幕后原来是座禅堂，光线暗淡，空无一人。蓝袍汉子和那瓶威士忌都不见了，只有墙上挂着一幅旧画，画中一位黑蓝色壮汉盘腿而坐，辫发垂肩，右手持剑，左手提索，嘴里露出两枚利齿，周身围绕火焰，看起来和蓝袍汉子一模一样。迈尔斯凑近努力辨认画上的题字，勉强认出"不动尊"三个字。原来一路同行的蓝袍汉子并非钟馗。迈尔斯恍然大悟，随即从梦中醒来。

离开那座旧宅，迈尔斯忽然想起什么，他掏出写着地址的纸条看了一眼，走回旧宅门前仔细查看，他发现门牌挂反了，这里根本不是 1981 号，而是 1861 号，正是送货地址。远处响起钟声，时间刚好是午夜。几滴雨落在迈尔斯脚上，他仰头看，漫天花雨纷扬飘洒，怒放的关山樱在夜风中摇曳。迈尔斯痴迷地看着任由花雨洒在身上。

天已经亮了，迈尔斯仍在呼呼大睡。桌上电脑仍然亮着，毕业论文一片空白，仅写了一个单词：Truth。

北冥有鱼

　　天亮前，尾翼绘着暗红枫叶标志的加航班机轰鸣着降落在温哥华机场。按照机上广播提示，我把手表调整到本地时间。我看了看机舱外阴暗的天空，下意识起身随同机乘客走下飞机。除了我，似乎每个人都清楚接下来要去哪里。而对我来说，到达目的地这一刻，我失去了目的。

　　等候行李的人群很快散去，循环往复的传送带上只剩下一个黑色金属旅行箱，看起来无比沉重，它不停地重新转回到我面前。我苦苦寻找着一个并不存在的旅行计划，脑海中却只是一片空白。行李传送带戛然而止。机场工作人员取下无人领取的行李。黑色锃亮的行李箱被孤零零地留在空无一人的大厅里。

　　机场外租车公司营业厅里，我随意翻阅着信息架上的旅行宣传册。我拿起一张蓝色宣传单，那张蓝天、大海和白浪的图片上写着"来吧，我们在图非等你"。我思考着，这是什么地方？我要去那里。

　　"下一位。您好，有预订吗？"皮肤黝黑、带南亚口音的租车公司雇员向我招手示意。意识到毫无计划的旅行即将开始，我有点惶恐，但这倒也符合我的期待。

我把行李放进后备箱，把那张旅游宣传单随手丢在副驾驶座。我下意识地在导航仪目的地输入图非镇。反正没有计划，索性就去这个随手拈来的地方，看起来那里有蓝天大海，人烟稀少，我厌烦了都市嘈杂，只想找一处安静的角落，独自发呆。图非看似是个合适的去处。

五百千米，高速公路，车流城市，一个又一个城市。车子经过桥头，两尊面目阴郁的石狮闪过，穿过跨海大桥。然后离开高速公路，驶入一艘白色渡轮，船靠岸后车子重新回到高速公路，穿过一座海滨城市然后离开，再次回到无止境的公路上。

离开屏幕上显示的最后一座城市后，导航仪陷入长时间沉默。我朝未知的目的地驶去。几座邻近小镇一闪而过，车子在墨绿色寂静林海中穿行，好像始终无法逃出无尽的森林，像一艘看不到地平线的飘零孤舟。

"我画不出来了。"我对董齐民说。他知道我要出门，特地来为我送行。

说完我长舒了口气，心中感到莫名畅快。虽然我没有醉，感觉却像酒后把强压的秽物全部呕吐出来，畅快舒服。奇怪，明知道倾吐出来感觉好很多，为什么我选择一直压抑着。

董齐民是我在美院的同事，我比他大好几岁。他到美院时，我已经是油画系副教授了，是院里最年轻的副教授。

一瓶啤酒还没喝完，董齐民已经有了醉意。他隔着火锅蒸腾的雾气看着我说："你喝多了吧，哥？你这年纪还有大把时间画啊，伦勃朗、梵高在你这时候可都是黄金时期啊。"虽然带着醉意，他眼里却带着坦率和惊讶。我知道他的话没有任何嘲讽的意思，但却像一把针扎中我的痛处。

"我成不了梵高和伦勃朗。你抬举我了。"

我端起酒盅表示感谢，苦酒一饮而尽。和一个正处于高峰期的画家讨论创作力枯竭，就像和一个十八岁男孩儿讨论勃起困难一样，这种问题他们会觉得匪夷所思。我年轻吗？应该不算老。我今年三十五岁，在美院里算中青年教师主力，但问题是我的画笔已经枯竭了。直到董齐民到学校，我才发现这个问题。

我在美院一直很顺利。从工艺美院毕业后，我在全国画展拿过奖，有画廊代理我的作品，不到三十岁就办过数次个展。毕业后我还被美院推荐到纽约艺术学院进修了两年。译作和专著也出版了几部，我没结婚，但不乏女友。

董齐民到油画系后，因为同乡关系，我们两人关系不错。他和太太常邀我去家里做客，我有意无意扮演着大哥的角色，为初出茅庐的老乡指点迷津，帮助他们在关系复杂的美院寻找立足点。有时候他请我去画室看他的画。董齐民是个怪人，他不嫌麻烦在城郊租了一处农家小院，打造了一个画室。

我的绝望就是从那时开始浮现的。就像董齐民自己所说——我知道他并非自夸，他好像有永不枯竭的想象力和感知力，任何东西都能吸引他的画笔。有次我和他去那座小院画室，经过一座池塘，面对半池干枯荷叶，他如痴如醉地看了很久，到了画室开始奋笔，我目瞪口呆地见证了他精准地在画布上讲述着荷塘故事。开始我不时点评几句，很快就变得沉默。看着他流畅的笔触和喷薄的油彩，我觉得自己就像那堆枯萎的荷叶。那一刻我意识到，不知不觉自己已走到路的尽头。

天色暗下来了。三月的加拿大西海岸变得阴冷。墨绿的盘山路上没有其他车辆，越野车流转在不知名的森林山间，一如水银泻地般流畅。如果从空中俯瞰，我就像一只发着暗淡荧光的小虫，在阴暗的密林中飞舞。林间空隙偶尔露出积雪的山顶，我的思绪再次回到美院。

今年冬天，同样被积雪覆盖。火车停靠在呼和浩特站。董齐民和我到那里参加油画协会举办的研讨会。会议要求参会者提交一幅作品，作品要反映研讨会色彩叙事的主题。我提交的作品是一幅老年肖像，老实说那算是我近几年比较满意的作品，参加研讨会的同行很多，还有美协领导，我不想敷衍。

列车震了一下，停顿下来。车厢骚动起来，我催董齐民取行李下车。这是一个寒冷的冬日，我想早点去酒店休息。刚下车走了几步，董齐民突然停下脚步，盯着一台停靠在站台的蒸汽火车头。我很了解他这种入迷的神情，那台老火车头肯定触动了他某根神经。

"破车头有啥好看，赶紧走吧。"我催他道。

"马上马上。"董齐民应道，脚根本没挪地方。

我不断跺着脚取暖，也为了提醒他。又过了几分钟，他仍然一动不动盯着那台喷着蒸汽的火车头。

"走吧，接车的人该着急了。"我再次催促。

"要不你先去酒店。我再看会儿？"董齐民央求道。

我叹了口气，坦白说，我暗自希望自己仍有这份激情，我也曾经如此。

"好吧，我告诉司机，等会儿我们自己打车。"

董齐民感激地咧嘴笑道："我保证，就看一会儿。晚上我请客。"

他从行李箱里找到速写本开始勾画。站台只剩下我们两人。我来回踱步，不停搓着手。董齐民坐在行李箱上一动不动，在速写本上不停涂抹，偶尔抹一下鼻涕。他那副样子可笑而令我羡慕。

"你准备提交什么画？"去酒店的出租车上我随口问他。

"什么画？"董齐民茫然地问。

"要求提交的作品啊，研讨会要求每人带一幅作品。"我惊讶地回答。

"是吗？我没仔细看通知，什么时候交？"董齐民问道。

"明天早上签到，把画交给组委会。"我回答，心里替他叫苦，会议明早九点开始，他不可能回家取画。

欢迎晚宴上，董齐民被劝了几杯，脚步不稳，提前回房间休息。宴会结束后，我回到客房，进门看到董齐民已经和衣倒在床上睡着了。床边画架上有一幅油画。

冬日午后，一台老式机车停靠在站台旁。几缕暖暖的阳光刺穿云层落在车头，为沉重的机车注入了生命力，像一头喘息暂歇的巨兽，几乎能听到它的呼吸声。笔触迅疾不乱。色彩令人印象深刻：画面整体是冷色调，但是几笔阳光暖色油彩为冷峻的故事带来了希望。画布上的油彩尚未干透，显然刚完成。董齐民居然在晚宴结尾的短暂时间里，一气呵成完成了一幅作品。

我看了很久，坐在床上，口干舌燥，心里充满嫉妒、羞愧、恐惧和绝望。看着沉睡的董齐民那张年轻面孔和那幅画，我知道是时候面对一些事情了。

那天晚上我做了一个奇怪的梦。在梦里，我站在美院大楼天台上，面对着一个深不见底的水池。池水黑暗而清澈，许多不知名的大鱼在水中按顺时针方向缓缓游动，像有种默契，带着催眠的感觉。我望着它们，心中平静却有种无法言说的深刻悲哀。醒来后那个场景依然历历在目。

研讨会结束后，我再也无心上课，只想逃离美院，逃离貌似风平浪静的无感生活。当然，我能继续假装什么事都没发生，可我很明白，我再也无法自欺。很快，我的休假申请得到批准。我得离开一段时间，可能是为了寻找答案，就像面对观众却突然失声的歌手想逃出聚光灯的光环。我必须离开。

我摇下车窗，深深呼吸。海岸森林空气清冽透明，带着松香味，温暖而微辣。我已经逃离了那个面临绝境的地方。可是我想弄清楚到底哪里出了问题。

一旦你看到那个事实，恐惧会成倍加剧，因为你知道了事实，开始担心周围的人也会发现。我可以继续在行业研讨会上对当代美术等话题侃侃而谈，继续参加美展，继续假装下去，但事实是，我画不出来了。这个发现有种天塌下来的感觉。

　　楼下住客搬行李的声音把我吵醒。我睡眼蒙眬地看床边闹钟，闪烁的红色数字显示早上十点。我的时差已经调整得差不多了，我不再需要像过去那样，把自己从宿醉中唤醒，带着头痛困倦去上班。

　　流木客栈是家小冲浪客栈。住客自己安排生活日常，类似 B&B（Bed & Breakfast，住宿加早餐式客栈）：除了客房服务和早餐，生活日常由住客自理。厨房和公共空间住客公用。流木客栈比酒店价格稍低，居住方式更接近在家生活。客栈有两层，有十多间客房。大堂、厨房和餐厅等公共空间在一楼，我的房间在二楼走廊尽头，落地窗外有个半圆形阳台，面对大海。我不想把自己关在一个与世隔绝的度假村酒店里。只要房间干净，有热水，离海边近，已经足够完美。这家客栈满足了我的一切需求。不过后来我发现，流木客栈带来的远不止这些。

　　我到达图非镇时临近黄昏，车窗外的小镇华灯初上。公路边有一栋两层小楼，楼侧墙上悬挂的橘色店标写着"流木客栈"。圆拱形客栈屋檐下挂着铁皮长明灯，橙色灯光在黄昏中暖暖地亮着。那盏黄色长明灯突然让我有了到家的感觉。车停在客栈门前，我疲惫不堪，不想再一家接一家寻找落脚地，我决定就在这里落脚。这是我见到的第一家旅馆。

　　饶舌的纳贾和他温柔的太太蕾拉是我在图非最先认识的当地人。后来我给纳贾起了个中文名字"老贾"。我告诉他在中国通常我们会加个"老"字来称呼朋友。他喜欢这个名字，开玩笑说会把客栈改名叫老贾客栈。

老贾是斯里兰卡人，和我年龄相仿，但已经完全谢顶。他个子不高，目光灵活，眼里闪着光芒。客栈住客们自己管理起居，所以虽然老贾和太太是客栈主人，但并不常待在客栈，每天他会来客栈打理日常事务，然后就回自己家。老贾家就在附近，从客栈能看到他家灯光。

我走进客栈前厅，老贾在写字台后埋头看书。这里不像酒店，没有前台。厅里的办公桌和书架就是客栈经理的办公室。老贾对我突然出现好像并不惊奇，他放下厚实的书和我打招呼，似乎预先知道有个中国来客会出现。我刚想张口，墙上壁钟开始报时，一只黑色小鸟从钟盘的洞里跳出，啄了几下。我望着古董壁钟有点走神，时差加上开了接近半天的车，我突然有种失忆的感觉，思维有点短路。

老贾问我有没有预订。我长吁一口气，飘忽的神志重新落到地面。黑色小鸟躲回洞里。我要了一个单人间。老贾很快办完入住手续，他递给我一把铜钥匙，像电影里那种开启藏宝箱的老钥匙。

"房间是 207，在二楼走廊尽头。"

我拖着沉重的行李准备去客房。门外传来狗叫声，门开了，一只柴犬跑进屋里，身后跟着一个白发老头，消瘦，叼着烟卷，拎着一袋新鲜蘑菇。

"晚上好，船长。"老贾和来客很熟，柴犬好奇地在我身上不停嗅着。

"不！熊本。"老头低声喝道，狗悻悻地走回他身边。老头扫了我一眼，眼神犀利。"这些是给蕾拉的，"老头把那包蘑菇放在桌上，他掏出一份皱巴巴的报纸放在老贾面前，"听说了吗？早上有艘观鲸船触礁了，在马蹄岛。"他声音很低。

我就站在旁边，所以听得很清楚。报纸是当天的本地报纸，头版是一艘沉船的照片，标题写着"罕见悲剧：观鲸船颠覆多人遇难"。

我觉得有点不祥，刚到小镇，就听到意外发生的消息。

老贾叹息道："听说了，这么多年第一次遇到，到底怎么回事？"

老头摇头说："还在调查没有结果，昨天海上几乎没有风浪，出这种事太奇怪了。"两人接着讨论。我拖着行李上楼。经过十多个小时的长途跋涉，我疲倦不堪，只想倒下睡觉。

我走到二楼尽头打开客房门。房间小而整洁，阳台上摆着木椅，正对大海。流木客栈在图非镇主路旁的岔道口。阳台前方几百米外有一座小岛，背光卧在海中，像一只海龟。我眺望暮色中的海岸，盘算着该在此地逗留几天。我对图非最初的印象是一座苍白冷清的海滨小镇，我想起在楼下听到的意外消息，或许两三天后，我应该继续上路。对自己毫无计划的旅行，我开始有点后悔。这里没有手机信号，我忘了在机场买本地芯片。就这样，在这偏远之地，我与世界的最后一丝联系被切断了。

一夜多梦，早上醒来我感到浑身困乏，却找不回睡意。我不情愿地起身，边洗漱边听新闻，两位电视主持人讨论着未来几天的降水概率。我坐在床边，拿起一本杂志随手翻了几页。那本介绍图非镇旅游的杂志有不少风光图片。饥饿感不可抑制地袭来，我放下杂志，下楼找早餐。

老贾太太蕾拉在厨房做早餐。我跟她打了招呼，取了一份三明治在餐厅坐下，随便翻了翻当天的报纸，打量着用餐的客栈住客。蕾拉贴心地给我端来伯爵茶。我看到餐盘下报纸上有一行小字："当你做某件事的时候，一旦想要求快，就表示你再也不关心它，而想去做别的事。"我记得这句话来自《禅与摩托车维修艺术》，那是一本有趣的书，讲述了作者父子驾摩托车穿行美国的经历，书中夹杂了很多哲学讨论。在美国读书时，我读过那本书。

我正在回忆那本书，一个女孩走进餐厅，火红长发束在脑后，脚步轻盈，匀称结实，套头衫上绣着无处俱乐部（Nowhere Club）的标志。餐厅只有四张餐桌，坐满了房客，我独占了一张双人桌。她就是把我弄醒的住客，刚才走出了房间，我见到她正往隔壁客房搬行李。女孩走到我面前问："能坐在这吗？"

"请坐，"我把铺满桌面的早餐茶杯收拢到自己面前，"你好，邻居，刚才我们在走廊里见过，我在 207 房。"我自我介绍。

"幸会，我叫塔拉。"她微笑着回答，牙齿整齐白净。

"我是辛明。"我说。

和在大城市生活不同，独自旅行时我爱找人聊天，尤其是当地人，这是了解一个地方最好的办法。我懒得研究攻略，那些旅游笔记大都是个人化叙述，我想自己观察，而不是被先入为主的意见左右。

"来看鲸鱼吗？"塔拉啃了口苹果问。

我摇摇头。从我衣着口音应该不难看出我是外地人。

"不是，偶尔路过。"我说。

所谓路过，就是两段有目的的生活之间的时光。

这是我正在进行的旅行的现实：没有计划，没有目的，也没有目的地。

"图非是个观鲸的地方？"我没话找话。

"对，而且很有名，灰鲸和虎鲸都有，有时还能看到座头鲸。灰鲸最常见，每年春天都有上百头灰鲸从墨西哥湾到北极觅食，路过这里。"塔拉把长发撩到一侧。听起来那些鲸鱼和我一样，也是路过。我试图想象鲸群浩浩荡荡穿过海峡的场面，脑子里却出现了塞满车的环线。

"你呢？自己来图非玩？"我试探地问道。

"我来冲浪，和几位朋友一起，早上刚从荒凉湾来。"塔拉把剩余的吐司吃完，擦了擦手，捧起咖啡喝了一口。

"这地方这么冷，还能冲浪？"我以为冲浪属于热带地区的运动，没想到春寒时节、高纬度地区也有冲浪者。

"这天气不算什么。"塔拉说，"图非是有名的冲浪胜地，加拿大、美国都有人专门来这儿冲浪。冬天浪大更合适。这里有不少适合冲浪的海滩，诸如长滩、切斯曼海滩、高斯湾都很棒。你从哪里来？"她好奇地问。

"中国。我教绘画，有时候自己也画几笔。"我回答。

"镇上有很多画廊，如果你爱画画，肯定喜欢这里。"她说。

我心里一动，我真的爱画画吗？从来没人问过我这个问题，我甚至没问过自己。我很久没有拿起笔了。塔拉触动了我心底的痛处。

"你已经画了很多年了吗？"塔拉好奇地望着我。

"八岁我就开始画，后来画画成了工作。"我干巴巴地回答。

"变成工作，感觉会不一样吗？"塔拉接着问，问题有点奇怪。

"现在教别人多，自己画得少。"我回避了她的问题。

我在一座南方城市出生，因为受到鼓励，很小就对绘画感兴趣。我有种不知从何来的观点，坚信如果不是因为绘画，我会做出很多可怕荒唐的事。

到大学后不知为何，绘画中的主客体关系成了瓶颈，我和画布较劲，却始终不得要领。在美国进修时这种纠结继续发酵。我的英文水平提高了许多，绘画水平却没进展。回国后问题被隐藏而得到缓解。我被专业画家围绕，却少有人关心绘画，晋升评级、人事关系、开班接广告变成要务。我隐身在科班出身的画师群中，得到了许多，也失去了许多，说不出是什么，但我知道很重要。呼和浩特的那晚，我终于找到了答案。

我想逃避关于绘画的话题。塔拉脖颈上挂着一枚精致的白色项链坠，像是骨雕。

"你的项链很特别。"我转移话题。

塔拉低头拿着项链坠看了看："谢谢。这个鲸骨项链是父亲的朋友做的。我父亲是个小号手，小时候我常随他的乐队到处演出。他常来图非。有次我在这里的沙滩上找到一块骨头，拿给爸爸的那位朋友看。他很吃惊，说是一块蓝鲸头骨，还做了这个项链坠送给我。"塔拉轻抚项链坠陷入沉思："他是这里的原住民，他们相信蓝鲸和人有特别的关系。如果你遇到过一头蓝鲸，它永远都会记得你。"

"你见过蓝鲸？"我问，突然想起上百头灰鲸途经此地的事。

塔拉摇摇头说："我见过灰鲸和其他的鲸，从来没见过蓝鲸。"她用手指搅动长发思考着什么，"对了！说到蓝鲸，你听说了吗？"塔拉的眼睛亮了起来。

"听说什么？"我问。

"有人说最近这里来了一头蓝鲸，就在图非！出事的船就是找蓝鲸的。"

我没说什么，心里有一个听不清的声音不停嘀咕。

白天我在镇上到处溜达了一会儿，步行回到流木客栈。我没有回房间，而是走到客栈附近的海边，我想看看落日。客栈前有个小码头，栈桥边停着几艘船。我走到栈桥边，大概旺季还没到来，冷清的小镇到了黄昏更加寂静。一群水鸟在海面随波起伏，静等食物出现。

来小镇后，除了老贾夫妇等人，我还认识了一些本地居民。客栈附近的森林有两只白头鹰，黄昏时我常看到它们踞守枝头。多年前在宁夏写生时，我曾在贺兰山见过鹰，它们高踞在光秃秃的荒山顶上，灰褐色羽毛看起来像迷彩装，白头鹰更像参加盛装派对的绅士。海边很安静，前方水面冒出一个黑亮的圆脑袋，一头海港豹好奇地望着我，突然沉入水中不见了。

那天晚上睡到午夜，我突然醒来，外面有隆隆声音，像远方雷声，又像隔壁低声谈话。我昏沉地睡了过去。

天刚放亮，我已经醒来。我下床拉开落地窗，潮湿的海风夹着雨点吹进屋里，我打着寒战把窗关上。我穿衣下楼，餐厅空无一人，壁炉里的灰烬还没被清理。我端详着墙上一幅泛黄的海图。

"再也没人会画这种手绘海图了。"有人突然评价道。老贾站在我身后，抱着双臂得意地望着那幅海图。"十年前我在维多利亚找到的，很多人想买，我不卖。"

"很特别。"我点头附和道。

"喝点茶？"老贾问道。

没等我回答，老贾消失在餐厅后的厨房里。我正打量着厨房门口的印度风格门帘，老贾像猫一样再次出现，手中的盘子盛着烤吐司、煎蛋和切片的番茄。

"早上下雨，在家里喝茶很暖和，这是我从印度带回来的大吉岭茶。"他把盘子放在我面前，拉开木椅坐下。

家？我心里一动。我本来就不是个故土观念很强的人，到图非后更常忘记身在何处。

"蕾拉呢？"我问。

"带孩子们去熙尼了。"

熙尼是维多利亚附近的养老小镇，听起来老贾夫人带孩子回娘家了。蕾拉是图非本地人，我猜她有原住民血统。

我到图非后还没跟老贾单聊过。客栈每天都有客人进出，有冲浪者，有背包客，我不想打扰他们。这两天客栈才清静下来。

"老贾，你是怎么搬到这里的？"我问。

"可能是某种奇怪的缘分，我在维多利亚大学读哲学时，假期常来图非打工，认识了蕾拉，结婚后就住下来了。"老贾双眼带着微笑。看得出他对生活很满意，"图非很小但很特别。冬天没什么游客，夏天人多，不过跟中国相比肯定不算什么。"老贾说。

"这里主要靠旅游吧？"我问。

"对，这里没有工业，本地人对赚钱没有热望，时间都花在自己的爱好上，如徒步、钓鱼、冲浪、划艇等。以前有中国商人想在这里建酒店，做海洋养殖，后来都没下文了。"老贾起身加水，接着说，"这里不一样，有些话题很敏感，像环保、动物保护和原住民，得懂怎么和社群沟通，有些事钱解决不了。"老贾是个有温度的人，就像那杯大吉岭茶。

风雨声变得密集，我摆弄着咖啡杯随口问："听说有人见到蓝鲸？"

"在图非？那可是稀罕事！"老贾很惊讶。

"蓝鲸很少见吗？"我问。

"斯里兰卡有，这里倒从没听说过。"老贾说。

我问："为什么？这里不适合？"

老贾摇摇头说："我不知道。在原住民部落的传说里倒是有，不过那是几百年前的传说。"

难怪老贾对我的问题感到诧异。

"它们很不一样吗？"我追问。我对海洋所知甚少，我以为海洋里那些大家伙都差不多。

"差别太大了！"老贾笑起来。他从咖啡桌上捡起一本杂志递给我。

"这是以前的住客留下的，你拿去看吧。我也是从这书里学到的：蓝鲸是有史以来地球体形最大的物种，和它们相比，灰鲸像个侏儒。不像虎鲸、灰鲸那样成群结队，蓝鲸是独行客。"

独行的蓝鲸，让我想起了自己的旅行。老贾的话让我对蓝鲸产生了浓厚的兴趣。塔拉在沙滩上捡到的蓝鲸头骨、消失的蓝鲸家族，以及深海独行的巨人，这一切听起来颇有魔幻色彩。想象图非镇海面下，一头悄然而至的访客在缓缓巡游，我突然感到几分熟悉和激动。

"不知道你的消息是否准确。可以试试。谁知道呢，说不定你真能遇到它。"老贾笑道，"明天蕾拉堂弟要带客人出海观鲸。你可以同去。"

杰夫是个大嗓门的船夫，我有几次见他带客人从客栈码头出发，傍晚返回。他的观鲸船是艘单引擎汽船，银灰色小艇左舷写着"公主号"，不过我总觉得把那艘船和公主联想在一起颇有难度。

"明早他们八点出海，别睡过头。"老贾提醒道。

晚上我再次梦到那些大鱼。我回到那座高楼天台，面对巨大深潭俯瞰，深黑色水面没有一丝波浪，水底有无数大鱼正缓慢游动，看上去有种催眠感。不知不觉，我发现自己在池中和大鱼们一起缓缓游动。潭中波澜不惊，深潭没有一滴水溢出，流到大楼外。那景象美丽而亲切，还有说不清的淡淡悲哀。

早上我到码头时，杰夫在船上做着出海准备。码头上有五个游客，有一对老夫妻、两位年轻游客，还有我初到客栈时见过的瘦高老头。我猜他是杰夫的朋友。老夫妻来自渥太华，到图非镇探亲；年轻游客是一对约旦夫妇。

天空彻底放晴了。杰夫备好船准备出海，灰白色的后甲板上堆了几个空塑料桶，半封闭的船舱里可以坐七八个人，走进船舱能闻到柴油味。发动机轰鸣，小船蹿出码头。客栈很快消失在远处的海边。汽船在不知名的小岛间穿行，岛屿间距离不过百米，有的甚至更窄。海面没有波浪，汽船轻盈地掠过无数小岛。

"观鲸得从这儿开出去，到远处海面。"杰夫大声说，盖过发动机的声音。

"没问题，能走多远走多远！"两个年轻人热切地回答。老夫妻和我都没有说话。我寻思着远方的海会有什么不同。

"坐稳了！"杰夫说完，发动机猛地提高了嗓门。

船头向左边偏转了，船在波浪上连续弹跳，朝远处一条细长白浪驶去。很快，船体摆动幅度大起来。小船一次次被迎面扑来的浪涛抛起，重重跌落涛底。我很快打消了到后甲板看风景的念头，用力抓紧前座靠背，保持稳定。我有点担心老夫妻吃不消，却见他们攥着手，安然看着窗外，看起来毫不担心。刚才那对还信心满满的年轻人脸色苍白，女孩儿低着头，男孩子不断安慰她。杰夫打开移窗，让海风吹进来，海浪不断溅入，他只好把窗子关上。银发老头坐在他身后一声不吭，看着前方海面。

"看远处。"杰夫手扶方向舵，大声说，"往远看不晕船。"

我盯着海平线却毫无用处。风浪加剧。船跌进浪谷，海平线消失了。

"看，加州海狮！"杰夫指着窗外吼道。

远处有一堆黑色礁石，几十只肥硕的家伙懒洋洋地躺在上面，肥嘟嘟的身上带着深深的褶子。为了让我们看清楚，杰夫停船。汽船像个空易拉罐在浪里被抛上抛下。我浑身冒冷汗，盼着杰夫能重新发动汽船，早点结束行程。

杰夫终于重新发动了汽船，小船吼叫着越过一排浪花，向右方驶去。

"让我们试试运气找鲸吧。"杰夫大声说。

接下来几个小时，我已经不再关心海上情况，蜷缩在后座皮椅上祈祷尽快回到岸边。杰夫不断说着什么，不知是自言自语，还是跟其他乘客对话。船舱里越来越热，我闻到汗味混着柴油味，感到头晕恶心。太阳透过飞溅的白浪碎屑照在我脸上，头发被汗水湿透，脖颈后冷汗流到背上，我感到狼狈至极。

船终于停靠在客栈码头，我跨出船舷时一脚踩空，落到船舷和码头的空隙里。银灰发的老头一把托住我的手臂，可惜为时已晚，我的屁股撞在船舷上。我忍着剧痛站起来，强作镇定，一瘸一拐地走上栈桥。

"今天运气不好，过几天我们再出海试试。"后面传来杰夫的声音。

回到客栈，我觉得头痛，在船上撞伤的部位也越发疼痛，我放满热水泡在浴缸里。我无聊地吐着水泡，听着咕咕的水泡声。我想起那头蓝鲸，想再试试运气。听到的蓝鲸故事让我很希望能亲眼见到神秘的海底巨人，不过首次出海的经历让我犹豫，那滋味并不好受。

我穿好衣服，拿着老贾给我的杂志下楼，想到餐厅找点喝的。餐厅亮着落地灯，昏黄灯光洒在角落。壁炉里燃着余火，暗淡火光从将熄的炭中透出，突然变亮，随即又变暗。我打开冰箱取了一瓶印度淡啤，在壁炉旁的沙发上坐下，翻阅着那本《国家地理》杂志。

蓝鲸（Balaenoptera musculus）是已知体形最大的生物。蓝鲸的种名 musculus，则源自拉丁语 "mus"（鼠）的 "小鼠" 之意——很明显，林奈（现代生物学奠基人）开了个玩笑。"小鼠鲸" 能长到 30 米长，200 吨重，一头的重量就抵得上美国橄榄球联盟全部队员的体重。正如大象能不费吹灰之力地用鼻子卷起小老鼠，蓝鲸也能用巨大的舌头轻易卷走一头大象。

有史以来最大的动物却被冠以小老鼠的名字，我不禁微笑起来。

"啤酒是吃早餐时喝的。"一个沙哑的声音突然响起来。

原来是我刚到客栈时见过的那位白发老头。他正坐在房间一侧，柴犬熊本蜷缩在他脚下，"你该试试这个。"老头举起一瓶朗姆酒对我笑道，露出几颗残缺的牙齿。熊本起身警惕地望着我。

"原来是您，又见面了。"我举起酒瓶回礼。

"没看到鲸鱼失望吗？"老头眯着眼问我，似笑非笑。

"我运气不好。"我回答。

"跟运气没关系，"他说，"你没弄妥。"

"我没明白您的意思。"我疑惑地问。

"就像我刚说的，"他重复道，从柴堆里抽出一根雪松塞进壁炉继续说，"得等你弄妥了才行。"火苗沿着雪松边缘舔上来，像舞动的金色小蛇。他就着炉火点上一根烟，深吸了一口。

"我得做些什么？"我想知道他说的"弄妥"是什么意思。

老头望着我问："纳贾说你在找蓝鲸？"

"是的，您听说了，"我热切地回应道，"最近我一直在打听，不过他们都说这里根本没有蓝鲸，您觉得呢？"

老头晃了晃脑袋，笑而不答。

"您知道怎么找，对吗？"直觉告诉我，这个老头可能知道答案。

他半天不吭声，只是眯着眼睛盯着我，像是要挖出什么秘密。

"真想找？"

我点点头。

"有多想？老实说。"老头吐出一口烟，目光咄咄逼人，神色严厉。

"我不知道，我很好奇……"我支吾着回答，低头喝啤酒掩饰不安。

"好奇？哈！镇上有很多观鲸客。如果你也想猎奇拍点照片炫耀，我建议你别浪费时间了，随便报名参加一个观鲸团，总有机会看到鲸。"

"我不是观光客，也不想看别的，只想找那头蓝鲸。"我嗫嚅道。

"都这么说，到最后都是来猎奇的，他们心里根本没有愿望。"老人说。

"有愿望就够了吗？"

"那是寻找的起点。观光团不会带你找到你想找的。"老头冲我眨眨眼，"算了吧，出门度假何必自讨苦吃，喝点酒跟女孩找点乐子，用不着苦思冥想，放松就行了。"老人慢悠悠地喝着朗姆酒，建议道。

显然他无法理解我的想法，我不再解释。

"还没自我介绍，我叫辛明。"我向老头伸出手。

"米勒·格雷厄姆。"老人握住我的手，结实而温暖。

"纳贾为什么叫您船长？"我记得老贾是这么称呼他的。

"因为我爱喝这个，"米勒指了指旁边的摩根船长朗姆酒，"我过去是水手，退休后把船卖了。"

"您见过蓝鲸吗？"我问。

"嗯哼，有过一瞥。"他点点头。我没猜错。

"是在图非吗？"听到他见过蓝鲸，我马上追问道。

"在日本。"米勒目光狡黠，惜字如金。

"您能带我找到它吗？"我继续追问。

"得靠你自己，谁也没法帮你找到，别人只能给你看照片，告诉你朝哪里找才能找到，但没人能带你见到蓝鲸，只能靠你自己。"米勒咂了口酒说。

"好吧，照片我看过了，您能告诉我该朝哪里找吗？"我问。

"喏,这儿,"米勒随意一指,掐灭烟戴上帽子,"我回家了,晚安。"

谈话好像还没开始就结束了。

"晚安,米勒。"我望着老头的背影说。

说到古老的地方,我出生的那座城市也算其中之一。那里古代曾一度禅林云集,至今还有不少御笔题写的石碑、牌匾。不过就像很多地方,古刹虽然祈福者众,香火鼎盛,却有寺无僧,成了旅游景点。空寂屋内重陷寂静,火舌拥抱着雪松,松香弥漫,柴火爆裂发出细微的噼啪声。

桌上啤酒剩下一半。我回想着在图非的经历:隐匿的蓝鲸,虚幻和真实,记忆里的萧瑟古刹、塔林柏树、弥散的松香,记忆和现实好像有某种联系,但我无法辨认。炉火逐渐沉寂暗淡,阴冷夺回了房间。窗外没有月光的海滩依稀可辨,远处小岛消失在黑暗中。我倒掉残酒,回到房间。

晚上又开始下雨。我裹紧被子蜷缩在床上。黑暗中小屋左右晃动,像在浪谷间挣扎。半梦半醒中,我再次回到那座深潭边,低头看着黑暗潭水中游动的大鱼,不知道自己是在和它们一起游动,还是坐在岸边观看。这个梦缄默无声,只有游动,不停地游动。

早上我下楼到餐厅,刚一坐下,就感到腿部传来阵阵疼痛,情况比昨天更糟。冲浪女孩塔拉端着餐盘走过来,问都没问,在我面前坐下。

"你跟杰夫出海了?"小镇没有任何秘密。

"别提了,吐得一干二净,到现在我觉得屋子还在晃。"

我苦笑着摇头。

"找到鲸鱼了吗？"

"除了几只海狮，什么都没看到。"

"我也在帮你留意，不过没有线索，"塔拉说，"等会儿我们去长滩冲浪，一起来吗？"

我赶紧点头同意。

"吃完早饭就走，要我帮你找一块冲浪板吗？"塔拉问。

"不用，我只想去那里看看。"我回答，"我还没去过长滩。"

"画板呢？"她又问。

我摇摇头："我出门没带。"我有点惊讶自己坦然撒谎。

我当然带了画具，那是我早就养成的习惯。不过从上飞机开始我还没碰过它们。那天出海回来，我曾经想过把狂躁的大海画出来，但很快我觉得这个想法荒唐，我不想经历无画可画的痛苦，便毫不犹豫地打消了那个念头。

塔拉的车厢里堆满了杂物。两位与她同龄的女孩坐在车里等她。塔拉为我们做了介绍，没等开车我就忘了她俩的名字。女孩子们一路欢声笑语地唱歌，我坐在副驾驶位，心事重重地望着车窗外闪过的连绵的森林。

到停车场后，塔拉她们熟练地把冲浪板从车顶上卸下，塔拉打开后备箱，女孩儿们换上紧身冲浪服。我自觉地走到远处计费器前付停车费。

"塔拉，三小时的停车费够吗？"我大声问。

"全天吧。谢啦。"塔拉说。

女孩们带着冲浪板向海边树林跑去，树林后海浪声清晰可辨。穿过树林，一望无际的白色沙滩出现在眼前。女孩子们欢呼着冲向沙滩。长滩是图非有名的海滩，长达十几里的沙滩拥抱着太平洋，宽广平坦，海面上几乎没有礁石。海浪冲向岸边，远处的冲浪者趴在板上，耐心等候着浪头。塔拉她们带着冲浪板连跑带跳地到了海边，趴在板上向深水处划去。

我在岸边来回徘徊。沙滩平整结实，白褐色的沙子细密结实。海滩上有几棵被推上岸的流木，十多米的粗大树干，树皮被海水冲掉，光滑的白色树干裸露着。海风、阳光和沙把流木打磨得光滑干燥。我在一棵平整的树干上坐下，望着大海发呆。蓝鲸在哪儿？除了几个带着狗儿的散步者外，漫长沙滩上见不到行人。海风晃动着草丛，风很冷却不带咸腥味。初春的海水呈现黑灰色，看起来神秘又令人生畏。细长的海浪在银亮的阳光下如同锋利的剃刀刮过海面。每次浪头涌起，冲浪者迅速翻身站在板上，在闪着亮光的刀刃上掠过。浪头消失了，他们等候着下一个机会。阳光从云层中短暂地钻出，海面有时突然变得刺眼。

塔拉拖着板向岸边走来。

"冷不冷？"我问。

"不冷，有冲浪服。"塔拉挤了挤头发，把冲浪板靠着流木放好。

"那天我想起我爸了。"塔拉说。阳光洒在她脸上，有浅浅的雀斑，火焰色的长发在阳光下闪着光。

"还记得他的演出吗？"我问。

"当然，他在爵士乐队里吹小号。"塔拉点点头，"他吹号像讲故事。别的孩子听父母讲睡前故事，我的故事都是我爸的音乐，他是个故事高手。"

我对音乐不在行，但我喜欢爵士乐。纽约很多酒吧有现场演出，我常去看。

"乐手们看起来即兴随意，其实很专注，任何细微变化都能觉察，观众们只能看到一部分。"塔拉说。

她的话让我想起绘画中始终困扰我的那个问题：主客体关系，如何真正实现自如表达。

塔拉望着远处的冲浪者，接着说："就像高手冲浪，怎么用身体重心，肩膀、腿的力量，判断海浪，等等，有很多技巧要反复练习，最后放手让身体和浪自然互动，你要做的只是观察，而不是控制。"塔拉说，"不过得自己试了才知道，很难说清楚。"

"我懂了。"我突然对那些困扰我的问题有了不同想法。

"我快要回荒凉湾了。"塔拉湿漉漉的长发在阳光下滴着水，她望着远处的海岸，几个女孩正朝我们走来。

"还会见面吗？"我觉得有些意外，塔拉是我在图非为数不多的朋友。

细沙从我们面前拂过，塔拉望了我一眼，没有回答。青金石色双眸在阴郁海风中发亮，暗红卷发如跃动的火光环绕着她的脸。远处的云像被清扫的积雪推到了海平线，蛰伏在海面。阳光奋力钻出云层，洒满海滩，沙滩上的一切重新变得透明。塔拉起身迎向两个女孩，好像刚才的对话没有发生过。一只漆黑发亮的渡鸦看着我，颈部的细软羽毛迎风舞动。

早上起来看到天气很好，我决定到附近森林里走走。图非周围森林里有不少小径，有的长达十几千米，小径上有指示牌告知方位，不必担心迷路。

我坐在房间面对行李箱，犹豫了很久，终于拿出画具塞进背包。我下楼取了三明治和水就出门了。进出图非镇仅有一条公路，小径都隐藏在公路两侧的森林中。森林里的古松高不见顶，如长枪般直插向天空，接近地表的树干往往只剩下一些疤结，松针铺满了树木间的空地，林间的厚厚青苔爬上了几人环抱粗的树干。

我贪婪地呼吸着湿润的空气，在森林里散步很惬意。脚下小径铺着灰褐色沙砾。林间时而落下阳光，森林雾气在阳光中闪烁着细微的闪光。枝丫上有时候跃过灰色的松鼠，远处传来虫鸣，森林里见不到人踪。我坐在溪流边，手探进溪水，清凉的水从指间流过。我扶着栏杆低头看着下方水潭，想起了梦中俯视深潭大鱼的那一幕。不过这里没有大鱼。我想起背包里的画具，打算找个安静的地方试试笔。

继续步行了半小时，林间空隙里开始闪动波光，很快宽阔的海面出现在视野中。脚下小径就在海岸的陡峭崖壁上。阳光覆盖海面，天上没有一丝云彩，能见度极佳，我毫不费力就能看到极远处的海平线。崖边小径边被海风吹得歪斜的松树，松针树丫偏向一侧，像极了黄山松。

我找到一处平缓空地，从背包中拿出那几块被压扁的三明治。饥肠辘辘的我管不了这么多，三明治很快被我吞咽下去，我擦干净手，拿出画具。这是一处弯曲环抱的半月形海湾，我把画板面对海湾架好，端详着海湾，期望周围丰富的色彩能驱动画笔，让我找到感觉。

我拿着画笔面对画布站了很久，始终无法下笔。几分钟前那些美丽的海湾和丰富色彩开始变得嘈杂生硬。我像是初次拿起画笔，不知所措，景象变得僵硬。我逼迫自己调了些颜色涂抹在画板上，心里有个声音开始不停诅咒，笨拙、装模作样、虚伪……声音越来越响，画笔变得更加笨拙。我后退一步看了看。画布上只有愤怒和绝望。鲜活的海景像一潭死水，丑陋粗俗。我朝悬崖扔掉画笔，吼着拿油画刀朝画板反复刺去，扯烂画布，踢倒画架。我瘫坐在地上号啕大哭。面对满目美景，我充满绝望。

退潮时，蓝色海水不见了，大片灰黑色淤泥海滩裸露着，藏在水下的礁石露出，密密麻麻的细小藤壶看上去像弹孔密布的残垣，让人起鸡皮疙瘩。成群乌鸦落在海滩上，驱赶着海鸥。它们啄起贝壳，飞到空中重重摔下，吃掉蚬肉。

我沮丧地收起画具往回走。天色渐暗，树影间的阳光只剩下斜照。走了七八里路，我走进一棵高大冷杉后解手。刚从树后出来，却看到一个男子站在树边。我吓了一跳：是谁突然出现在这里？

一个中年白人男子身穿黑燕尾服，斜披勋带，镌刻着狮子的十字形勋章在斜阳下暗暗泛光。他脸色苍白，如同很久没见过阳光。虽然被余晖照着，皮肤却毫无光泽。我的喉咙干涩，结成一团，无法发声。

中年人抬头看了我一眼，说："你好。"

不知为何，听到他的声音我有些释然。不再像刚才那么恐惧，脚上也多了点力气。我没有逃走，反而对面前的陌生人感到好奇。恐惧和希望的角色转换可以很快。

"你是谁？"我壮着胆问。

"我是谁？"那人重复着我的问题，像在考虑，又像在嘲笑我的问题。他抬头看着我，面孔平静而带着忧郁。他的眼神似乎无法聚焦，空洞而茫然。

"你的问题问错了。我是谁完全不重要。"他说。

我注意到他的戒指上刻着文字和图案。

"没错，毕业戒指。"那人把戴戒指的手冲我挥了一下。

他能读懂我的念头，这令我感到恐慌。

"我没伤害过任何人，除了我自己。"他苦笑着说，又看穿了我的心思。

"我们俩很像，都很纠结。"那人嘴角微翘，露出讥讽的微笑。

"我……"我张口结舌。

我无法否认，如果不是进退两难，我怎么会到这里。

"不管多完美，我们都不满足。"他继续评论道。

"完美？无论如何我的境遇都算不上完美吧。"我说。

"当然，你可能不这么看，"男子看到了我的每个念头，"不用觉得尴尬，没人那么在乎你。"

我努力试图控制念头，但越想控制，念头越失控。

"我们都想尽善尽美，都相信完美就在眼前不远处……财富、影响力、亲密关系、权力，根本没有什么能带来满足，包括这个，"他指了指那枚勋章，微笑不见了。"直到鲍威尔离开后，我才开始明白，不过太迟了。"

"是的，鲍威尔是我儿子。"他读出我的念头，如白纸黑字。

"我在他身上寄托了所有期望。"他沉默了许久。

我不敢插话。

"他是那样一个完美的孩子……"他继续喃喃自语。

说完，男子陷入长久沉默。我不敢打扰他，只能仔细盯着心中每个念头，暗自希望不要有激怒对方的想法。我怕被他看穿，因为我知道他会看穿。越努力控制，念头越发翻腾。男子抬头盯着我，看透了我的把戏。线条硬朗的嘴唇抽动了一下，露出苦笑。

我无法抑制产生了一个念头：鲍威尔到底发生了什么。

"如果知道鲍威尔这么早离开，我会抛下所有事，我会阻止他冲浪。"

"我能帮你做什么？"我真心地问。

"你能帮我什么？告诉你一个秘密：寻短见的谁都帮不了，哈哈哈……"

他肆无忌惮地大笑起来，却没有发出任何声音。我被这突如其来的情况吓了一跳，没等我反应过来，陌生人突然不见了，像电影被剪掉数帧画面，森林、斜阳和林雾都在，男子却消失了。我呆站了一会儿，匆匆走出森林。

我走到客栈门口，熊本迎上来，米勒肯定也在。我走进餐厅，果然见到他在抽烟，餐盘里只剩几根意面。我觉得应该把刚才的经历和他说一下。

"船长，抱歉打扰，我有件事想请教您。"我说。

我找了个安静的角落坐下，一口气把刚才在森林里发生的事告诉他。

米勒边抽烟边听我讲，他若有所思地说："我听过老麦克佩斯的故事。"

"他叫麦克佩斯？"

米勒点点头说："是个有名的富商，耶鲁毕业，有头脑、有手段，镇上还有人记得他。"

我想起了男子手上那枚毕业戒指。

"有人说他该早收手，说得轻巧，换谁舍得放手？西海岸很多航线和矿产都是麦克佩斯家族的，那家伙富可敌国。"米勒说。

"他儿子是不是遇到意外？"我问道。

"冲浪溺水死了，就在长滩。"

"他多大？"我问。

"还在大学的时候，麦克佩斯刚拿下一座铜矿。儿子死后，他像变了个人。"

"洗手不干了？"我问。

"哈哈，正好相反，他变本加厉，吞并了好几个主要竞争对手，掌控了铜业，打仗要炮弹，要铜，这家伙发了横财还得到授勋。可你猜怎么着？拿了勋章后他到林子里上了吊。"米勒不紧不慢地讲述。我想起那枚十字形勋章。

清晨，我查了潮汐时刻表准备去看涨潮。刚出门便看到老贾在沙滩上打坐，他经常在那里静坐。看到我，老贾远远地招呼我。

"正找你呢，船长说要带你出海。"等我走到面前，老贾说。

"是吗？是去寻鲸？"我喜出望外。虽然对上次出海经历仍心有余悸，但我一直期望有机会和米勒出海，我觉得他能带我找到答案。

"还在找那头蓝鲸？"老贾问。

"当然。"我在他旁边沙滩上坐下。

"大家说的你不信？"老贾肯定也听说了我在镇上到处打听蓝鲸的事。每个人都给了我同样的回答：蓝鲸不存在。

"你觉得呢？到底有没有？"我问老贾。

"既然你想找，就应该不停去找，一直找到底，但找到最后，你可能会发现什么都没有，虽然如此，但去找还是很重要的。"老贾回答。

"所以你也同意镇上人说的，蓝鲸不存在。"我失望地问。

"我和他们说的不是一回事儿，我说的那个不存在超越了存在和不存在。"老贾说。我困惑地望着他："再解释解释？"

"如果这个世界有任何东西能不依赖你的概念，独立地、真实地存在，那么它必定离于存在和不存在这两个极端，因为存在和不存在都是相对某个主体而言的。真正存在的事物不用依赖其他事物的存在与否证明它自己的存在——它超越了自他、主客、存在与不存在等二元对立。"老贾慢条斯理地说。

"哈，果然是学哲学的。"我笑道，接着说，"不过我相信船长肯定觉得有蓝鲸。"

"他会说：不管看到或没看到，它就在那里。"老贾回答道，"说到出海，船长倒是没提蓝鲸，只说去马蹄岛，那里有不错的温泉。"

天气阴冷，泡温泉听起来是个很棒的主意。不过我仍然期待米勒能带给我好运——不管他怎么说，我相信找到那头蓝鲸主要得靠运气。

"他说什么时候走？"我问。

"我问问船长，别走太远，中午来客栈找我们。"

老贾卷起垫子朝客栈走去。

午饭后我收拾好东西，刚下楼就见到米勒和老贾在大厅里聊天，我听到米勒说："准备得差不多了。"

这是个好兆头，我希望他说的是那头隐藏的蓝鲸即将露出真容。客栈不忙，老贾也决定加入我们，我很高兴有他同行。

我们坐的是同一条船，不过这次走的是一条不同的路。

汽船紧贴海面飞翔，异常平稳。我已经做好了遭遇晕船的准备，口袋里装好了药片。但旅行却没有上次那样的痛苦。我甚至能从容地到后甲板吹海风。两岸岛屿被飞快地抛在船后。老贾走出船舱，戴着墨镜，宽阔的额头发亮，红色衬衣被风吹得像要挣脱的风筝。

"你像个好莱坞明星。"我说。

"图非只有一个明星。"老贾笑道。

"蓝鲸？"我脑子里始终挥不去那头大鱼。

"你被它迷住了。"老贾说。

"马蹄岛远不远？"我问。

"得开一个小时，"老贾答道，"说到鲸鱼，观鲸频道广播说昨天有人在那边见到鲸的踪迹，不知道是不是你想找的那头鲸鱼。"

"但愿如此，希望它还在那里。"我暗自祈求好运。

对大海来说，蓝鲸大概像广阔天空里的一片树叶，期待它停留在一处好像有点可笑。我抬头望天，想象着辽阔天空缓缓飘过巨大的身影。

"船长从没带人出过海。"老贾扶着船舷说，声音在风里几乎听不清，"我多年没坐过他的船了，太太过世后，他不怎么出海了。"

我没有回应，想起那晚和米勒在客栈的谈话。

"船这么稳，一看就是好手。你叫他船长是因为他爱喝朗姆酒？"我问。

"当然不是！米勒可是货真价实的船长，年轻时几次横渡太平洋，可惜我没见过他那艘叫'高地之风'的帆船。"老贾说。

"你知道他的故事？"我试着打听。

"没人知道他所有的故事，他不爱讲过去的事。"老贾笑道，"不过我从只言片语里听到过一些。"

"跟我说说。"我急切地请求。

"最早他在阿拉斯加捕蟹船上干过，去过东南亚，还在日本当过和尚，现在他爱上了种蘑菇。"老贾说。我不知道喝酒抽烟的米勒还曾出家，老贾的话让我对他更加好奇。

海风变大，船依然平稳。视线里出现了一座狭长岛屿，快船停靠在岛屿一侧的码头。我们下船后沿码头边的小径走进海边的密林。米勒没解释去哪里，我也没问，只是跟着他们，欣赏着雨林的各种颜色。小径由木板铺设，板上刻着各种图形和陌生文字。走了半小时，森林里逸出淡淡白色蒸汽，有硫黄味。

"温泉在前面。"老贾对我说。

我们来到一处礁石林立的黑色崖边。两臂宽的小溪热气蒸腾，从崖边直落海边礁石。几条长条的黑色礁石构成了数个平缓狭长的天然水池，像几个马蹄足印。从崖边流下的温泉水聚集在马蹄状池中，如同天然水池，蒸汽从池中升起。我们更衣下水。我面对大海，靠着礁石坐下，蒸汽温暖湿润，有淡淡的硫黄味，没有初闻的刺鼻感，池子三人同坐还有空间。

这是真正的天然温泉，朴实无华，妙不可言。温泉与森林融为一体，没有雕琢造作。温暖的溪流不断从身上滑过，消失在马蹄形池子另一端，跌入崖下海里，冰冷的海水和暖热的温泉在蒸腾的雾气中融为一体。池底铺满细沙，礁石表层有光滑密实的青苔，像细密油滑的水獭皮毛。

"这里真是天堂。"我脱口而出。

一只褐色蜥蜴爬上礁石凝视着我们，随后迅疾消失，比我的念头消失得还快。

"还在找那头蓝鲸吗？"米勒问。

"是的，不过没进展，我找很多人打听过，都说蓝鲸不存在。"我回答。

"他们当然会这么说。"米勒满不在乎地说，吐出一个烟圈。

"有几个原住民没那么确定,但他们只在部落传说里听过,并没亲眼见过。问来问去只有你俩见过蓝鲸,但不是在这儿。"我说。

米勒和老贾对望微笑。

远处天边出现了粉色彩云。离开温泉,我们重回木板铺设的小径。

米勒大步走在前面,我跟在后面,琢磨着接下来他会带我们去哪儿。图非像古代山水画:松林疏逸,海浪起伏,崖壁嶙峋,还有低调的小岛。我们沿松林小径步行,像范宽的山水卷中低首行旅的古人,我在脑海里勾画着一幅温泉行旅图。

在一处山崖旁刚转过弯,米勒突然停步低声说:"看。"

崖壁下是一个弓形海湾,近岛屿一侧被海水冲刷成圆弧,我顺着米勒指的方向望去,百米外的海面有个巨大的圆形水纹,光滑平整,和周围涌动的海面形成明显反差。

"是尾印!"老贾脱口而出。

我的心开始狂跳。

船长点点头说:"没错,那是鲸下潜时尾鳍搅起的波纹。"

虽然周围波涛起伏,圆形尾印却始终稳定清晰,像一面巨大的圆镜。

"它已经深潜,暂时不会露面了。"米勒说。

说完他快步向码头走去,几乎连跑带颠。难以想象他步伐居然如此轻快,我努力跟在他身后。米勒扔掉烟头,跳上船发动引擎,快艇迅疾离岸而去。

我们迎着落日方向沿岛向西驶去，很快到了尾印的那个海湾。米勒调整船速，来回巡视海面，他关了引擎，要我们注意观察。我站在甲板上四下张望，希望找到蓝鲸的踪影，不过除了起伏的波涛一无所有。随着时间的推移，我变得绝望，快艇发动机响起，我知道又将空手而归。

"还是一无所获。"我沮丧地说。

"也不完全是。"老贾说，"他只不过是安慰我罢了。"

"是蓝鲸，对吗？"我不愿意放弃希望。

"说不好。从尾印看是头大鱼，尾印很大，驻留很久。"船长答道。

"它肯定已经跑得无影无踪了。"我垂头丧气地说。

"不一定，可能现在它和我们不过咫尺之遥。"船长继续凝视海面。

那头巨大的蓝鲸缓慢地在海中巡游，像是在和我捉迷藏，每次我朝某处寻找，它就在我身后现身；我回头寻觅它，它又消失不见。此刻，它可能正在快艇下与我同行。想到这，我心里一阵战栗，不断祈祷期望它尽快露出真容。

快艇掉头朝图非驶去。

"运气不佳。"我说。

"和运气没关系，还得再等等。"船长说。我知道他提醒我愿望才是关键，继续祈愿，继续寻找。我不知道还能做什么才能一瞥蓝鲸。

这真是个古怪的问题：如何才能不错过一个近在咫尺的庞然大物？

我把车停在森林外的停车场，和米勒一起下车。我从车上取下外套和背包。虽然阳光很好，但森林里温度要低很多。我们徒步走进森林。在图非镇这段日子，我喜欢在这里的松林中散步。这些古老的森林里长满高耸的道格拉斯冷杉和雪松，有的冷杉树龄超过百年。我和米勒约好到森林里徒步。

米勒只带了一个背包和一根登山杖。他穿着厚实的登山鞋和抓绒衫，衬衫袖子卷在手臂上，手臂上有不知名的文字文身，时间太久，有的文身颜色已经模糊。米勒在前面领路，我努力才勉强跟上他，我听到自己的喘息声，森林里光线不断在树梢跳动。林鸟拍着翅膀冲出灌木丛，飞到树杈上。

"船长，小镇的名字是怎么来的？"我边走边问。

"文森特·图非是西班牙探险家，他的两个学生加利亚诺和瓦尔德兹航海探险到这里，用图非命名这里表达敬意。"米勒回答道。

"看来他人缘不错。"我说。

"图非是海军将领，也是个天文学家和数学家，尤其精于海图测绘，欧洲各国都有他的学生。"米勒对历史如数家珍。

我们穿过狭长的林间小径到了一处望海的坡上。米勒把登山杖靠在岩石上坐下抽烟休息，我也随他在路边坐下。

"来杯茶怎么样？"我拿出事先准备好的保温壶倒了一杯茶递给他。

米勒低头闻了一下："绿茶。日本也有，但不一样。"

我想到老贾说过他在日本出家的事："听说您在日本当过和尚？"

米勒淡然一笑："纳贾告诉你了？有这回事。"

我越发好奇："能讲给我听听吗？"

"我在西海岸几个城市打过工，做过伐木工、餐馆服务员、农场工人、捕蟹船水手，后来随船去了亚洲几个地方，在京都一座道场住过。"米勒听着海浪陷入回忆。

"道场生活是不是很特别？"我继续追问。

"没什么特别的，每天打扫道场，处理杂务，禁语静坐，吃饭睡觉，其实跟水手生活差不多。我挺喜欢。"

"喜欢哪部分呢？"我忍不住插嘴问，那种日子听起来很枯燥。

"没有期待。"米勒说，"在船上干过才明白水手对到岸的渴望，天天眺望，盼地平线早点出现。而道场像一艘永远不靠岸的船。"

"听起来比当海员更具有挑战性？"我问。

"而且还没有朗姆酒！"米勒笑起来，露出残缺的牙齿，他接着说，"那种生活只为一件事，即学会放弃对目标的执着。我师父常说，坐禅就是坐禅，不为别的。我慢慢习惯了这种生活，不再掰着指头算日子，船上岸上也没区别了。"

米勒的茶喝完了，我为他续茶。

"后来你为什么离开京都？"我继续发问。

"我遇到了汉娜。"米勒眼中闪过光芒，"她在京都旅游，到安祥院避雨时我们认识的。遇到她我知道该离开了。"

"您师父呢？他没劝你留下？"

"他逼我离开。"米勒沉默良久，眼眶发红，"过了很久我才明白，道场并不是砖瓦墙院，我很感谢他逼我走。"

随着米勒的叙述，我仿佛看到一艘在无尽大海里漂泊的船，我是初次上船的水手，米勒是经验丰富的老海员，蔚蓝大海在呼吸起伏，海面金光跳跃。

"过去我总是想控制，从选船招募到航程安排、做事方法，什么事都坚持自己的看法；在安祥院我学到另一种生活，看到事情的荒谬之处。"米勒说。

话题即将打开，我热切地希望继续讨论。

"何谓荒谬？我们难道不该努力掌控生活吗？"我问。

正是因为失控，我才来到图非，对这个问题我自然不会放过。

米勒吐出一口烟说："知道蓝松鸦吗？那种鸟叫声很吵。铃木禅师说过一个有趣的故事：你看书时，窗外有只蓝松鸦叫个不停，要是你觉得那个声音很烦，它就变成干扰你的噪声；要是你不抗拒，接受它，那只蓝松鸦就变成你，和你一起看书。"

米勒的话让我想起许多事：绘画的挑战，寻鲸不遇，与麦克佩斯的对话。

米勒的手机突然响起，他低头看了看说："我订的菌种到了，店里催我去取，晚了他们就关门了。"

"您把车开回去，我再待一会儿。"我把车钥匙给他。

"很久没聊起这些话题了，很高兴你有兴趣讨论这些。"

米勒接过钥匙起身离开。心里一直困扰我的问题再次跳出来。

"船长！"我大声问，"到底有没有蓝鲸？"

米勒转头望着我，神情严肃，沉默不语。

我被他盯得心里发毛，不知问错了什么。

他走到我面前，灰蓝色双眼凝视着我。他突然大声喝道："谁想知道？"

像猛然被那个问题击成碎片，我心里一片空白，密密麻麻的念头被无形利剑肢解。米勒转身，头也不回地走了。那声大喝仿佛钟声仍在林中回荡。阳光下，蕨类狭长的锯齿状叶子随风摆动，碰触到我的腿又弹开，叶子上有只橘黄色瓢虫，背甲泛着光亮，海风穿过我像吹过一个空荡的走廊。淡紫霞光，海面平静，海天带着贝壳般的粉色光泽，我像融化于那微妙光芒中，忘记了时间。

回到客栈，我回想着米勒的话。脑海中始终抹不去那个圆镜般的尾印。我知道应该继续寻找那头蓝鲸，我觉得它越来越近了。我架好画布，想把记忆中那个尾印画出来，我一口气画完，端详着那个深蓝色圆环，可它却不像我那天所见到的沉静而充满能量，画布上的尾印像座死水微澜的池塘。我叹了口气，把画布取下来扔到角落。

晚上我在楼下独坐，在壁炉前心不在焉地翻着书。塔拉正好走进餐厅："原来你躲在这儿。一起喝一杯？"

我点点头说："我正好有些事想跟你说。"

"不用说，我都知道是什么。你稍等。"塔拉笑着上楼。很快她带着一瓶红酒回来，塔拉从厨房拿了两个酒杯，斟了两杯酒放在咖啡桌上。

"几天前我跟米勒出海了,他带我去了马蹄岛。"我说。

"那里的温泉很棒。"塔拉喝了一口红酒说。

"我想说的不是那个,"我压低声音,"我找到蓝鲸的线索了。"

"真的?"塔拉扬起细长的眉毛。

我把马蹄岛的旅行告诉她,塔拉聚精会神地听我讲完。

"我绝对肯定,那天蓝鲸就在那儿。"说完我斩钉截铁地告诉她我的结论,"我确信蓝鲸就在那里,我想再回那里。"

"你打算怎么找呢?跟观鲸船去吗?"塔拉问。

"绝对不行,我已经确认蓝鲸会避开观光客,不过我还没想好怎么找。"我沮丧地承认,接着说,"我觉得应该回马蹄岛,如果它在那里出现过,就可能再次出现。"

"你相信它还在那里?"

"我确信。"其实我心里没太多把握。

"如果你这么肯定,我们一起去,带着皮划艇。"塔拉建议道。

"一言为定。"我两眼发亮。

第二天我迫不及待地找到老贾,他是镇上最擅长整合资源的人,见过他那灵活眼神的都能明白。图非没有他不知道或办不妥的事。我的求助很快得到应承,老贾很够意思,虽然他坚持说我想找的并不存在,但却又很支持我寻找,甚至想方设法帮忙,似乎唯恐我中途放弃。

"见到船长了吗?"我问老贾。

"最近没来过,听说他上山采蘑菇扭伤了脚。你找他?"老贾问。

我点点头说:"我想去看看他,你知道他住在哪里吗?"

"当然。"万事通老贾飞快地把一个地址写在纸上给我。

米勒住的地方原来离客栈不远。一处平缓傍海山坡上,几栋木屋依坡而建,俯瞰大海。他家是一座单层木屋,深褐色的雪松木斜坡屋顶,门口鹅卵石铺设的小径,门前草坪修剪齐整。屋旁的野草莓树下有一尊石佛端坐在岩石上,岩石上覆盖着厚实的青苔。我按了门铃,米勒拄着拐杖,穿戴整齐出现在门口,像准备好出门的样子。

"我带了瓶酒给您,您是准备出门吗?"我把专门准备的朗姆酒递给他。

"黑托特(Black Tot)?破费了!"米勒咧嘴笑道,"我正要出门散步,一起走走?"米勒戴上帽子出门,脚踝带着固定夹板,一瘸一拐地拄着拐杖走,"医生要我每天练习。"

米勒和我边走边聊,沿山坡走到山丘顶端。平缓草坡旁有几棵松树,朝海的地方有张木椅,从那里远眺海湾,海湾如同一个平静的池塘。椅背上有块铜牌,我凑近了发现铜牌上铭刻着几行字:蛙跃古池内,静潴传清响。致汉娜·米勒。

原来是他为汉娜设立的纪念椅。长椅正对大海。船长把帽子放在椅背上,舒服地拄着拐杖坐下。

"过去汉娜常到这里散步,她喜欢在这里读诗。"米勒说。

"铭牌上是古诗?"我在心中默读着。

米勒点点头说:"她爱读俳句,那是她很喜欢的一句诗。"

"我打算回马蹄岛,去看看蓝鲸是否在那里。"我说。

米勒点燃一根烟,悠然吐了个烟圈,指了指脚:"这次我去不了啦。"

"没问题，那条路您已经告诉我了，有件事我还是不明白，当时您师父为何要赶您离开呢？"我心里一直对此有疑问。

"有本书叫作《禅者初心》，你看过吗？里面有句话：'你与师父相遇的那一刻，就是该离开的那一刻。'学生需要一位老师，就是为了让自己变得独立。"米勒回答，阳光下的环形海湾宛如一座古池。

下午三点，终于一切就绪。杰夫把我和塔拉载到马蹄岛。我们备好了充足的食品和水，塔拉从客栈借了两条皮划艇，我带了画具。到马蹄岛后，杰夫帮我们从船上卸下东西后便驾船返回。

老贾已经帮我在岛上找了落脚处——一座本来为护林员上岛巡视时住宿用的木屋。这个季节他们不上岛，可以供来访者短住。拿着老贾准备好的地图，没费太多工夫我们就找到了木屋，这里离温泉步行仅需几分钟。这应该是岛上唯一的固定建筑，木屋有间卧室和小客厅，雪松瓦屋顶覆盖着绿色青苔，前门廊摆着木椅，木质风铃迎风摆动，时断时续发出悦耳的铃声。

我和塔拉把行李带进屋后，天色开始变暗。虽然初春，但这里和冬天一样天黑得很早。进房间后我帮塔拉把行李放进卧室，指着沙发说："晚上我睡在这里。"屋里只有一张沙发和圆桌，地上铺着旧地毯，屋里整洁干燥，和湿冷森林对比鲜明。黑色铸铁炉边放着一堆干柴，塔拉熟练地生火，屋里很快变暖。我从背包里找出浓汤罐头加热，烤了面包，打开红酒，林间晚餐很快就绪。

"和我想象中的假期不一样。"我说。

"更好还是更糟？"塔拉笑道。

我点点头说："超乎想象，米勒、老贾和你都给我很多启发。你跟我说的爵士乐队的事很有意思，可惜我没看过他们的演出。"

"想听吗？我放给你听。"塔拉从背包中取出一个便携式蓝牙音箱，"这是他最后一张专辑。我经常开车时听，好像他就在我旁边。"

塔拉按下手机播放键，屋里响起沙哑的小号声，松弛从容，是西岸冷爵士风格的演奏，加弱音器的小号声多了一份暖意。

乐声和着远处的海浪和松涛。我静静听着小号低声讲述着一段往事。在低缓嘶哑的号声引导下，乐曲如水银泻地，流畅通透。壁炉里的火焰在塔拉的眼中闪动。我们紧紧相拥，似乎相识已久，从未分离。乐声渐入高潮，音节跳跃，流畅呼应，回旋的小号声、银色月光和炉火融为一体。

我们在岛上住了两天，几乎所有时间都在温泉和木屋里度过。我好像已经完全忘记了寻找蓝鲸，我和塔拉赤裸地享受着温泉，忘掉时间和那条大鱼。

早上塔拉到海边散步，我带画板来到见到尾印的海湾。我来到山崖空地架起画板，观察着山崖下的海湾。我在画板前坐了很久，开始尝试画。这次我没有预设主题，只是一笔一笔坚定地开始画，我不再试图表达，丢掉了关于海湾的所有概念，只管画。心里的评价声悄然响起，我不理会那些声音，只是继续画下去。画笔变得流畅，我找回了遗忘多年的单纯快乐。

我越画越放松，听到森林松涛声、海浪声、渡鸦叫声，甚至感觉到脚底的石子和松叶。我不再关注色彩构图是否正确，那些评价声不见了，我不停挥舞画笔，仿佛调度自如的乐队指挥。那是一种久违的感觉，如同干涸的池塘注入涓涓细流，水流越来越流畅。我感到一种能量流动，正想抓住它，它却像穿过手指的清冽溪水般转瞬不见。关于那座岛屿的一切记忆，像是一段赤裸经历。

早上我醒来却不见塔拉，床头柜上摆着一张小卡片，卡片上挂着蓝鲸骨项链坠。卡片上写着："送给你，你寻找的就在眼前。"我急忙冲出门，却发现皮划艇只剩下一艘。我独自在沙滩上徘徊了很久才回到木屋，坐在前廊的木椅上望着海发呆。我端详着项链坠，心里空空荡荡。这里曾充满生机，现在却如此荒凉。

连续几天，我百无聊赖地坐在前廊躺椅上，望着树林发呆。林间树隙中有时透出一丝阳光，和着晨雾在松针间飘动，金红色如同塔拉飘逸的长发。我开始怀疑塔拉是否真的出现过，或许我错把海岸阳光当成了那个冲浪女孩。我闭上眼睛，任由自己随雾气飘动，恍惚间感觉身体如雾气般在林间逐渐消散。

不知过了多久，我突然听到一阵铃声。我睁开眼，看到屋檐上的风铃在夜风中微微摇摆。一轮皎洁的满月挂在空中，深蓝色夜空明亮如白昼。我坐起身，一眼看到墙边那艘金色皮划艇。

深蓝夜空晴朗无风，没有丝毫云迹。我拖着皮艇来到那个海湾，撑桨把艇推离岸边。金色皮划艇向前方滑行。回望马蹄岛已经逐渐远离。月色中我看到温泉入海的地方腾起阵阵白烟，海面蒸腾不已。我深吸着清冽的空气，用力划桨，艇身擦着海面前行，迎面的海风溅起细碎浪花打在我手上和脸上，清爽怡人。

船头前方的平静海面，涌起了一个难以察觉的浪头，很快消融不见，海底搅动着一种巨大的能量。我心里闪过一个念头，但是仔细寻觅着海面许久，始终不见任何迹象。夜色中海水依然平静，缓缓升起的波涛很快沉寂下去。

小艇毫不费力地转过了小岛尽头，刚转过弯，在不远的前方，我突然发现一个巨大的圆形尾印出现在海面。那个尾印直径比皮划艇还要长。尾印平滑无波，丝毫不被四周海浪惊扰，平静自如，在周围粼粼波光中自在平静地倒映着月光，像一面漂浮的巨型圆镜。

我的心不可抑制地狂跳起来，小艇旁水面冒起无数晶莹的水珠，水珠从海底接连升起，月光下如同串串水晶念珠。我正感到惊异，一个庞然大物浮出海面，光滑的头顶上端有两个明显隆起的圆孔。伴随着响亮的喷发声，两个圆孔向空中喷射出水雾。海水从头顶倾倒，细密的水珠从灰色光滑的皮肤上滑落。

仅仅是那个罗马式高高隆起的鼻子和喷孔，已足以令我确认这是蓝鲸！我伸手抚摸着它灰褐色的头部。它一直停留在水面上，时而向外呼出水汽，水花溅到我脸上。我刚碰到它的身体，蓝鲸随即潜入了水底。

    我不知所措，猜测它是否已经离开。海面下再次出现了那具巨大躯体，银色月光中，光滑的皮肤泛着乳白色光芒。这次它离我更近，就在艇边，我看到月光透过海水在它背上勾勒出摇曳的银色网状光斑。蓝鲸再次浮起，探出海面的刹那间，它望着我，那是一种熟悉却无法描述的眼神，深邃、平静而温柔。巨大的黑色眼睛与我对视，眼神无法触底的深处有亮光闪动，我毫无抵抗，被其眼神吸入，像进入一条时空隧道。

    我颤抖着努力握住船桨，开始号叫，毫无音调，只是无法抑制地尖叫，不停喊着直到发不出声，仿佛只有这样才能把震撼释放出来。我颤抖着把桨扔在艇上，用力扯下救生衣，跃入海中。冰冷海水瞬间把我吞没，我完全不顾恐惧，趴在蓝鲸背上，张开双手抱着它，蓝鲸毫不费力地载着我，浮在海面，像巨大的荷叶轻轻托起一只小青蛙。

    蓝鲸缓缓再次把头探入水中，我知道它要离开了。我从光滑宽大的脊背滑落，庞然大物劈开海水潜入水下，举起宽大的尾鳍向满月致意，随后重重拍下，落下时几乎遮住了天。我没有犹豫，随它潜入海中。蓝鲸在前方游动，像一团白光。一朵朵白色莲花从海底冉冉升起。无尽的深蓝中，一群大鱼悄然出现，随我缓缓游动，这和我在梦中看到的如出一辙。独行的蓝鲸原来并不孤单。

    就像终于找到了家，我和它们在深蓝中一起自由舞动。

放　生

吃过午饭，韩谅到维多利亚市的华敦超市买菜。这家超市是华人经营的，离韩谅家不远，每天他都会到那里溜达一圈，权当饭后散步。

两年前韩谅和妻子方燕搬到维多利亚，他们决定轮流在这里生活半年，照顾在加拿大读书的儿子韩信。这样安排不会对韩谅的太原汽车配件生意造成太大影响。儿子韩信刚满十四岁，他有个年长十岁的哥哥，是韩谅和前妻的孩子。韩谅后悔当时在老大身上没花时间，转眼孩子已经工作了，他不想错过韩信的成长。

这个钟点超市里顾客寥寥无几。韩谅推着购物车走到肉食鲜货区，看见货架上摆着几个蓝色透明塑料袋，每个袋里都装着一只龙虾。韩谅好奇地俯身看着那些龙虾。"喂！"他用指头戳了戳一只龙虾，冰凉的塑料袋里，僵硬的披甲怪物举起钳子轻轻推了推袋子表示回应，两只看起来吓人的钳子被橙色皮带捆绑着。

"还活着！"韩谅自言自语。

他转身走到熟食区取了一盒寿司，到收银台准备付款，手机突然响起，来电显示是妻子方燕。

方燕说："跟你说件事，你爸昨天下楼买东西，在小区门口摔了一跤，现在住院了，我这几天跑医院，有事联系我发短信，我不一定能接电话。"

"住院了？要不我回去一趟？"韩谅急切地问。

"已经住进去了，片子也拍了，医生说右脚骨裂，髋骨没摔坏，出院后休息一段时间就行。没事，你不用回来，这边我盯着呢。哦，对了，老爷子明天生日，记得打个电话。"方燕提醒韩谅。

放下电话，韩谅心里冒出一个念头："抱歉，少拿了一件东西。"韩谅对收银员说。他跑回冷鲜区拎起一只蓝色塑料袋放到收银台上，"还有这件。请问龙虾是哪儿产的？"韩谅边刷卡边问道。

"本地的。小票您收好，下一位。"收银员把收据塞进购物袋递给韩谅。

韩谅拎着龙虾和购物袋走出超市。回家路上，他琢磨着等儿子韩信放学回来，带他去什么地方放生那只龙虾。明天是父亲的生日，韩谅打算为老人做一次放生，那是他家的习惯，姥姥在世时总会这样安排。

韩信回家把书包往房间地上一扔，走进厨房打开冰箱找吃的。

"天哪，我的天哪（Oh my god）！"厨房里传来儿子韩信的叫声。韩谅知道韩信发现了冰箱里的秘密。

他听到韩信的声音："爸，龙虾哪儿来的？"

"我买的，可爱吧？"韩谅把儿子的书包和外套挂好。

"打算晚上吃吗？"韩信问。

"不吃，龙虾要放生的。"韩谅回答。

沉默片刻，韩信又问："你要把它放了？在哪儿放？"

韩谅走进厨房。龙虾已经被韩信从冰箱里取出来，放在色拉台上。云石台面在顶灯照射下白得发亮，像张手术台。暗红色龙虾趴在台面上，缓缓舒展着几条细长的腿。韩信低头打量着那只龙虾。

"地方我还没想好，你觉得呢？咱这有没有合适的海滩？要不去海港放？"韩谅兴致勃勃地问儿子。

"为什么要放掉它？"韩信没回答，继续追问。

"爷爷住院了。明天是他生日，我给他放生，祝福他早日康复。"韩谅解释道。

韩谅的父亲在外地工作，母亲过世得早，他从小跟着姥姥长大。老人虔诚念佛，喜欢放生，每次都会带着韩谅，唠叨放生的各种好处。她常说家里有人生病，最好的祈福就是帮病人多做放生。韩谅对念佛诵经没兴趣，但是喜欢帮姥姥放泥鳅，所以放生这事给他留下了很深的印象。虽然已年过半百，但对童年时姥姥念叨的那些话，韩谅还记得很清楚。

"这么迷信。"韩信嘟囔道。

"哎哎哎！有些事你不懂，别急着乱下结论啊！"韩谅打断儿子的话。

韩信没吭声，掏出手机对着龙虾拍了几张照片，然后说：

"爸爸，给我几分钟。"说完他回到自己房间。屋里很快响起敲击键盘的声音，韩谅知道他在上网。

看看时间不早了，韩谅开始准备晚饭。菜洗好，油下锅，他端着浆好的肉片，望着热油里噼啪爆响的蒜瓣、花椒，等待最佳时机下锅。

韩信走回厨房："爸，那只龙虾不能放。"

"你小子舍不得，是不是？"韩谅笑眯眯地调侃道，"没关系，想吃龙虾有的是机会，我下次带你去唐人街吃。"

"不是！不是我想吃龙虾，是你不能把它放了。"韩信正色答道，跟平时嬉皮笑脸的样子判若两人。他走到色拉台边说，"爸，你坐下，我跟你说正经事。"

看着儿子一脸严肃，韩谅只好关掉煤气走到台边坐下，无可奈何地问："说吧，为什么不能放？"

"爸，你买回来的是一只大西洋龙虾，学名叫美洲螯龙虾。《加拿大海洋法》明确规定，外来物种不能随意放生。"韩信站在韩谅对面，有板有眼地解释。韩谅和儿子中间的云石台面上，那只暗红色龙虾像个等候裁决的囚徒。

"不对不对，买龙虾的时候我特意问过了，超市售货员说是本地的。"

韩谅对儿子的话不以为意。

"错！加拿大西海岸根本没有龙虾。这只龙虾是来自大西洋东海岸的品种。"韩信摇头，坚持他的观点。

"你这么肯定？"韩谅怀疑地看着他。

"当然了，我都查过了，信息都在这儿，你自己看吧。"

韩信把手机放在台面一推，韩谅拾起滑到面前的手机，连续几个页面都是连篇累牍关于大西洋龙虾的介绍。韩谅快速翻阅着页面，边看边问，"哎你瞧，网上不是也说，本省曾在维多利亚海域组织放养过大西洋龙虾吗？"

韩谅话还没说完就被儿子打断了。

"是的是的，二十世纪八十年代初确实尝试过一次，但完全不成功。咱们这边海水盐度、温度和食物链环境跟东岸情况完全不一样，气候也不同。大西洋龙虾在这里根本没法繁殖。"韩信解释说。他虽然稚气未脱，却伶牙俐齿、思路清晰。从去年开始，韩谅便发现儿子比过去更频繁地质疑和争论，甚至对他说的话也不再轻易相信了。

"好啦好啦，不就是只龙虾嘛，有什么大不了的。要是我们不放了它，它肯定会被吃掉。你也不想让它被吃掉，对不对？"韩谅说。儿子刚才的那些反应让韩谅感到意外，他本以为儿子会毫不迟疑地和他去放生，韩信在国内上小学时，韩谅常带他放生，每次把小鱼、螃蟹放回河里，韩信都很开心。

"不管怎么说，加拿大法律规定不能放生。"韩信坚持道，他接着质问，"爸，难道你准备犯法吗？"

"瞎说什么！我什么时候打算犯法了？"见儿子口气强硬，韩谅有些气恼，他试图说服韩信，"你知道，条例这东西当然得有，得立规矩嘛，你想啊，万一有人没有申请许可就弄了一船龙虾放生，那影响肯定非常大，对不对？可咱们这情况不一样，就一只……"

"爸，法律就是法律，跟数量没关系。"韩信摇摇头，毫不妥协，完全不接受父亲的说法。他振振有词地说："而且不只是那么简单，刚才我还没说完呢。爸，你知道吗？放生龙虾不只是犯法，还可能引发生态灾难！"

韩信显然有备而来，继续向父亲施压。

"得了吧！啥灾难？别乱说，一只龙虾能惹出什么灾难？"韩谅叹了口气，语气不再强硬。他知道按照儿子的性格，韩信肯定要把心里的话讲完，否则绝不罢休。韩谅只好等他继续说下去。

"爸爸，龙虾是一种捕食性动物，是掠食者。你可能觉得它挺可爱，可是它有很强的攻击性，会干扰，甚至消灭其他本地生物种群，破坏食物链，造成生态灾害！你救了一只龙虾，却不知可能害死多少本地海洋生物，你真觉得这是件好事吗？"韩信像法庭辩论的律师，滔滔不绝地发问。

韩谅还没来得及回答，韩信又继续施压："还有，你想过吗？这只大西洋龙虾身体里携带的异地微生物，到了维多利亚水域会带来外来微生物，弄不好就有可能引发咱们这儿的生态危机！"

"我的老天！哪儿来那么多危机啊！咱们这可是大海，太平洋，跟小河和池塘不一样好不好？海，海……那很大。"韩谅仍试图辩解，却明显开始气短。他觉得有些懊恼，本来打算带儿子去做件善事，却搞得像要预谋作案。

"爸，你有没有听到我说的？那可不是我编的，是科学。"韩信不满地质问。

"好啦好啦！那么多事儿，不就是只龙虾嘛。"韩谅嘟囔道，"城市每天往海里排放的垃圾毒害多了去了，而且维多利亚是个港口，每天来来去去那么多货轮，船上的食品垃圾，还有船上吸附着的那些贝类，不都是外来的吗？"韩谅试图说服儿子，"对了，还有，每年从咱们这里经过的那些迁徙的鲸鱼，不也是外来物种吗？"

韩谅越说越觉得自己在理，重新找回了气势。

"嘁，根本不是一回事儿！"韩信翻了个白眼，"从咱们这里经过的鲸鱼，不管灰鲸还是虎鲸都有固定的迁徙路线，而且全是太平洋族群，它们可不是从大西洋游过来的。"

韩谅无话可说。儿子显然没被他说服，他有些泄气。

"好吧，不管怎么说，我觉得你想太多了，有点小题大做。"韩谅说。

看到韩谅没有放弃放生的打算，韩信变得有些焦虑："爸，要不你还是把它吃了吧。"

"那可不行！"韩谅急忙打断了他，"买回来本来是为了放生，救它一命，要是我把它吃了，那算咋回事嘛！"

"那……要不然你把它退回超市吧，我陪你一起去。"韩信建议道。

"不行！人家超市卖出去的肉类食品不能退货。"韩谅摇摇头，他不愿意再为此纠缠，加重语气说，"行啦，别担心了，我找个地方把它放了，没人知道。"

"爸，你不能这么做！现在谁都有手机，万一你放生被人发现，拍下来发到油管（YouTube）上怎么办？"韩信也提高了音量，看到爸爸如此固执，他有点气急败坏。

"那我晚上放，行不？黑灯瞎火，肯定没人看到，就算看到，也拍不清楚。"韩谅越说越觉得自己像犯罪。他感到十分窝火：想带龙虾放生，儿子不但不开心，反而为这件事跟他吵起来，小时候儿子可不是这样。

"去年就有渔民捞到一只大西洋龙虾，人家马上报警了，都上新闻了，你不记得吗？爸，你想想，万一你放的龙虾被人捞到，警方调查是谁放的，怎么办？"韩信问道。

"那事我知道，那个渔民捞到的是一只超级大龙虾，因为罕见，所以媒体才报道了。咱们这只还没你脚丫子大，是不是？再说了，那事不正好证明别人也放生过龙虾吗？"韩谅抓住机会试图说服儿子。

"那又怎么样？别人抢银行，你是不是也得跟着干？你不也常这么告诉我吗？"韩信反问韩谅，毫不退却。

韩谅张口结舌，这话他的确跟儿子说过，学校有同学不守校规，他用这话告诫韩信，免得惹麻烦。

"这个……嘿！不是一回事。"韩谅词穷，只好摆出不屑的表情。

"我看不出来有什么不同。"韩信说。

"当然不一样，抢银行跟放生怎么比，我是救命，做好事。"韩谅辩解道。

"是好心，但不一定是好事。"韩信斩钉截铁地说。

韩谅绝望地发现，儿子不但继承了他妈妈的逻辑，也继承了他的顽固。

"要不这样，你找个朋友送掉它。"韩信给父亲出了个主意。

"喂！开什么玩笑，谁不爱吃龙虾？要是我把它送人，龙虾肯定被煮了吃了，那我不是救命不成反倒杀生了？不行不行。"韩谅连连摇头。

谈话陷入沉默。台面上的龙虾摇动长须，好像在表达什么。

"还有个办法，你养起来吧。爸，你不是一直想养条狗吗？"

韩信脑筋转得倒是真快，他居然能把养狗的事跟龙虾联系起来。

"养龙虾？把它当个宠物？"韩谅惊讶地看着儿子。

"为什么不呢？油管网上就有人养龙虾，我看过。"韩信振振有词。

韩谅在心里很快琢磨了一下，他说："这倒也不是不可能。那你能负责给它更换海水吗？每天去海滩拎一桶回来？"

"那个海水可不行，盐度、温度和大西洋龙虾的生存环境都不一样，得去专门的宠物店买。我们班上尼克家养热带鱼，他知道在哪里能找到海水。他说养海水鱼得配一套监测仪，专门监测盐度和水温变化。那套仪器是电动的，盐分低了会自动加料。对了，你还得买一台充气泵放在水缸里，要不然龙虾会缺氧。"韩信解释得头头是道，像个专家。

"所以我得先去买个水缸，再买泵，还得找海水……这只龙虾三十加元，照你说的这套玩法，再花一千加元都不一定够。关键是等我把这些玩意儿置备齐了，龙虾早死了。"韩谅苦笑着摇了摇头。

他突然有个主意："韩信，你说我能不能捐给水族馆？他们有的是海水，肯定也会养龙虾。你觉得怎么样？"

"这倒是个有趣的想法，"韩信点点头，眼睛骨碌碌转了一会儿说，"爸，我得提醒你，这可不是海豚或者海龟，是只龙虾，它有可能会被海洋馆处理掉的。"

"处理？怎么处理？"韩谅没反应过来。

"人道主义处理。你明白吗？有些宠物救助机构就是这么做的，如果被救回来的那些猫狗在限定期限没人认领认养，它们只能被人道主义处理掉。"韩信说。

"那可不行，那还是把它给害死了。"韩谅失望地说。他觉得这种人道主义很不人道，不过他也没了主意。

"反正你不能把它就这么放了。"韩信固执地重复着自己的观点。

"甭瞎操心了，你不想去我自己去好了。"韩谅悻悻地说。

"你不能去！爸，我不能明知道你可能犯法还让你去干！"韩信变得很激动，看起来有点大义凛然。

韩谅心里一惊，他嚷嚷道："喂！什么意思？不能退不能吃，又不能放生，那到底怎么办？你要报警吗？"

"爸，我觉得你以后做事之前，应该先想想到底能不能做。"

韩信的话听起来就像教育孩子的大人。他继续说："至少买之前先问问我，我帮你查一下规则，这是加拿大……"

韩信换上球鞋，抱着篮球出门："我出去打会儿球，晚饭前回来。"

韩信出门后，韩谅呆呆地望着台面上的龙虾，龙虾一动不动，像是死了。

"要真死了，倒也省事了。"韩谅心里默念。不料念头刚生出，龙虾便轻微挥动了一下触须，像是努力证明自己还活着，韩谅为自己的念头感到内疚，他用剪刀小心剪断捆住虾螯的橡皮筋，把龙虾放回塑料袋。

韩谅把龙虾放回冰箱，继续做晚饭。吃完晚饭后，韩信回房间做作业。韩谅在客厅心神不安地看电视。屏幕上播放着京剧《华容道》，戏台上关羽在华容道截住了曹操，左右为难地感叹。

曹孟德苦哀求泪流满面，
倒教我关云长有口难言。
我往日杀人不眨眼，
今日铁打心肠软如棉。
……
背地只把军师怨，
左思右想某难上难。
大丈夫说话要兑现，
我岂能忘却当初诺言。

听到这里，韩谅更觉心烦意乱，他关掉电视，到屋外抽烟。

一晚上父子俩没有对放生的事继续讨论。韩谅以为儿子已经忘了这事了。

他睡觉前，看到韩信屋里还亮着灯，便蹑手蹑脚地走进房间，韩信已经睡着了。他熄了灯刚要关门，听到韩信问："爸爸，你是不是要去放龙虾？"

"不是，别担心了，睡吧。"韩谅安慰儿子，他看得出韩信很担心。

"要是你去放生，记得带上我，不要自己去……"韩信说完打了个哈欠，翻身接着睡去。

"睡吧，明天再说。"

韩谅知道韩信说了这么多，其实是担心他惹上麻烦。这几年，韩谅跟儿子在国外相依为命地生活。韩信逐渐适应了当地社会，并接受了这里的价值观。韩谅经常发现，自己的观点和做事方式与儿子韩信开始出现差异。

在韩谅看来，放生即救命，就像刀下救人。小时候他常听姥姥念叨："诸余罪中，杀业最重；诸功德中，放生第一。"其他种种未来或后续假设并无意义，挽救性命的意义即行动本身，不能因为某些假设陷入纠缠，诸事本来各有因缘。

不过，他不知道怎么跟韩信解释这些。

韩信睡着后，韩谅带着龙虾独自驾车来到城外海边。海滩上夜风呼啸。韩谅徘徊了很久，终于找到了一个他觉得合适的地点，把龙虾投入海中。他在冷风呼啸的海滩上点着一根烟，想确认龙虾是否已经逃生。抽完烟韩谅准备离开，却看到不远处沙滩上有一卷海带，那只龙虾被裹在里面，坚硬的背壳在夜色中闪着光泽。韩谅赶紧跑过去拾起龙虾，它看起来有气无力。

"这是什么事！连放个虾都这么难！"

韩谅长叹了口气，把龙虾重新带回家。

那天晚上，韩谅不停地做噩梦。那只龙虾和儿子韩信时而合为一体，时而争辩不休。韩谅从梦中惊醒，心狂跳不已。他辗转反侧再也睡不着，索性下床走进厨房。韩谅打开冰箱，装在蓝色塑料袋里的龙虾仍然一动不动，似乎已经冻僵了。韩谅心里一惊，他拿一根筷子轻轻捅了捅龙虾，过了几秒钟，龙虾迟缓地动了动螯。韩谅把它从塑料袋里取出来，龙虾轻微摆动了一下长须。

"忍住，再忍一会儿，千万别死啊。"

韩谅小声对龙虾叨咕着。他把龙虾放回冰箱。折腾了一晚，韩谅打开橱柜找方便面，无意中摸到了一个铁罐。他打开罐子，里面塞满了晾干的蘑菇。韩谅猜是方燕买的牛肝菌，丢了几朵在泡面里煮。

吃完夜宵韩谅回到床上重新躺下，忽然他感到世界彻底颠覆了：一切变得鲜活生动，一群戴着滑稽尖帽子的金色小人在屋顶不停敲鼓巡游，韩谅的感觉变得异常敏锐，他挪动了一下身体，好像能感受到毯子上每根绒毛都在摩擦身体。韩谅刚想到放生的事，却看到红脸长须的关公倒提青龙偃月刀和白脸的曹操同时出现，两人一左一右朝他走来，韩谅又惊又怕，关公和曹操哈哈大笑，两人抱着韩谅，兴高采烈地不停唱着："杀就杀，放就放，只是一场戏啊，只是一场戏。"韩谅跟着他俩纵声大笑，一起欢唱起来。

第二天早上醒来，韩谅没感到有什么异常，头也不疼。

他问方燕关于橱柜里铁罐的事。方燕说那是房客伊森回国前寄放在她家的，伊森在大学读电影系，租住在韩家地下室，半个月前因为出门旅行，暂时退租了。

"罐子没扔吧？伊森特别嘱咐别丢了，说过完年来取。"方燕关切地问。

"没。"韩谅答道。

韩谅手忙脚乱做完早餐后送儿子上学。韩信在学校门口下了车，又折返回车边，趴在车窗上看了看四周，压低声音对韩谅说："爸，水得够深才行，最好有石头缝的地方，它们喜欢住那种地方。"

"知道了，我有数。"韩谅点点头说。

"找没人的地方，越远越好。"韩信接着叮嘱。

"放心吧，赶紧上课去。"韩谅摸了摸韩信的头说。

韩谅回到家里，从冰箱里取出龙虾，驾车来到城外南部海岸，这里邻近国境线，出海南边就是美国，韩谅跪在岸边把龙虾缓缓放进海水中，暗红色的龙虾缓缓沉入水中，落在水底暗礁上，龙虾趴了许久没动，两根长须在海水中漂动，大概仍然有些昏沉。

韩谅身后突然传来一阵喧哗声。他转身望去，一只乌鸦正在路边车顶上嘎嘎大叫。韩谅低头再看时，那只龙虾已经不见了。他定了定神，确认这不是在梦里。

放生了龙虾，韩谅感到如释重负，他合掌向中国方向遥拜："爹，生日快乐！"

说完韩谅拍了拍膝盖上的灰土，头也不回地转身离开。

黑天公园

白冬把车停在一座蒙古包前，风卷着细沙打在车窗上。他扭头提醒后座的儿子贾斯汀下车。这周贾斯汀放春假，白冬把咖啡馆托付给朋友打理，自己带儿子到加州旅行。

搬到底特律前，白冬和家人住在乌兰巴托。那里附近有成吉思汗陵，不过成吉思汗究竟在何处下葬至今仍是个谜。外国人主导的探险队曾试图在史书、地面甚至空中寻找他的陵墓，《国家地理》杂志的"可汗谷项目"甚至曾使用卫星图像大规模搜索，想找到大汗陵墓所在。但是至今仍然没有找到他的真实陵墓。

十三岁的贾斯汀不情愿地放下手机，他刚下车就被沙子眯了眼。白冬开门走进客栈——这是一座蒙古包，帐篷里摆放着两张床和简单的家具，木门上挂着一串五彩经幡。白冬摸着墙上的松木栅栏和厚实的白布，仰头望着拱形帐篷顶的天窗，得意地对儿子说："贾斯汀，这可是货真价实的蒙古包，客栈网上说这是老板专程从乌兰巴托定制的。跟我小时候见过的一样，我找了很久才发现这个酒店，怎么样？"

"这是个酒店？今天住这里？"贾斯汀揉着眼睛问，"能上网吗？"

白冬打开行李箱收拾衣服，几分钟后贾斯汀走进蒙古包，说马桶不能用。

白冬走到帐篷外木板搭建的简易洗手间，按客栈经理的留言操作着那只船用无水马桶，向儿子解释那只手动活塞马桶的用法。

"来！你试试。"白冬饶有兴趣地提议。

贾斯汀摇头拒绝了，他问："明天几点去圣地亚哥？"

圣地亚哥是他俩春假旅行的终点。贾斯汀对那座海滨城市的著名动物园很感兴趣。蒙古包客栈所在的地方是二十九棕榈镇，这座莫哈韦沙漠边缘的小镇仅有两万人口，属于圣贝纳迪诺县。要不是附近著名的约书亚树国家公园（Joshua Tree National Park），来这里的游客会更少。因为那张叫《约书亚树》的唱片，U2成了世界知名乐队。在北京上大学时，白冬很迷那个乐队，来这里路上他还特意在车里放了乐队名曲《我仍未找到我所寻找的》（*I Still Haven't Found What I'm Looking For*）给儿子听，贾斯汀听了几句就睡着了。白冬并不在意，他早已不再迷恋摇滚乐，更不打算为了那张唱片专程去约书亚树国家公园朝圣。选择在这座沙漠小镇停留一夜，白冬只有一个目的：他想让在美国出生的儿子贾斯汀体验一次地道的蒙古包。

天边最后一抹深蓝消失在地平线上。莫哈韦沙漠隐入黑暗。远处偶尔响起狗吠，随即被沙漠夜风吹散。

白冬站在烧烤架前打开一盒羊排，习惯性地闻了一下，却什么也没闻到。到美国后，白冬不知何故患了严重鼻炎，失去嗅觉。贾斯汀坐在篝火旁捧着手机玩游戏，羊排在烧烤架上滋滋作响。

"羊肉香不香？"白冬问儿子。

"香。"贾斯汀继续低头打游戏。吃完饭，爷儿俩围着火烤棉花糖。繁星在夜风中闪烁，旷野里只能听到风声，寂静得有些无聊。

"贾斯汀，你知道吗？这地方是个暗夜公园，也叫黑天公园。"白冬仰头望着夜空说道。

"嗯。"贾斯汀低着头，继续盯着手机。

"这名字可不是随便叫的，标准非常高。"白冬静等儿子发问，见贾斯汀没出声，只好继续解释，"必须没有任何光源污染，全世界只有几个地方才有，知道为什么有这种公园吗？"

"不知道。"

"因为黑暗很重要。"虽然儿子兴趣不大，白冬继续耐心解释，"很多动物都靠夜空引路，比如那些洄游的三文鱼，城市灯光会让它们找不到回家的路，回不了家就不能产卵，慢慢就会绝种了。"

"我们吃的三文鱼都是人工养殖的。"贾斯汀对三文鱼的未来并不担心。

远处突然传来几声巨响，父子俩脚下的大地连续颤抖。

"是地震吗？"贾斯汀终于放下手机，抬头望着白冬问。

"是军事演习，没事。"白冬安慰他。

　　入住前，经理已经提醒过白冬，听到炮声不必担心，小镇附近是陆战队基地，常有演习。贾斯汀吃了几块烤棉花糖后，手机没电了，他打着哈欠说："困死了，我去睡了。"

　　儿子钻进帐篷，白冬独自坐在蒙古包旁，端着一次性餐盘啃着剩下的羊排，变冷的羊肉干硬发柴，味同嚼蜡。白冬想起了家乡肥嫩多汁的手抓羊肉。

　　露营客栈只有他们帐篷门口停着车，看来白冬父子是晚上仅有的住客。远方小镇灯光如寥寥萤火般散落在黑夜中。蒙古包里的灯已经熄了，帐篷里传来贾斯汀的鼾声。一只夜虫被篝火余光引来，在炭灰上飞舞，被突然蹿起的火苗吞噬，瞬间变成一缕青烟散开。

　　白冬想起自己老家。这样的春天，家乡的白桦林枝繁叶茂，树叶沙沙作响。白冬喜欢躺在草场上闻着湿润的草香，看着余晖里白塔慢慢被暮色镀金，最终在黑暗里消失。他取下挂在胸前的嘎乌盒，里面装着一枚度母擦擦。他下定决心明年夏天无论如何都要带贾斯汀回一次老家。白冬一直试图向儿子描述家乡和那里的生活，给他看了很多故乡的照片，贾斯汀却总是说那里看起来什么都没有。

　　白冬忽然闻到了熟悉的马的气味，他抽动鼻子，怀疑是自己的错觉。黑暗中传来踩踏沙地的声音，他循声望去，什么都没看到。声音越来越近，白冬听到一声响鼻，一匹黑马随即走出黑暗，出现在白冬眼前。强壮的黑马不停喘息，满身汗水，四腿微微颤抖，一个身穿黑色蒙古袍的骑手趴在马背上垂着头，一动不动。

白冬急忙起身把骑手抱下马，放在篝火旁。暗淡的火光照亮了骑手年轻的面孔，他穿着传统蒙古武士服装，皮肤晒得黝黑，暗红长发披散，腰里别着短刀。骑手身材矮小，看起来比贾斯汀大不了几岁，双眼紧闭，嘴唇干裂，黑袍子蒙着尘土，显然刚经过长途跋涉。白冬给骑手喂了些水，那人终于长出了口气，但仍然闭着眼。见骑手尚有气息，白冬赶紧把他抱上车，车子扬起尘土朝远处的小镇驶去。

星空下的莫哈韦沙漠公路畅通无阻。白冬很快到了二十九棕榈镇。随着一声刺耳的刹车声，车子停在罗伯特海军医院门口，白冬抱着骑手冲进急救大厅，几位护士边听他解释，边迅速检查着骑手，男孩很快被推进了抢救室。白冬这才松了口气。他独自坐在大厅里等候结果。

"是你儿子？"一个女人的声音问道。

白冬扭头见到一个穿护士服的黑发女人正同情地望着他，白冬摇摇头。

急救室的门开了。值班医生告诉白冬，年轻人没有外伤，但身体极度虚弱，要留在医院监护观察，天亮后做全面检查。简单交谈后，值班医生请白冬留下姓名、联系方式和保险信息，告诉他可以先离开，医院会和他再联系。

白冬正准备离开，那个女人问他是否能搭他的车到镇上。因为正好顺路，白冬同意了。上车后，女子说她叫麦琪，是位单亲妈妈，白天在医院做护理，晚上在镇上美容店兼职，供女儿上学。前往小镇的路上，白冬边开车边和麦琪聊天。

"这里有什么好玩的地方？"白冬望着远处黑暗中的小镇

问麦琪。

"当然是约书亚树国家公园，来这儿的人都到那儿。"麦琪问，"去了吗？"

"去不了啦，明天早上我就离开这儿。"白冬说。

"不是还有时间吗？"麦琪说。

"现在去？公园肯定关门了吧？"白冬看了看后视镜，麦琪已经换了衣服，黑色短发变成了披肩金发，看起来完全变了个人。

"想去吗？"麦琪问，眼神和声音带着挑逗。

两人目光在后视镜里相遇，白冬急忙收回视线。车里医用消毒水的味道被花香取代，嗅觉复苏让白冬感到意外。

"我认识路，"白冬耳边传来麦琪的气息，她说，"我可以带你去。"

白冬没有作答，头发被夜风吹得乱舞。

"我抽根烟。"他在公路边停车，下车点燃一根烟。

麦琪坐在车里对着车窗画口红，玻璃上的倒影回望着她，像一对孪生姐妹。

"走吧。"白冬回到车上，车轮在路上画了个半圆掉头而去。

约书亚树国家公园的荒野中矗立着许多形状奇特的高大植物。夜色笼罩的旷野里，林立的约书亚树像一群旅行者的身影。

麦琪引导白冬，车子如夜行动物般穿行在空旷的公园里。他们在一处山谷边下了车。星空下的山谷看起来如白昼，周围群山的嶙峋怪石清晰可辨，这座隐秘的山谷过去是盗贼藏马之处。白冬无意间抬头看到满天繁星，一些尘封的记忆逐渐苏醒。麦琪牵着白冬走进盗马贼山谷，他们的身影消失在岩石后。

星空下的空谷里响起歌声，似远犹近，像风吹过山岩的坑洼孔窍发出的呼啸，又像如泣如诉的蒙古长调。

从约书亚树国家公园回到小镇时，镇上灯火变得更加稀疏。白冬在路边停车。麦琪把几张钞票塞进手袋，在白冬脸上轻吻了一下。

"下次到这里记得找我。"她下车走进黑暗里。

白冬凝视着麦琪的背影，脑子里一片混乱。车里还有残存的花香。沙漠夜晚连续发生的事让他感到匪夷所思。

白冬定了定神，重新发动汽车，发现一只红狐正站在前方公路上凝视着他。一辆油罐卡车呼啸着从远处驶来，车灯把公路照得雪亮。红狐却纹丝不动，卡车轰鸣而过。

白冬急忙下车察看，车外突然传来一声怒骂，一个穿黑皮马甲的男子正从车旁经过，差点被车门碰到。白冬闻到浓重的酒精味，男子用力拍打车门，骂骂咧咧地走进酒吧。油罐车早已扬长而去，红狐不见了踪影，路上没有血迹。

"这么多邪乎事儿！"白冬自言自语。他决定到酒吧定定神再走。

路边酒吧的屋顶覆盖着锈迹斑斑的铁皮，绿色棕榈树上的霓虹灯不停闪烁。进门前，白冬下意识抬头看了看，满天繁星不见了。他推门走进酒吧，震耳欲聋的歌声、谈笑声、烟酒气和无数目光扑面而来，像有人按下暂停键，酒吧气氛猛然停顿，瞬间又恢复喧哗。

"又是个错觉。"白冬自言自语。

涅槃乐队继续唱道：

> ……我越努力，事情就做得越糟糕，
>
> 这种本事让我觉得自己挺有福气，
>
> 我们这个小群体向来如此，
>
> 将来也会是这样……

这是白冬过去很喜欢的一首歌《青春气息》(*Smells Like Teen Spirit*)，现在他觉得涅槃有点吵。他在吧台边坐下。酒吧里贴满了经典西部电影海报，墙角挂着的电视播放着新闻，一群陆战队员正操练火炮。滚动字幕介绍二十九棕榈镇附近正进行岛屿课目演习。白冬想起了晚餐时听到的隆隆炮声。

亚洲漫长的历史中，蒙古和南宋在联手剿灭了共同的敌人金朝后，展开对抗。窝阔台、蒙哥和忽必烈先后发动了三次战争，南宋灭亡。获胜后，忽必烈把首都从哈拉和林迁到北京，建立了元朝。父亲去世前，特意叮嘱白冬把他的骨灰做成擦擦带到哈拉和林，他说白家祖先都葬在那里。

白冬回忆着晚上的奇异经历，一切似乎荒诞不经却又合情合理。酒保为他斟满酒，他喝了两杯龙舌兰酒，白冬觉得坦然了许多，他决定把发生在沙漠小镇的事留在莫哈韦沙漠，天亮后一切都会回归正常，他对此坚信不疑。

白冬把几张零钞压在酒杯下走出酒吧。门在他背后重重关上，喧哗的音乐瞬间消失。白冬拉开车门，意外见到后座有把刀，是骑手佩戴的那柄短刀。肯定是刚才送男孩去医院时他遗落的。白冬抽刀出鞘，铜色牛骨柄的蒙古短刀闪着寒光。这种刀他很熟悉，家乡很多牧民都随身佩带，宰羊防狼都用得上，要是好刀还会传给儿子。

白冬肩头突然被重重拍了一下。他转身看见穿皮马甲的白人汉子站在面前，眼神冷酷，脖子上有个鹰文身。他揪着白冬领口，口齿不清地说："车钥匙、钱包，拿出来！"

白冬急忙转身想逃，还没来得及挣脱，脸上便重重挨了一拳。他趔趄着摔在沙地上，一股热流顺脸颊淌下，他感到刺痛。

白冬捂着脸挣扎起身，马甲汉再次扑来，屈膝撞向他的小腹，反手将白冬锁喉，动作规范敏捷。白冬拼命挣扎，却像被铁钳锁住，几乎不能呼吸。无意中他触到口袋里那把短刀，白冬挣扎着抽出刀朝身后刺去。利刃毫不费力地刺入马甲汉腹部，紧锁咽喉的铁臂突然落下，男子瘫倒在白冬脚下，白冬闻到浓烈的腥味。恍然间，他看到一座蒙古包外，父亲从一只放倒的羊腹部抽出短刀，低头念叨了几句，羊蹬了几下不动了。白冬见到童年的自己站在蒙古包前，呆呆地望着提刀的父亲，父亲看到他后藏起刀。他知道白冬最不喜欢看自己宰牲口。

"扔掉武器！马上放下刀！"刺耳的警笛、对讲机呼叫和警察吆喝声此起彼伏，雪亮的聚光灯照在白冬脸上，他睁不开眼，也听不清周围那些声音，只听到有风的声音。身边的马甲汉睁着眼，一动不动，血从身体下漫延开。白冬茫然举起握刀的手，没等他抬起另一只手，枪声连续响起。白冬跪在沙地上，身体晃了一下，倒在马甲汉身旁，几乎头顶着头。白冬用尽力气念叨了几句，两人都闭上了眼。

大地颠覆压在白冬身上，他感到自己像要被碾碎。白冬感到从未有过的干渴，彻骨寒意沁入骨髓，起风了，烈风越刮越猛，他的意识逐渐随风弥散。白桦林中的树叶狂舞，发出沙沙声，强烈的白光让白冬感到眩晕，他吐出最后一口气，放弃了挣扎，意识融入炫目的白光。

天还没亮，莫哈韦沙漠起风了，沙土敲打着野营客栈的蒙古包。一辆警车停在蒙古包门前。一名女警员叫醒了睡梦中的贾斯汀，让他辨认短刀是否属于父亲白冬。刀上的气味和突然出现的警察让贾斯汀马上意识到发生了什么。男孩失神地抬头，看见了满天繁星。哭喊声被风沙裹挟着消失在沙漠深处。

白冬再次醒来，他闻到了湿润的泥土和青草气息。他趴在马背上，身体随黑骏马颠簸。一位年轻黑袍骑手载着白冬在青色原野中疾驰，暗红色长发随风飘扬。马蹄扬起尘埃，眯了白冬的双眼，他却清楚地见到额尔德尼昭的白塔正在晨曦中闪着金光，白桦林的叶子摇曳作响。白冬感到宽慰，他知道自己正在前往哈拉和林的路上。他摸了摸胸前，嘎乌盒还在。

与你同行

絮状的火烧云映在宁静的深湾，岸边群山的茂密海岸雨林仿佛在燃烧。暮色中，墨迪航校停机坪上几架小飞机像准时归巢的鸟。

维修库大门敞开，学徒伍石正仔细检查一台拆下的塞斯纳天鹰发动机，手上沾满机油。

机械师萨姆取下挂在墙上的外套问："还不走？"

"很快。"伍石边拧螺丝边回答。

萨姆拉上皮衣拉链说道："周末啦，去城里放松放松。"

"知道了。"伍石答道，他蹲下检查引擎，萨姆也走过来检查引擎。

"不错，学得很快，点火开关得检查两遍，来一罐？"萨姆拿出啤酒问。

伍石摇头谢绝。

"爸爸来了吗？"萨姆问。

"没有，还在等签证。"伍石回答。

"跟他讲了吧？"萨姆问。

"嗯，他说再去领事馆试一次。"伍石说。

"我不是问签证。你的决定跟他说了吗？"萨姆问。

"还没找到机会。"伍石尴尬地擦拭着手上的机油。

"直说吧，迟早他都会知道的。"萨姆耸耸肩说，"说到底是你的活法。"

他把空啤酒罐甩手扔进垃圾桶，走出机库。

"别太迟了。"萨姆大声说。

伍石瞅着师父远去，不知道他是提醒自己早点下班，还是尽快告知父亲。

钉子面馆门外鹅卵石街道被夜雨打湿，在路灯下倒映着远处的霓虹灯。收音机里传来重庆方言的对话，一对男女主播正热情地推荐着一款智能按摩椅。这家小面馆在重庆沙坪坝区昭光寺东街，在四周林立的高档酒楼的压迫下很不起眼。因为坚持不肯关店搬迁，老伍被居委会视为钉子户，他索性把面馆改名叫"钉子面馆"。

老伍把擦干的一摞海碗放在灶台角。他看了看打扫干净的面馆，把店门反锁上。老伍熄了店招，关了收音机，走进厨房。面馆深处有一张小桌，垂挂的吊灯光线昏暗，只够照亮台面，面馆仅剩下这点光。桌后墙上挂着一张带框相片，是老伍和一个小男孩在乐山大佛旁的合影，那时老伍头发还是黑的。相片旁边挂着几枚积了灰的航模竞赛奖牌。

老伍端着一碗面在小桌边坐下，看了看手机。他灰白短发稀疏，看起来比实际年纪大。老伍大声咳嗽了几下，每次遇到阴雨天气他总会咳个不停。他拾起筷子望着桌上的医院化验单发愣。那张皱巴巴的单子压在一台电话机下。店外传来车流声，再陷入寂静。面馆里显得冷清。老伍放下手机吃面，不时看看挂钟，再瞄一眼桌上的手机，心思不在晚饭上。

伍石结束了工作，坐在飞机前边吃三明治边看书。书里的话触动了他："……我看到的这朵花，你永远无法看到，我们无法全然地分享这朵花，只能假装分享，非常孤独。但孤独是一种神圣的财富，我们应该学习独处……"伍石看了看时间，放下书。

老伍刚扒了几口面，手机振动起来，来电显示是伍石，他住在加拿大，是老伍的独子。老伍撂下碗拿起电话，汤溅在桌上。手机屏幕上，伍石站在航校机库门口，机库里的塞斯纳飞机覆盖着蒙布。伍石站在一辆摩托车边，吞下最后一口三明治。他的皮衣拉链没拉到顶，露出里面的蓝色维修服。

"今天下班这么晚？"老伍问。

"周末我多睡会儿。爸，晚饭吃了吗？"伍石抹抹嘴。出国多年，他的四川话没有变味。

"吃了。怎么又是三明治？搞点好的吃嘛。"老伍皱着眉头提醒儿子。

"知道了，爸，化验报告拿到了吗？"伍石跨上摩托车，从车把上取下头盔戴上。

"嗯。"老伍点上烟，长吸了一口，吐出白烟。

"医生咋说？"伍石戴上头盔继续追问。

"没啥子事，老毛病。"老伍把化验单攥成一团扔进垃圾桶，咳了一声。

"爸，签证我打听过了，我再准备一份银行证明，补交了应该可以了。"手机屏幕上，伍石讲话呼着白气，边说边搓手。早春的温哥华昼夜温差大，太阳刚落山就已经变得很冷。

这两年伍石一直打算把父亲接来加拿大住一段时间。机票都订了好几次了，但签证迟迟拿不到，始终无法成行。两年前老伍中过风，虽然基本恢复不影响行动，可他明显衰老了许多。伍石很担心父亲的身体，好几次建议他把小店转手，早点退休。老伍嘴上虽然同意，却迟迟不愿把面馆关门。能隔三岔五给儿子汇点钱，让老伍觉得自己还有用。他想帮伍石凑够钱，早点在温哥华买个公寓，好歹算有个自己的家。那里房价要比沙坪坝高好多。

"不急，外国我不一定住得惯。伍石，火花塞换了？"老伍关切地问道。

"换了。"伍石扣紧头盔，把手机夹在夹克胸前固定好，发动了摩托。

初中毕业后，伍石征得父亲同意，到加拿大念高中。开始他住在蒙特利尔姨姑家，姨姑回流后，他搬到西岸温哥华上学。

"快点走喽，回家还能多睡会儿！"老伍看着手机屏幕嘀咕，"打个工这么辛苦。"

听到父亲的话，伍石心里的话涌到嘴边。最近半年，这些话始终在他心里翻腾，他一直犹豫，不知是否该向父亲坦白。老伍突然想起什么："喂，伍石，今天我给你打了点钱，注意查收啊。"

话到嘴边又被伍石咽下："爸，你别老给我打钱啦，我有。

你自己留着用吧。"

老伍不以为然地一挥手说："又不是好多钱！凑个份子嘛，你手头又不是多宽裕，早点在城里买间屋多安逸，不用每天骑车来回折腾。"

"真不用了，爸，我的钱够花。"伍石坚持道。

老伍摆摆手说，"少屁夸，快走哇，到隧道那会儿小心，施工。"

老伍叮嘱道，他记得昨天连线时见到伍石回家必经的隧道口有施工标志。

老伍离婚十多年了，儿子伍石出国后，他一直独自打理钉子面馆的生意。老伍每天唯一的乐趣就是打烊后和哈巴狗照鸡儿散步，风雨无阻。上个月照鸡儿被狗贩子偷走了，老伍伤心了好久。

伍石知道老伍生活孤单，又不能来温哥华团聚，一直惦记着找法子多陪陪父亲。可是老伍本来就少言寡语，打电话更没什么可说的，父子俩每次讲电话来来回回总是那几句话，说完就无话可讲。后来伍石想到了个绝妙主意：每天下夜班回家，他跟父亲手机连线直播骑行。他在温哥华夜班下班后，正好重庆的面馆也打烊了，两个人时间都合适。

伍石每天下班得骑两小时车才能到家，他有点担心父亲觉得看骑行无聊，老伍却欣然接受了这个建议，不但如此，他还要求伍石必须全程直播。于是最近这半个月，每天面馆打烊了，老伍就会在那张小桌边准时坐下，通过手机镜头跟着世界另一边的儿子在午夜同行。连线直播儿子开车，两人不需要不停说话，老伍喜欢这样。

摩托车在夜色中疾行。冷风从领口钻进皮衣，伍石裹紧夹克，胸口的手机屏幕在黑暗中亮着微弱的光。雨滴击打在头盔面罩上，温哥华的雨总是说来就来，毫无预兆。

"下雨了，开慢点！"老伍在小面馆里大声提醒儿子。

温哥华的房价多年居高不下，像伍石这样的年轻人只能住在远离城区的地段。他租的房子很远，几乎邻近美加边境，因为油费、停车费都很高，城里停车也不方便，伍石买了一辆二手摩托作为交通工具。

摩托车穿过狮门桥，从两尊威严的石狮旁一闪而过，驶入市区。城市沉睡，街上行人稀少，车辆寥寥。

红灯亮起。摩托车在十字路口停下。老伍记得再过一个路口要右转。

伍石穿过空旷的大街，朝城外驶去。格兰维尔大街旁的老建筑群很快远去，影影绰绰只剩下剪影，时尚大剧院（Vogue Theatre）的霓虹灯标在夜空中亮着红光，像是一座灯塔。

老伍坐在昏暗的灯光里，端着手机看得入神，缕缕白烟从指缝间升起。

突然老伍听到手机里传来警笛声。伍石的摩托车减速停在路边。

"哦豁。"老伍掐灭了烟，坐直了身体。

手机屏幕上出现了一个白人警察，神色严厉。

"请出示驾照。"警察对伍石说。

"有什么问题吗，警官？"伍石把驾照递给警察。

"请待在车上，稍候。"警官拿走了伍石的驾照，然后从手机屏幕上消失了。

老伍有点担心，他凑近手机大声吆喝道："出啥子事？"

"交警检查，不碍事。"伍石安慰父亲。

警察重新出现在手机屏幕上，他把驾照还给伍石，问道："转向灯坏了？刚才几个路口转弯都没打灯。"

"是的，本来打算今天修，加班没来得及。"因为忙着赶工，伍石把这件事给忘了。警察凑近伍石固定在胸口的手机，俯身望着镜头问："监督我执法？"

"不是，我正和我爸连线直播，他在中国。"伍石急忙解释。

"直播骑车？"警察疑惑地问。

"主要为了陪他，他狗丢了，家里只剩他自己，我爸不爱讲电话，我才想出这个办法。"伍石解释道。

"所以他能看见我？"警察凑近手机终于看到老伍，对镜头招手："你一定很为他自豪吧？"警察夸老伍娃养得好。

"哈啰！"老伍咧嘴招手回应，不知道对方在说什么。

"这次我不开罚单，灯尽早修好，这种情况不能上路。"警察走回警车。

看到摩托重新出发，老伍长舒了口气。

开了没多久，摩托车在路边停下。伍石出现在老伍手机屏幕上，"爸，我买瓶水哈。"伍石对着镜头大声说，把手机重新扣在皮夹克上。

"要的。"老伍点点头，在黑暗的屋里又点上一根烟。

老伍紧盯着手机，跟随伍石走进二十四小时超市。伍石打开冷柜取出一瓶水，走到药品区，在货架间寻找。他没找到想要的，于是走到柜台问收银员："我找退烧药，吃了不瞌睡的那种。"

收银员走到货架前帮他找，伍石遮住手机镜头。

收银员从货架上找了一瓶退烧药给他，伍石到柜台付了钱走出商店。

"你买的是啥子？"老伍问。

"矿泉水。"伍石瓮声瓮气地回答。

"我问你那个小罐罐。"老伍追问，他看到了药品架上的医护宣传海报。

"是维生素，有点上火。"伍石跨上摩托车，拧开瓶盖吞下几片退烧药。

"吃水果嘛，搞两斤广柑儿，好过吃药片。"老伍嘟囔着。

手机里传来引擎声，静止的手机画面重新移动。老伍夹着烟望着手机。

面馆门口有人敲门。一对年轻男女趴在窗上朝屋里张望。

"师傅还开吗？吃饭。"门外的男子用普通话问道。

"关了！"老伍冲门口的人不耐烦地摆手，低头盯着手机，"非得老子看直播的时候来！"老伍咕哝道。

摩托车离开温哥华，进入另一座城市。屏幕上出现了很多带中文招牌的商铺。

"到列治文了？飞叉叉的，开那么快。"老伍嘟囔着。

他跟儿子已经多次路过这个城市。儿子跟他说那里有很地道的川菜，老伍不相信，他觉得那地方看起来乱糟糟的。

老伍眯着眼盯着手机自言自语："神气个啥！老子当兵那阵开过挎斗摩托，比你娃这破车威风多了。"

他继续看伍石骑行，不时吸上一口烟。不知不觉烟灰缸里塞满了烟蒂。

"减速！该转弯喽。"老伍紧紧盯着屏幕喃喃自语，像一名领航员。

这条路他已经随伍石的镜头走了很多次，路线早已了然于胸。

"噢，这辰光酒楼还做生意，有人耍，有点像沙坪坝。"他评论道。

摩托车停在加油站，伍石的脸出现在镜头里，湿漉漉的头盔泛着光。他擦了擦面罩上的水，指指前面加油站说："加个油。"

老伍随着儿子走进便利店。伍石对南亚裔店员说："五号泵，加二十加元。"

伍石刷卡走出便利店，取加油枪加油。

"爸，困了吗？"镜头外传来伍石的声音。

"不困。"老伍大声答道，"不过你还是得跟老板说下，早点下班嘛。"

"爸……"一直憋在心里的话再次涌到伍石嘴边，想了想，他还是没说。摩托车离开列治文后，路灯渐少，车速加快，公路两侧的农田飘逝在车后。

"兜风喽，巴适得板。"老伍评论道，"伍石！我上厕所。"

老伍起身走进洗手间，他望着镜子里的自己，自言自语道："我倒是要看你啥时候交代，坦白从宽。瓜娃子以为我啥都不晓得！"

老伍回到桌边重新坐下。突然他感到一阵眩晕，面前手机屏幕图像变得模糊。老伍心知不妙，急忙拉开抽屉摸出一个药瓶拧开，瓶子是空的。他挣扎着试图起身，脚像踩在棉花上。他撑着桌子避免跌倒，视线变得模糊，老伍拿起座机颤抖着手拨打电话，话筒里传来接线员的声音："这里是120……喂？喂？……"

声音飘远。

离白石镇还剩半小时车程。伍石驾车在黑暗的公路上疾驰，空气中有湿润的泥土气息，他擦了擦手机上的潮气。伍石喜欢在凌晨空旷的公路上独行，他觉得这个时刻整个世界都变得安静。

沙坪坝钉子面馆里，墙上挂钟指向午夜十二点。老伍一动不动地低头瘫坐在桌前，身体已经变得僵硬。桌上座机里传来接线员的呼叫："喂！120急救服务，听到吗？喂？请说一下你的位置……"

天亮了。田野里弥漫着白色薄雾，微弱晨光似乎点燃起了伍石的信心。

"爸，给你说件事，莫生气哈。其实……我退学了。"他鼓足勇气说。

说完伍石有点后悔，不过既然已经开口，他只好说下去，他嗫嚅道："我喜欢修飞机，我……我想学门手艺，靠本事吃饭，跟你一样。"

　　手机始终保持沉默。伍石有点担心父亲生气，在路边停车，凑近手机问："爸？刚才我说的你听到了吗？"

　　他取下手机，看到老伍靠在椅背上低垂着头。

　　"爸，爸？睡着了……"伍石长吁了口气，不知是叹息还是松了口气。

　　"那你先歇着吧，回头再说。"伍石挂断视频跨上摩托车。

　　晨雾渐浓，如烟的白雾覆盖了田野，弥漫到公路上，前方的路隐入白茫茫的雾中。伍石觉得心神不宁。头顶传来几声响亮的鸣叫，伍石仰头见到一只孤雁一头扎进白雾，不见了踪影，很快远处再次响起雁鸣。伍石定了定神，发动摩托，循着雁鸣声朝浓雾中驶去。

七步登天

　　七月七日那天，哈迪港警察局收到了一份协查失踪人员的通知。有报警者称其房客一周前失联。根据报警记录，失踪者是一名华裔男性，四十五岁，单身，无精神病史及药物滥用记录，无明显体貌特征。据称失踪者当时正在西北地区休假旅游。根据通话记录，失踪者最后一次可确认的地点是在哈迪港至鲁伯特王子市之间的海域，此后手机信号消失。警官杰弗森·柯本负责这项失踪人员事件的调查。

　　在调查中，柯本警官得到线索，有人在西北地区归隐群岛的森林里发现了一个笔记本，内容似为失主所记录的游记。笔记本被雨水浸泡过，部分内容难以辨认，根据笔迹和签名缩写，判定属于失踪者。依据此线索，警方在鲁伯特王子市和周边地区，包括笔记本内容所涉及的哈迪港、坎贝尔河及归隐群岛等地进行了广泛调查，寻找目击者和相关线索。

　　以下记录是失踪者笔记本里的内容，楷体字部分是警方寻访过程中所录得的目击者证言。为便于分析，根据笔记本显示的地点和时间，证言参照笔记涉及的地点分段呈列。据初步分析显示，多位目击者和失踪者接触的时间、地点与笔记本内容基本吻合，但笔记本内容与目击者提供的信息差异较大，警方暂时不能提供结论。为帮助调查，警方近日公布了联系电话和悬赏金额，来征集更多线索。警方目前仍在寻找失踪者。

《出乎意料》(*It Never Entered My Mind*)

午夜时刻，从鲁伯特王子市出发，前往归隐群岛的渡轮接近了目的地。我站在舷窗边，望着黑暗中烟雨迷茫的岛。那个隐约的黑点变得越来越大。七天前，我还在这个辽阔的大陆国家的另一端，也就是大西洋沿岸，此时却正面对太平洋。船舱一片寂静，投影仍在播放着情景喜剧，乘客们都在沉睡。

渡轮终于抵达归隐岛。舱门打开，从梦中醒来的乘客们鱼贯而出，渡轮广播再次发出下船通知。我收拾好杂念和背包，打起精神走下舷梯。在渡轮停车场，我找到了一辆白色雪佛兰车，开门从驾驶座脚垫下找到车钥匙，发动了车子。骤雨突降，两个雨刮急促左右摇摆，像两只手臂，不知是迎接还是阻止。

我看了看地图，把音乐接到车内音响。迈尔斯·戴维斯（Miles Davis）的小号瞬间盖过了雨声，是那首《昨夜之梦》(*Something I Dreamed Last Night*)。音乐，具体说，是迈尔斯·戴维斯，是每次旅行我必带的行李，不管身处何处，戴维斯的小号总能帮我找到一点熟悉感。参照物很重要。我驾车离开码头。

我望着窗外夜雨，想起一周前在东海岸的旅行。我心里数了数，恰好满七天。同样是雨天，同样在岛上。我住在小镇隐佛内斯，那是万里之外的一座海滨小城。我刚从国土一端到达另一端，像一只野牛脑袋上的跳蚤，从一只牛角跳到了另一只牛角上。这是一场即兴旅行，没有计划，没有目的，也没有时间表。

数年前，我离开了那个幅员辽阔的国家，远离了熟悉的生活和人群，搬到一个美丽平静而无感的城市。无感并非抱怨，只是描述。我慢慢失去了存在感，类似在空调房间待久了那种感觉：一切都没变，但失去了对温度的感知。我在平静舒适的生活中渐渐变得迟缓而僵硬，有时我怀疑自己是否还活着。

话虽如此，我并不怀念过去的生活。我决定离开的原因源自几个连续的梦。当时我连续做了几场梦，这些梦让我对自己的生活产生了怀疑。事情是这样的：某天凌晨，在一个梦中，我在山坡上独自漫步，走到了一个岔路口。站在路口，我犹豫着该选哪条路。我正在不停分析，梦戛然而止。醒来的当下，何去何从，喋喋不休的念头和周围情景仍历历在目，像瞪着被强制暂停的屏幕。如果没有醒来，梦中一切如真实发生，毫不令人生疑。醒来的瞬间，我意识到那些看似真实的场景情节，只是由无数凭空捏造的念头延展构建的幻觉。其后几天，这样的梦我又做了好几次。

我开始怀疑，如果我的骗术如此高明，故事能讲得瞒天过海，那所谓的"生活"到底是否真实。这个想法一经出现，便一直在我脑中纠缠，我寝食难安。生活中很多事开始令我感到厌倦，我怀疑地打量着周围的人和事，犹如一个知道感情即将破裂寻找分手借口的恋人。

我最终选择了离开。在周围诧异质询中逃离了人声鼎沸的热烈生活，那热度像浅地表下漫延流淌的岩浆，插下一根筷子就可能改变一切。我来到一个厚积着千年冻土之地。

出走像一剂劣质春药，很快失效。一个月前我再次自我流放，这次离开的是那个令我逐渐无感的城市。我一路向东，像只无头苍蝇，在冻土大地上盲目奔走。没有方向和终点，仿佛远离生活才是唯一选项。关于世界是否属实的问题不断拷问我，我无处藏身，只有不停奔走流窜，把头转向他方，避开问题。

线索提供人证言（括号内为警方提问）

目击者：凯瑟琳·努瓦茨，鲁伯特王子市居民。西北文化博物馆解说员。

"是的，我见过图片中这位男子。是上周在博物馆见到的。他带着一个男孩，六七岁。那天博物馆刚开门，他们是首批参观者。显然是外地游客，那个男子把展品看得很仔细，我记得他打听了一些关于展品的事情。"

（他问了什么问题？）

"是关于一件展品，一片金黄色旧衣物残片，上面有龙的图案。展品是早期在此生活的华工遗物。那些中国人给原住民带来了他们古老的世界观：一切有情众生皆为神圣，君主是世俗和灵性世界的纽带等。他对那些观点很感兴趣。"

（还有其他情况吗？）

"有，他对一件叫'疗魂者'的展品看了很久。"

（疗魂者？）

"那是一件原住民举行某类集会时的特别物品，是个偶人。一些部落对巫医也这么称呼。"

目击者：唐纳德·米切尔，鲁伯特王子市居民。退休保险经纪人。

"我见过他。他在我家门口到处张望。我出门问他找谁，他说正在找附近便利店。我告诉了他地址后他就离开了。"

（当时他是否和其他人一起？）

"对。他和一个小男孩一起，孩子六七岁，也是亚洲人。天气大概比较热，男孩脸很红。他们之间讲外语，我猜是汉语。"

目击者：乔伊·鲁宾斯，鲁伯特王子市居民。渡轮码头员工。

"我有些印象。那个男的没开车，是步行乘船去归隐岛的乘客。他带着一个男孩。那天我负责检票，他们是最后上船的乘客，还道歉说迟到了。没错，我记得很清楚。"

目击者：乔纳森·扎克维尔，鲁伯特市居民。归隐岛渡轮的服务生。

"我在渡轮餐厅上班。我见到的那位男子跟您提供的照片上的人很像。"

（他是否有同行乘客？）

"让我想想，有点记不清了。对的，好像有个男孩跟他在一起，让我仔细想想，我想起来了，当时他们到餐厅用餐，来过几次。他似乎很友善，我记得他和男孩玩纸飞机。"

《午夜徘徊》(*Round About Mid Night*)

为什么到归隐岛,这得从哈迪港发生的事讲起。

东部之行结束后,我来到温哥华岛,这是北美太平洋沿岸最大的岛,全岛面积三十二万平方千米,和中国台湾地区差不多大。至于我怎么会来到温哥华岛,是另一个故事,我会再找机会讲述。我搭乘的顺风车本来要去哈迪港,卡车司机在车上接到电话,改道去坎贝尔河载货。我只能在那里下车,好在离哈迪港不远。

我下车的地方是个老电影院,我随意看了场电影,好像很久没进过电影院了。那天下午电影院只有我和几位老人。电影是根据梅尔维尔的小说《白鲸记》改编的,叫作《海洋之魂》。电影很沉闷,我看了开头就睡着了,梦到自己成了一位寻鲸者,执着地探寻传说中的白鲸。

我没在坎贝尔河久留,继续搭车北上到了哈迪市——温哥华岛西北角的一座城市。"穷途末路",这四个字用来形容我到哈迪港时的心情再恰当不过了。出乎意料,哈迪港比我想象的还僻静,回想起来,那是个没有颜色的地方。虽然是初夏,但这个海港小镇还没从冬眠里醒来。下午四点半我到了那里,住进哈迪船长旅馆,它是路边一座双层汽车旅馆。

我把行李留在前台,到镇上吃晚饭。我本以为夏天是旅游季节,镇上会很热闹,可临近傍晚,街上连人影也见不到。全镇的人好像都蒸发不见。海风冷飕飕,镇子萧瑟凄凉。我穿着一件单衣,风潮湿冰冷,吹得我发抖。在街上来回走了几遍,我还是没找到一家开门的餐馆或咖啡店，也没有路人可以打听。无奈只好沿原路返回。路边一栋办公楼拆剩下半截，封着黑封条。天上出现几百只归巢乌鸦，浩浩荡荡飞往东南，稀疏的松林看起来黑乎乎的，像被火烧焦了。

我又冷又饿，到处寻找。终于看到旅馆几百米外，一个空荡的停车场旁边有间亮着灯的快餐店。在一片灰色死寂中，那家餐厅房顶的红白霓虹招牌闪闪发光，就像夜航迷途的人突然见到灯塔，我喜出望外，唯恐这家仅有的餐厅也要打烊，我几乎是冲刺跑进店里。点了一个汉堡套餐，我终于感到踏实了。

快餐店服务生是个胖妞，无聊地嚼着口香糖刷手机。厅里只有我和一位流浪汉，他戴着油腻的棒球帽，身上汗馊味不时飘散过来，盖过了厨房油烟味。餐厅里低声回荡着《纽约的船就要出发了》（*There's a Boat That's Leaving Soon for New York*），这是迈尔斯·戴维斯在 1959 年创作的曲子。

一个二十来岁的黑衣女孩走进店里，深蓝色长发束在脑后。我猜她是餐厅员工。那女孩经过我身边，我和她对视了几秒，却感觉好像互望了很久。她在我对面坐下，瞪着金色的双眼，惊讶地说："我见过你。"

我摇摇头说："不可能，你肯定记错人了，我第一次到这儿。"

女孩坚持道："没记错，上次你和一个男孩儿一起。"

我笑着回答："真的吗？希望那个男孩儿还想得起来，反正我不记得了。"

"你去哪儿？"她的问题让我突然意识到，哈迪港可能是个中转地。

"哪儿也不去，掉头回家。"我如实回答，然后我简单讲述了我来哈迪港之前的旅行。听到哈迪港将是我整个旅行的终点，女孩蹙眉建议道："去归隐岛吧，你应该去那里。"

哈迪港本来是我行程的最后一站。我一路狂奔从大西洋岸边的布莱顿岛到太平洋边的温哥华岛，此地是岛西部末端，到了哈迪港已经无路可走，只能回头。但是，我的假设被那个蓝发女孩瞬间击碎了。

她拉着我的右手端详，然后语气坚决地说："是的，你必须去那里。明天早晨六点半有一班船。那是明天去归隐岛的唯一一趟船，千万别错过。"

她的口气不像建议，倒像是命令。

"归隐岛？"我重复了一遍，问她，"是个什么地方？"

我从来没听说过那个名字，更别说计划前往。可不知为何，在那个寂寞的黄昏时分，在这水穷路尽之处的快餐店里，蓝发女孩的话让我推翻了终结旅行的想法。或许在我心底，我其实想继续流亡？女孩没有回答，继续带着那种惊讶的眼神望着我，看得我有点尴尬。

"哈！归隐岛！去了又能如何？"邻桌的流浪汉听到了我们的对话，没头没尾地嚷了一句。

蓝发女孩瞟了流浪汉一眼，起身走到收银台后，和那个胖妞谈笑起来，完全不再理会我。我愣了一会儿，吃完晚饭离开餐厅。蓝发女孩始终没再看我一眼。归隐岛。回旅馆的路上，我心里重复着那个陌生的名称。

回到旅馆取了行李，我上二楼去客房。狭长的走廊散发着隐隐怪味，我沿着一扇扇红色房门挨个儿寻找，终于在走廊尽头找到了205号房间。暗红色房门在惨白的走廊灯光下很刺眼。我在前台没看到其他住客，停车场也没有车子。可是整整一晚，我听到走廊里不停传来开门声、脚步声和搬东西的声音。我努力想睡着，心里却反复萦绕着那座陌生岛屿的名字，难以入睡。半夜我突然感到屋里有亮光，睁眼见房门敞开，我起身关门。我站在门口张望着走廊，想看看是谁在不停进出。走廊里却空无一人。折腾了一天，我疲惫不堪，回到床上很快睡着了。

次日凌晨，天没亮我离开了这不留人的小镇，登上北去的渡轮。经过近二十个小时的航行到达鲁伯特王子市。第二天转乘渡轮，经过半天航行到达归隐群岛。这就是我上岛之前发生的事情。

线索提供人证言

目击者：萨拉·哈德维，哈迪港居民。安迪斯快餐店服务员。

"安迪斯通宵营业，那天晚上我值夜班。没错，餐厅标识是红白两色。这张照片里的男子是和一个小男孩一起来的。我记得那天下雨，他们没带雨具，两人湿透了，看起来很狼狈。当时大概是晚上十点。没有其他顾客，我正和男友通电话。他俩点了汉堡和薯条，男孩要了份冰激凌，吃完就离开了。"

（那天有没有其他员工，比如服务生或厨房工？）

"有，比利也在当班。他在厨房，我负责收银。"

（比利有没有见到那两个人？）

"没有，比利在厨房里，前台只有我一个人。"

目击者：林赛·里德，哈迪港市居民。哈迪船长旅馆前台服务员。

"确实有这位客人。两人住了一个晚上，是那位男士登记的。我来查查看，您瞧，姓名也吻合。他们住在二楼 205 号房。第二天一早就离开了。"

（登记男孩子的信息了吗？）

"没有，警官。是用那位男士的名字登记的，但我记得他们是两人，我没记错，当时旅馆装修，只有二楼开放。他们是那天仅有的住客。还有其他问题吗？"

目击者：杰里米·马奎斯，坎贝尔市居民。林木运输司机。

"老天，那个讨厌的家伙！就是他，我在电影院见过他。他拿着男厕所钥匙却不进去，反而对着女厕所唠唠叨叨。我急着拉屎，一把抢过来……真是个讨厌鬼！他失踪了？老天有眼！"

目击者：克丽丝汀·赛特米尔，哈迪港市居民。学生。

"那个周末我去图非冲浪，返回路上这男的搭了我的顺风车。我当时有点犹豫，因为那条路发生过意外，可是他跟一个男孩一起，五六岁吧。我想他们是父子，可能需要帮忙。那个男子说他们来旅游的，他喜欢画画，我正好在学设计，所以聊得挺开心的。"

（如果您还记得，请告诉我他俩上下车的地点。）

"他们是在图非镇上的车。下车的地方在坎贝尔河，电影院门口。"

《纽约的船即将出发》

(*There's a Boat That's Leaving Soon for New York*)

虽然没设闹钟，但天还没亮我已经醒了。半梦半醒，不停地看钟。心里盘算着是否去赶那班唯一的渡轮。纠结了半小时，我终于拿定主意，起床收拾行李，准备继续旅行。

清晨出发的这班渡轮是一艘白色大船。七层甲板，晨光中乳白色轮船在墨绿港湾显得从容安详。同行的旅客们安静有序找到各自位置。我走到第五层观景舱，这里有几排长椅面对大海。我把背包放在身旁，等候开船。

舱里人不多，邻座有一对父子，听到他们讲话带着我家乡口音，我和他们简单聊了几句。他们说正在暑假旅行。旅行时我不爱和游客闲聊，寒暄几句后，我戴上耳机，这是谢绝交谈的最有效的方法。耳机中传出迈尔斯·戴维斯的那首《悄然无声》(*In a Silent Way*)。

战后冷爵士在西海岸兴起，细腻，松弛，点到为止。与其说它冷，不如说它张弛有度，迈尔斯·戴维斯是代表人物，他冷静，干净，超然而神秘。我望着窗外的大海，在乐声中漂泊。乘船旅行总会给我一种莫名的神秘感，就像前往未知的地方。从有记忆开始，我对海洋便有种莫名的恐惧，深不可测的海水让我望而生畏。这艘白色大船像一座移动的庇护所，让我感到安全自在。白色巨轮沿着内湾航线，在大陆和西北海岸的无数岛屿间穿行，从容北上。

这是一条五百千米长的峡湾，时宽时窄，大部分时候波澜不惊，几乎让人不敢相信是在海上航行。巨大的船体稳重踏实，不动声色地在海面滑行，就像迈尔斯·戴维斯的演奏，冷静而平顺。

我走到舱面甲板上眺望远方。渡轮两侧大小各异的岛屿接踵而来。岛上都覆盖着浓郁松林，庄严而茂盛，这些岛屿似乎无人踏足。除了几座岛设置了灯塔，大部分地方看不到建筑和居住的痕迹。

广袤天空无云，纯蓝天空映在海面上，美得令人窒息。多年前我曾到过南半球一个同样以峡湾闻名的小镇，在那里乘船游览，虽然印象深刻，但无法和我眼前持续延展了十多个小时的画卷相提并论。

一个中年白人女子用水彩临摹峡湾景色，身边两个黑人男童用德语聊天。

我找了个无人之处，在阳光下倚着船舱坐在甲板上。除了巨轮低沉的轰鸣声和撞击船体溅起的浪花声，再也听不到其他声音。我想起童年时代逃学的美好时光。我经常独自一人躺在操场草堆上，看着蓝天发呆，就像现在。只有在那种时候，我感到自己是全然自由的。

我回忆着童年的那种感觉，希望能够重温那种自由。我忽然感到眼前阳光被遮住。我睁开眼睛，一个穿白长裙的女孩站在面前，披肩的深蓝细密长卷发像道瀑布，虽然看起来像变了个人，但我还是一眼认出是那位在快餐店见过的女孩。

"你也在船上！也去归隐群岛？"我惊讶地问，心里暗暗期待。

"我要先去鲁伯特王子市。"她说。

鲁伯特王子市是这艘渡轮的终点，去归隐群岛需要搭乘次日另一艘船。女孩在我身边坐下，她问："你在岛上住哪儿？"

被她这一问，我才想起还没预订住宿，欧美国家凡事都得提前安排，而我不喜欢事先规划，我喜欢即兴决定，就像坎贝尔河那场电影，不过这个做法很容易碰壁。我只好承认还没有订房。

"住我家吧。地下室里有间空房，住几天都行。"她慷慨地提议。

"过两天我也回岛上。"女孩又说。

我喜出望外，赶紧答应了。

女孩和我聊起归隐群岛。她说她叫赛德尼斯·瑞雯。

"怎么拼？"我问。

"Sadness Raven。"她说就是"悲伤"和"渡鸦"两个字。

"是真名吗？"我好奇地问。

"当然是。我母亲来自渡鸦部落，归隐岛上的主要部落。"她答道。

时间临近正午，我邀请赛德尼斯吃午饭，她爽快地答应了。

"赛德尼斯，你为什么建议我去归隐岛？"我边吃边问。

"因为那里有你需要的。"她望着我，目光坦然。

"我需要什么？"我问。

"自由。"她答道。我心里一动，没有承认也没否认。

赛德尼斯的金色双眸带着洞察一切的神情，眼角细长弯曲，脸上有种奇特的忧伤感。

"我的确记得上次见到你和一个男孩来餐厅。"赛德尼斯若有所思地说。

"不可能。昨天我刚到哈迪港，之前从未到过那儿。可能你觉得亚洲人都长得很像？"我调侃道。

有些地方因为亚裔稀少，常有当地人把亚裔人搞混。赛德尼斯瞅了我一眼没有出声，眼神深邃，好像洞察我心底，我赶紧收住玩笑。

吃完午餐，赛德尼斯离开了餐厅。她让我下船后在港口的候船厅等她。我独自回到五层船舱，从背包里翻出《迈尔斯·戴维斯自传》，随意翻阅。

……乐评家们开始把我当作老家伙那样来对待，你知道的，比如说我只是回忆——而且是糟糕的记忆——可是我1952年的时候才26岁。有时候甚至连我自己都觉得自己已经成了过去式。从1950年起，那是我人生中最糟糕的几年。我发现自己无路可走，我已经站在了谷底，要么向上，要么就永远在谷底……

午后，天色逐渐变暗。云雾低垂，掩盖了两岸的山顶。群山像被隐形利剑斩断。海面出现了几个小黑点，我伏在栏杆上眺望，黑点露出水面，是黑白相间的脊背，一群虎鲸正在穿过海峡。它们对轰鸣的游轮熟视无睹，继续游戏，轮番从海中浮起，高高的背鳍像是劈开水面的长刀。

晚上十一点半，我在船舱里正睡得迷迷糊糊，船上广播响起，提醒乘客下船。鲁伯特王子港口到了。我赶忙拿起背包随人流下船。我在人群中不停寻找那个蓝发女孩，始终没有找到她。我来到候船厅，大厅空无一人，我坐在长椅上不停看时间，心里嘀咕赛德尼斯是否真会出现。

临近午夜，下船的人流早就消失在码头外。白色巨轮静静停靠在岸边。我看着候船大厅的挂钟，时针指向十二点整。一位港口雇员走进大厅对我说："如果你要赶班车，到市中心的末班车十二点开车。"

见赛德尼斯没出现，我起身离开。白蓝双色巴士停在候船大厅外停车场边，车门正在关闭。我跑过去拍打车门，上车却看到一团亮蓝色卷发。

"喂！原来你在这！我以为你已经走了。"我坐在她身边。

末班车只有我们两人。她递给我一罐红色饮料，我喝了一口问："你在哪儿下车？明天到了归隐岛我怎么找到你家？"

我连声问道，生怕没得到答案她就下了车。

"明天你下船后，到码头找白色雪佛兰，车子没锁，车钥匙我放在驾驶座脚垫下。这是地址和电话。"赛德尼斯递给我一张纸。

我接过来，小心地放进胸前的口袋。午夜公路，巴士开得飞快，很快到了市区。

"你在这里下车吧。过两个路口有家旅馆。明天你坐车回码头很方便。"

"你呢？去哪儿？"我问。

"我们在岛上见。"赛德尼斯回答。

线索提供人证言

目击者：阿历克丝·陈，维多利亚市居民。渡轮客房服务生。

"我和他说过话。他问我会不会讲他家乡话。我俩简单聊了聊，他当时住在五层的经济舱，是双人间。我送水时遇到他们。还有一个男孩子，看起来是父子俩。他们一起画画，看起来蛮开心，那孩子好像不会讲英文。"

目击者：里克·阿佩莱斯，归隐岛居民。渡轮码头工作人员。

"是的。那个人的确有点奇怪。我去候船大厅巡查，看到他带着一个孩子在厅里，像在等人。孩子睡着了。我提醒他末班车马上要走了，他抱着孩子离开了。看上去好像很失望。"

目击者：珀西·考罗斯比，鲁伯特王子市居民。乘客。

"因为工作需要，我常乘坐这趟船。很多乘客也是这样，大家都彼此认识。这个男子我见过，他肯定不是常客。我到后甲板抽烟时见到他，等一下，对，是在后甲板，当时他和一个男孩看风景，不对，是看鲸鱼！有一群虎鲸，那个男孩子很激动，用外语不停大叫。"

《红》(Rouge)

黑暗中，我开着那辆白色雪佛兰，沿归隐岛海岸公路向南行驶。半小时后终于看到稀疏灯火，夏洛特镇到了。

戴维斯的小号陷入沉寂。我在路边停车，拿出赛德尼斯给我的纸，寻找古蓝街1112号。车窗布满雨点，我在空荡的街道兜兜转转，终于在路口附近看到了那间房子。灰白色的平层木屋没有灯光。我在门前下车，下楼到了地下室，楼下有间小卧室和起居室，房间很干净，有种淡淡的檀香味。台灯下绛红墙面看起来很温暖，连续住了很久的汽车旅馆，我终于有了回家的感觉。

我洗了澡倒在床上。床很小，仅够容下我的身体，我像躺在一张大尺寸婴儿床上。我很困但睡不着，在黑暗里望着天花板，念头如外面密集的雨滴。

我回到了隐佛内斯。那是这次流亡旅程中的一次停留，那天也像这样，我躺在陌生人家的一张小床上，我揣测床是房主孩子的家具。那是七天前的事。

那天早上我上路时，很有把握能离开布莱顿岛，所以没在岛上预订住宿。但突如其来的暴雨和低估的路程让我很快意识到处境尴尬。日落前我到了一座小镇。隐佛内斯是布莱顿岛几座海岸城镇之一，名称源自苏格兰同名城市，想必是当地苏格兰后裔为纪念故土起的名称。阴雨天晚上，小镇寂静无声，不见行人游客，寥寥无几的商店已经打烊。我必须在天黑前找到落脚处，下一个小镇在三百多千米外，开了一天车，我不想继续冒雨开夜车。

终于，在即将离开镇子的路边，我看到一座挂着 B&B（提供房间加早餐的客栈）标志的老式红房子，虽旧但气度犹在，像一位穿着讲究的老人。宅子门上挂着的圆牌写着"赛马手客栈"。我满怀期待走到房前，却见到窗上挂着歇业的牌子，屋里没有亮灯。绝望中我突然发现房门黄铜把手旁贴着一张有电话号码的纸。我拨通电话，一位声音苍老的女士请我在门口等候。五分钟后，一个十来岁的女孩攥着一把铜钥匙出现在我面前。她很害羞，不愿意说话，一直带着微笑。她把我引到二楼，这里有三间卧室，其中两间上了锁。我住在西侧的单人房。

女孩告辞跑着离开，红裙子很快消失在树丛后。我下楼欣赏这座装饰典雅的小楼。整座旧宅以绛红为主色，一楼客厅的立柱和天花板有精美雕刻，客厅边的雪茄室里有暗红天鹅绒落地帘，铜色皮沙发厚实华贵，墙上挂满赛马老照片，屋角摆着许多奖杯、奖状和奔马雕像。

吸烟室窗外是宽大的木制露台和后院。院子后方围栏里有一红一白两匹戴着护腿的年轻赛马正安静地吃草。我在露台阶梯坐下，身边有一个男孩坐像，木雕日久开裂，一条手指宽的裂缝从头到脚把男孩的脸和笑容分成两半，宛如两个人。傍晚时分小镇寂静无声，双面的男孩陪着我坐在阶梯上。黄昏的海边小镇起了风，呼啸的海风耍弄着院子里的铁皮风车，时断时续发出摩擦声，听起来像婴儿啼哭。

晚风里我越坐越冷，起身走回雪茄室拉起暗红窗帘，唱机播放着一张黑胶唱片，是迈尔斯·戴维斯的那首《七步登天》

（*Seven Steps to Heaven*）。赛德尼斯穿着一件奇特的宽松白袍坐在铜色沙发上，袖口和衣领绣着鸟羽花纹，她蜷着双腿，浓密发亮的深蓝色卷发搭在肩膀一侧，露出乳白色脖颈。赛德尼斯骑在我腿上，远处传来马的嘶鸣，我忘记了时间……

线索提供人证言

相关证人：弗里达·乔科维奇，归隐岛。古蓝街 1112 号业主。

"我是 1112 号的业主。我不常住在岛上，我姐姐病了，我搬去维多利亚短住，方便照顾她。岛上房子我做短租。照片上这人我没见过，但的确有位用这个名字入住的客人，父子俩，来归隐岛旅游，住了七天。"

目击者：玛西亚·西蒙妮，归隐岛常住居民。酒类商店售货员。

"这个男的到我店里买过酒，还有个小男孩。我以为他是本地人，用部落方言和他打招呼哩，后来才发现他是外地人。他买了好多酒，是店里最贵的皇冠威士忌，我猜他要开派对。"

相关证人（由隐佛内斯镇警方协助调查）：朗·斯图尔特，隐佛内斯镇居民，赛马手客栈经理。

"根本不可能。您肯定弄错了。客栈一年前就歇业了，最近没接待过任何客人。而且我没有女儿，三个儿子都在哈利法克斯上班。"

（您是否能确认笔记中关于客栈的描述？）

"我得承认，那些描述倒是蛮准确。"

（会不会有人私闯客栈？）

"不可能，我们有防盗警报器，房间也没发现异常情况。"

《避难所》（*Sanctuary*）

屋外传来欢畅的鸟鸣。我在窄小的床上醒来，努力想了很久，终于记起身在何处。这段时间我每天都睡在不同地方，醒来常感到恍惚。

早餐后我驾车出门。我看了一下地图，归隐岛北宽南窄，像一柄刀锋朝下的匕首，由几个岛屿组成。我所在的夏洛特镇在大岛中部。在渡轮上，我看了些关于这座群岛的介绍：这里原来叫皇后群岛，"归隐"是当地原住民部落语言，是"地方"的意思。几千年前原住民就在这座太平洋西北部群岛生活，这里北邻阿拉斯加，从哈迪港出发，经夏洛特海峡，穿过麦克拉福伦海湾，一路向北，沿不列颠哥伦比亚省西部海岸线航行十六个小时，即可达鲁伯特王子市，转程前往归隐群岛，这是一段令人印象深刻的航线。

沿着海岸公路开了很久，我没见到其他车辆，没有商店和餐厅，甚至没有加油站。公路一侧始终伴随着白浪奔腾的漫长海滩，几只白头鹰在空中盘旋。到了一个转弯的地方，路边竖立的木板上写着"归隐艺术坊"，我倒车驶回，车子进入林间小径，沿标志牌指示的方向开了十多分钟，一处宽敞院落出现在车前方。

院角有座原木搭建的屋，应该是那家工作坊了。庭院里摆着七块形状各异的巨石，每块都近两米高。石群组成了一个圆阵，下车走近，我注意到，每块石头都有小切面，呈现出岩石内部各种柱状水晶体。石阵中央是一块光滑的白色圆石。屋门打开，一位矮个儿银发老妇站在门口。她和善地说："我出门一会儿，自己看吧，标签上有价格，想买什么把钱留在柜台就行。"说完她慢吞吞地朝停车场走去，手有些震颤。

我走进屋里，四壁木架摆着很多木碗，盛满了各种矿石和手工饰品。墙上有很多照片，有本地风光，也有穿着传统服装，脸上画着图案的原住民。在众多照片中，一张拍立得旧照抓住了我的心，褪色的照片只有巴掌大小。是一个十多岁少女的头像，深蓝色卷发，金色忧郁的双眼，宽松白袍领口绣着羽毛图案。

在这里看到赛德尼斯的照片让我意外，她看上去没变样。我走出屋子找那位老妇打听照片来历，她早已离开。我从墙上摘下照片，藏在《迈尔斯·戴维斯自传》里，在柜台上留了一张钞票，继续驾车向北。

正午时候，我来到一处被密林围绕的河边，我在岸边停车吃饭。河面宽阔，不见波澜，从远处看像静止不动。走到河边，我却发现那条河其实水流极快，快到看起来近乎静止。河水清澈清凉，平坦的河床铺满鹅卵石。奇怪的是，河水是红色的，像流动的血。

我低头望着血色河水，想到那几个令我产生怀疑的梦境。就像走到河边才发现河流真相，要不是从惊醒瞬间，一瞥梦境如电光石火般被念头构建，我就不会对生活的真实性产生疑问。像走在一条空中的道路上，在我发现那条路虚幻非真前，它已抢先一步完成铺设，我不停地前进，却从不怀疑道路是否真实存在。

到归隐岛后，这些念头和思考比以往更频繁地出现在我脑海里。我坐在一棵树下，拿出三明治和书，边吃边看。

......我很讨厌的是，某些人总是喜欢在发现什么东西之后就想据为己有。就好像没被他们发现之前这东西就不存在似的——其实每次的发现都是迟到的，在一开始的时候，根本没他们什么事。接下来他们却试图占据所有的功劳......

书里夹着的拍立得照片掉在草地上，我捡起来看着。不知赛德尼斯今天是否会回归隐岛。我迫不及待地想再次见到她。一头小鹿出现在岸边，我们同时发现了对方。对视了几分钟，它慢慢地从树丛中走出，沿着河边寻找食物。鹿四肢纤细，背上有白斑，没有鹿角。它走到离我几米处停下看着我，然后蹚过红色河水，走进对岸森林。如血的河水继续流淌，阳光下树影摇曳，一切很完美。我躺在草地上，脑中闪过一个念头：就算死亡突然降临也无妨。

线索提供人证言

相关证人： 高桥敏，归隐岛。敏寿司老板。

"啊，原来是这位先生。是的，他光临过我们餐厅，和一位非常可爱的男孩子，虎头虎脑的小伙子，很有礼貌。我请他喝了清酒，在这里能见到亚洲来的游客总是那么让人开心，这个家伙酒量好，很平易近人，你明白的，有些游客，特别是旅游团客人，唉……"

相关证人：乔伊·曼索斯，归隐岛。水晶饰品店经理。

"我见过他。那个季节岛上游客不多。他们父子俩到我店里，是个早上，我听到有人说话，开门见到他们在石阵旁边讨论。我听不懂他们的语言。"

（他们在您店里还做了什么？有没有取走一张女孩的照片？）

"他们买了几个矿石挂件，很便宜的那种，兴高采烈地戴着走了。您有兴趣我可以查看账单，店里没有什么女孩的照片，只有几张风景明信片。"

（有任何异常情况吗？）

"没有，跟其他游客一样。如果非要我说，我觉得那个男子有点心不在焉，看上去魂不守舍，不过那也没什么，做父母的都知道带小孩出门不轻松。"

《我可爱的情人》(*My Funny Valentine*)

太阳就像没有移动过，始终悬在我头顶上。可是现在该是下午了吧。到归隐岛后，我仿佛丧失了时间感，可能是每天并无固定日程，可能是时间、地点不断变化的行程，也可能是缺乏睡眠，我不再关注时间。

平坦笔直的路上依然不见其他车辆，我远远看到一个路标，指示前方小镇是马赛。看了看油表，我决定在马赛加油。车子穿过镇子，沿途房屋多已破损，门窗被拆除或被木板封闭，院落杂草丛生，几家仍有人住的房屋也陈旧破败。很多房子门口都有高低不一的图腾柱，柱上雕刻着动物和人的图像，有些图腾已经倾倒。我穿过一条条空旷的街道，突然见到两个熟悉的身影，像是渡轮上那对父子。车子转过路口，他们消失在转弯处。

我加了油，把车子停在加油站旁，下车走进镇里。镇上仅有一家贩酒的小店和一家杂货铺，游乐场一只乌鸦在随风晃动的秋千上昏昏欲睡。炙热的阳光照在街上，漂白了小镇。我很有把握确认这座褪色的小镇肯定是个梦境，唯一的问题是我无法从这个梦里醒来，证明它的不存在。

我漫无目的地沿街溜达。一个十字路口亮着红灯。一辆银灰老式别克慢吞吞地在我身边停下。车里传来一个熟悉的声音："陌生人，你在找什么？"

我循声望去，头戴宽大遮阳帽的赛德尼斯笑吟吟地坐在副驾驶座，驾车的是位银发老汉，大腹便便，皮肤黑红发亮。我喜出望外，赛德尼斯下车从后备箱取出行李，与老汉道别。

别克车开走了，我紧紧抱着赛德尼斯，生怕她再次消失。她有点吃惊，并没有挣脱，只是轻拍着我的背，像安抚一只兴奋过度的宠物。我这才突然意识到，隐佛内斯之夜只是我的一个梦境。

不过那真的是个梦吗？

"请我喝杯咖啡吧。"她把被我弄皱的黑裙收拾平整。

"去哪儿？我在街上转了好几圈，没见到咖啡馆。"我说。

"我知道一个地方，那里有马赛最好的咖啡。"赛德尼斯笑道。

像迷途者和导游重逢，我毫不怀疑地跟着她，根本不在乎到什么地方。穿过几条街，我们来到一个黑褐色宽大的木屋前，就像镇上其他地方，这座屋前也竖着一个图腾，柱顶雕刻着鸟的图像，夸张笔直的鸟喙异常显眼。院门口店标写着"渡鸦咖啡"。赛德尼斯亲昵地和女店员聊天，像是回到家里。她摘下帽子，深蓝色卷发散落，屋里瞬间亮了起来。虽然我刚认识赛德尼斯，在归隐岛与她重逢，但我觉得和她相识已久。

或许这仅是错觉。但什么是错觉呢？我又想起那几个连续的怪梦和隐佛内斯之夜。如果现实真的如同梦境，由无数念头以比光速更快的速度组成，那么赛德尼斯，我和她的相遇，甚至归隐岛都只是我的一种幻觉，它延续不断，像一场没有终结的电影。我暗中思索，不动声色地望着她。

咖啡馆窗子朝北，窗外阳光里海面金光粼粼，屋里沉静幽暗。赛德尼斯蜷缩在沙发上像是睡着了，像只巢中倦鸟。咖啡馆里音乐减弱，随后重新响起，虽然轻得几乎无法察觉，但我马上听出，那是戴维斯演奏的《我可爱的情人》（*My Funny Valentine*）。

赛德尼斯转身望着我问："我说得没错吧？"

"咖啡不错，这地方更好。"我点头，随口问她，"这里有Wi-Fi吗？"

"有。渡鸦咖啡，密码是 N-O-W-H-E-R-E。"赛德尼斯打了个哈欠回答。

"无处？"我问。

"是当下。"她说。

"为什么原住民这么喜欢渡鸦？"我问。"岛上有两个主要部落：渡鸦和鹰。所属部落从每家门口的图腾柱就能分辨出来。渡鸦代表了知识和创造。它们还象征了真理的微妙性，代表未知世界，是秘密的守护者。"赛德尼斯解释道。

我不禁看了一眼她深蓝色带光泽的卷发，想起了渡鸦发亮的羽毛。我突然记起那张褪色的拍立得旧照，从《迈尔斯·戴维斯自传》中找到照片拿给她看。

"这是你吧？"

"天哪！我都没有这张照片！哪儿找到的？"她接过照片笑道。

我告诉她途中经过的那家艺坊和老妇。

"阿格尼斯婶婶居然还留着这张照片，她是我最喜欢的老师。"赛德尼斯说。

好像还有很多问题，我却想不出什么需要问的。我们沉默地坐在咖啡店里，望着窗外阳光里的海滩。无云长空湛蓝透彻，散发出一种独特的光。一身黑裙的赛德尼斯蜷缩在黑沙发上，神情黯然，像是即将消失在另一个维度。

"你听过白渡鸦吗？"许久后她重新回到我的维度。

"渡鸦？白色？"我摇摇头。

"小时候我见过白渡鸦，太不可思议了。"赛德尼斯喃喃自语，金色双眸闪着光。

"长老们说，渡鸦是世界创造者，白渡鸦出现代表世界即将终结。"赛德尼斯低声像是自言自语，"那只白渡鸦站在屋顶上，我和邻居孩子在院子玩耍，刚好看见它。他们都说那是只海鸥。我告诉了阿格尼斯，她听了变得心神不宁。"

"因为白渡鸦代表世界末日吗？"我问。

赛德尼斯耸耸肩没出声，看起来不愿多做解释。她翻看着那本《迈尔斯·戴维斯自传》，小声念道：

在我出生后的那一年，一场凶猛的龙卷风侵袭了圣路易斯，将它掀了个天翻地覆。我似乎对此有些许记忆——在我记忆深处。也许这就是我有时脾气糟糕透顶的缘故。龙卷风把它凶暴的创造力留了一些给我，也许还留下了一部分强风——吹小号可是需要很强的吐气。我非常相信神秘、超自然的事物，而龙卷风毫无疑问属于这一类。

"你也相信吗？"她合上书歪着头问我。

"相信什么？"

"神秘、超自然的事物？"

我仔细想了想回答："从性格、教育背景来说，我可能算是偏理性的。理性通常和思考、推理、逻辑、可验证性相关。"

"真可惜。"赛德尼斯说。我不知道为什么她觉得可惜。

"你正在做的事，算是个理性的行为吗？"她继续问。

"我的旅行？还是到归隐岛？"我反问道。

"有区别吗？"她用问题回答了我的问题。

"倒也是。一个引发了另一个。不，这不算是理性行为，正是因为我无法找出理性解释，我才开始旅行。我试图为自己行为找到合理性。"

"所以你并不像自己说的那么理性？"赛德尼斯揶揄道。

"好吧，我相信迈尔斯·戴维斯，所以如果他相信龙卷风有神秘的一面，我也愿意相信渡鸦有超自然的一面。"

我拿出最喜欢的音乐家当挡箭牌。不过这确是实话：如果随兴而发是爵士乐的精髓，那么戴维斯代表的冷爵士就代表了爵士乐冷静和沉思的一面，当然，在精神上他从未偏离爵士精髓。所以，我宁愿相信，如果从某种角度戴维斯的音乐反映了他对神秘事物的信仰，那么我必定有共同之处，起码我愿意这么想。

赛德尼斯笑了笑，继续埋头翻看那本书，她接着小声念道："……有时会有人走过来，让我吹一些像《我可爱的情人》之类的，可能是我以前做过的老曲子，可能他们正在和哪个特别的女孩做爱的时候，碰巧这音乐让他们两人都觉得很棒，我能理解他们的想法。但是我会告诉他们去买张唱片。我再也不在那个地方了，我必须过对自己来说最好的生活，而不是过对他们来说最好的生活……"

她念诵的时候，我听到一个细小声音，很微弱："你只能见到事物的一面，也就是自我观点的一面，这就是二元对立的心。你习惯性地改编真相，变成自我观点的那个版本。因为固持自我和分别取舍，让你除了自我观点什么也看不到。"

"你刚才说什么？"我问。

"我在念书里这段话，很有趣，是吗？"她说，不像在隐瞒什么。

"你生在这里？"我换了个话题。

"对，在岛南边，一个叫纳喀斯角的地方。"她回答。

"父母还住在这里吗？"我继续问。

"我没有父亲，我跟母亲长大，他们都去了其他地方。"她答道。

"真遗憾。"我试图安慰她。

"那倒不必，他们都很好。"赛德尼斯漫不经心地啜了口咖啡。

"我先到斯基蒂镇探望朋友，取点东西，然后去纳喀斯角。"她接着说。

"能跟你去吗？"我追问。到归隐岛是她的建议，我觉得跟她一起旅行最好。

"去斯基蒂镇？"她问。

"你去哪儿我就去哪儿，我没有行程计划。"我回答，自觉有点厚脸皮。赛德尼斯望着窗外。湛蓝天空辉光勾勒出她嘴唇的线条，像桑德罗·波提切利（Sandro Botticelli）的画。

"我可能要在南部待一段时间。"她问。

"无所谓，我没有其他安排。"我坚持道。

线索提供人证言

相关证人：玛莎·托普，归隐岛。马赛镇玛莎咖啡店店主。

"马赛老镇只有我们这家咖啡店，没有一个叫渡鸦的咖啡馆。我见过照片上这位男子。我记不清了。海军基地搬走后镇上生意不好做，我打算搬到鲁伯特王子市去，最近忙着搬家，没怎么关注店里的情况。"

相关证人：托马斯·怀特豪斯，归隐岛。马赛镇加油站经理。

"可能吧，抱歉我实在记不起来了，加油站人来人往，我没有特别留意，如果您需要，我帮您提供监控录像看看。"

（警方备注：加油站提供的监控录像证明该男子和一名小男孩曾经到加油站买过东西。监控视频显示两人均是徒步游客。）

《蓝色阴霾》(*Blue Haze*)

按照赛德尼斯的建议，我们晚上在脚趾山露营。北部海滩是一段宽广的海岸线，平整的沙滩绵延几十千米。脚趾山是一座不高的山丘，从海滩上突兀地自地下冒出，指向大海。海风吹拂沙滩，远看沙滩和海之间似乎滚动着薄薄的蓝色烟雾。

烟雾从干草堆中散出，赛德尼斯熟练地挖好坑点火。我把处理好的鲑鱼串在树枝上，架在火上。我准备晚餐时，赛德尼斯把帐篷搭好。暮色中灰绿色的帐篷和树林的颜色看起来一样。

赛德尼斯回到篝火旁，看着我摆弄晚餐。天空中有一道鹅黄光芒逗留在海面迟迟不去，繁星在蓝黑色夜空中浮现。我把烤好的鱼递给她。我撕了一块尝了尝，味道极鲜美。这条鱼是我从附近溪流抓的，没怎么费力。离开马赛镇前，我按赛德尼斯的建议，买了登山鞋、睡袋和宿营用具，更换了背包。车子留在马赛镇，赛德尼斯说她朋友会把车取走。

海风中我们望着海面，那片鹅黄色光芒完全消失。篝火里的木头发出爆裂声，火花迸出柴堆随即消失。

"告诉我，你在找什么？"赛德尼斯问，问题直截了当。我不知从何说起。

"我一直怀疑这个世界是否真实，却找不到答案，这个问题不停纠缠，让我越来越难以忍受，我只好逃离。旅行者没有固定工作、地址、身份和社交圈，没有个人身份，部分现实就消失了，这让我觉得有点喘息空间，不过仍然无处可逃。"

说完，我跟她讲述了那几个梦。

"无处可逃。"赛德尼斯若有所思地说。不知道是重复我的话，还是同意。

"你呢？你在找什么？"我提出同样的问题。

"白渡鸦。"她说。我以为她是开玩笑。

"我一直在找白渡鸦，从第一次见到它就没有停过。我没跟你说过，这次回归隐岛也是为了找它。"

"它在归隐岛？"我好奇地问。

"是的，我还没有线索，但我知道怎么找到它。"赛德尼斯继续说，"归隐群岛过去有上百座村庄。欧洲人航海到这里，带来了可怕的传染病，原住民对那些外来病菌没有免疫力，传染病杀死了大部分岛民。老人们说那时沙滩和森林到处是尸体。我们没有书面文字，历史和传承靠故事口耳相传，讲故事的人死了，传统也跟着消亡了。后来渡鸦族的疗魂者（Soul Healer）

向白渡鸦奉献了祭祀，疫病才终结，少数人活了下来。"

"什么是疗魂者？"我好奇地提问。

"疗魂者也叫讲故事的人，他们地位特别，原住民有句老话：讲故事的人掌管世界。"赛德尼斯答道。

"岛上还有这种人吗？"我问。

"有啊。"赛德尼斯轻描淡写地答道。她拨弄着篝火，已经奄奄一息的炭灰里突然蹿出一条火蛇，篝火猛然复活了。

"在哪儿能找到他们？"我追问。

"我就是。"赛德尼斯起身，拍拍身上的灰说，"早点休息吧，明天还有·整天的路。"

赛德尼斯走后，我望着篝火留神观察内心，想和奔跑的念头比赛，看看它们如何把我带到这里的。海涛像念头发出的嘲笑，络绎不绝。清冷潮湿的夜空，点点繁星，篝火边暖和的手臂，身后黑暗中的山崖，一切都如此真实不虚，这不可能是在梦里。

我回到帐篷，蹑手蹑脚钻进睡袋躺下。我望着旁边熟睡的赛德尼斯，微弱的夜光中，我只能朦胧看到她的身影，静得连呼吸声都听不到。我很快睡着了。

线索提供人证言

相关证人：妮卡·科里逊，归隐岛。马赛镇居民。脚趾山户外宿营地经理。

"所有宿营者都要登记，这是林区要求。的确有些宿营者私自在林中野营，这对他们来说并不安全。这位男子我没有印象，也查不到相关登记记录。但是我记得林区巡视员告诉我，见到有两个人在违章搭帐篷，听到告诫后离开了。"

（是位成年男子和一个小男孩吗？）

"这得问斯考特，他是林区巡逻员，他去美国度假了。等他回来我都您问问。但愿他们安全，有人在野营时失踪，希望不是又一次发生这种可怕的事情！"

相关证人：斯凯·戴维森，归隐岛。马赛镇居民。

"这位男子带着孩子搭乘过我的顺风车，是个小男孩，他们当时是在夏洛特镇上的车。我正从夏洛特回马赛路上。那位男子从国外来这里旅游，我还介绍了一些景点，男孩子不太说话，一直看风景。"

（他们在哪里下的车？）

"马赛镇加油站。他说想在马赛镇附近玩几天，野营和徒步。"

相关证人：吉姆·门特，归隐岛。萨斯密特渡鸦族酋长。

"我不认识叫赛德尼斯的女孩。我们这里出现过白渡鸦。罕见，我只是听老人讲过。渡鸦非常特别，父亲能听懂渡鸦的语言——他曾经听到两只渡鸦在树上嘲笑一位盖新房的人，因为他屋顶搭反了，后来发现的确如此。"

《深蓝真意》(*The Meaning of the Blues*)

次日清晨，我们徒步沿海岸向南。纯蓝的天空散发着轻盈的辉光。离开脚趾山的宿营处，我们很快进入一片密林，沿着难以辨认的林中路径徒步行进，空气带着林叶清香，令人神清气爽。在树荫下徒步并不炎热。赛德尼斯敏捷地领着我在密林中穿行。有时我觉得她凭借嗅觉寻路，因为我们面前明显无路可行，赛德尼斯总是毫不犹豫地向前走，一路上没有遇到阻碍。她真是一位出色的向导。

随着路程的深入，景色变得开阔。林木高大，疏密有致。我脚步轻快地跟着赛德尼斯，听着耳机里播放的戴维斯的《泰德之悦》。强烈光线中，四周景象如同高对比度的全息图片。奇怪的是，不管走多久，景色始终没发生变化。时间像停滞了，我走进了一个巨大的万花筒，三百六十度重重斑驳光影和鲜明色彩围绕着我。我停下脚步，任凭自己停留在这个奇妙世界。一个声音说："事物并非依照我们所定义的样子存在。如果停止用概念定义它们，不再用好恶区分它们，仅仅体验它们的本来面目，那才是真实。"

那个声音像溺水的人一样浮出水面，突然能够呼吸，但无数蔓延的念头把我拉回水里，声音不见了。

沿着长满浆果和蕨类植物的小径走了两个多小时，一个宽广的湖面出现在我们面前。赛德尼斯说这个湖叫澄净湖，近岸边的地方纵横躺着很多树。湖水连一丝细小的水纹都没有，像一面镜子如实倒映着纯蓝的天空和湖边的森林。我坐在湖边眺望湖面，希望不要有风打破这个完美的画面。黑影从天而降，我还没看清，它一头扎进湖水，激起浪花声声，绝美画面被打碎了，黑影扑打双翼从水面飞起，是一只白头鹰，头部白羽和黄金鹰爪清晰可见，它落在岸边一棵高大松树上，张开双翼，在阳光下晾晒，几片鹰羽从天上飘落，一片白色细小绒毛，悠悠荡荡飘到我眼前，我伸手接住。

"接到白色鹰羽说明你会有好运气。"赛德尼斯把手伸进湖里拨动湖水。

"赛德尼斯，你说的那个祭祀舞，是跟白渡鸦有关吧？"我问。

她扭头望着我，眼中带着一种神圣的光彩。她说："那是供奉之舞，据说白渡鸦接受了供养，在归隐岛现身之后，传染病才消失。"

"你不是说过白渡鸦出现表示世界的终结吗？"我反问道。

赛德尼斯眼中的光芒黯淡下来，看上去有些悲伤。

"是啊。那场疫病后来终于结束，少数人幸存，我们还生活在这座岛上，可是之前的那个世界却就此终结，从那以后，归隐岛包括美洲大陆进入了黑暗时期。"赛德尼斯说完，并抬头望着树冠上的鹰。

"你打算用同样的方式召唤它？"我问。

赛德尼斯笑了笑转身继续前行，她的反应似乎证实了我的猜测。

脚下影子越来越短，眼前的路变得宽阔起来。很快公路重新出现在眼前。我和赛德尼斯站在路边等过路车，终于听到远处有汽车引擎声，一辆卡车停在路旁，司机示意我们上车。

我们在女皇镇下车。赛德尼斯说这是在下一站前补充供给的唯一地方。女皇镇是个渔村，这里曾是归隐岛的伐木中心，居民以伐木工家庭为主。随着伐木业衰退，镇上人口越来越少。

趁赛德尼斯去采买，我在镇上闲逛，走到一家理发店，突然想进去理发，我的头发又乱又长。理发师是位戴眼镜的老妇人，她不紧不慢地和我聊天，她说自己是亚美尼亚血统的伊朗人，已经在岛上生活了二十八年，看得出她年轻时是位美人。老妇人放下理发剪，看着镜子里的我，过了一会儿，老妇人突然怜悯地说："亲爱的，你也有不少白头发了呢。"

一种亲切感像闪电突然击中了我，我忍住眼泪，匆匆结账逃出理发店。

又往南行走了一天。我们到了群岛东南部的斯基蒂镇附近的一处海滩，不知是白色粉状细沙还是雾，海滩弥漫着淡薄的白烟。我们在树荫下休息。

"后面几天得靠划艇了。"赛德尼斯说。

"去哪里？"我问，我的旅行没有目的地，赛德尼斯的终点就是我的终点。

"库尼斯。"赛德尼斯回答。她从岩石后走出来，换好了泳衣。

"你不想游泳？"

我摇摇头说："我想在这里休息，你去吧。"

我躺在沙滩上，看着她朝海边走去。我不想告诉她我对水的极端恐惧。

赛德尼斯越走越远，身影消失在雾气中。在岛上待的日子越久，我对归隐岛的印象却淡泊，甚至变得模糊起来。它好像正在自我删除，而我甚至还在岛上。好几次我试图描述这个岛，但都失败了。我有种奇怪的感觉：一切事物都是幻觉，所有显现都并非真实存在。

我再次观照内心。念头如风中细沙，越努力看，雾变得越厚。徒劳无功，我放弃努力倒在树荫下，阳光透过摇曳的树叶忽明忽暗地落在脸上。放弃尝试，想法却安静下来，似乎被清凉海风吹散，被吹散的还有我对过去的记忆。我发现，如果不去想，我已经记不清楚以往的生活。归隐岛像有种神秘力量，一再提醒我回望内心。

沙滩上有一个白色东西，我仔细观察，居然是一条白色眼镜蛇。它盘绕着，高昂着头上粉红的双眼盯着我，不断吐着细长的叉舌。白色躯体上密实细小的鳞片带着冰冷的光芒，蛇把头伸进盘起的身体里，自己打开了那个结。我不知该逃走还是留在这里，忽然白色眼镜蛇弹起，落在我的脖子上。我惊慌失措，想把它甩开却从梦中醒来，赛德尼斯拿着一根带叶树枝在我的脖子上搔痒，我惊恐的模样逗得她开怀大笑。我又一次被念头愚弄了。我抓起沙子朝赛德尼斯扔去，她尖叫着跑开，我起身追赶，她尖叫着朝大海跑去，铜色肌肤在阳光下闪着光泽，脚步轻快得像只野兔。

傍晚我们离开了海滩，步行到了斯基蒂镇。这是岛屿南北分界处的最后一座镇子，从这里向南，就要离开大岛。南方是几座小岛，行程要靠坐船。到了镇上，赛德尼斯领着我来到一家叫作沙丘的不起眼餐馆。

"沙丘？赛德尼斯，今天沙子还没吃够吗？"我开玩笑说。

"别太快下结论，等着瞧。"赛德尼斯得意地说。

餐厅只有三张长桌，除了我俩没有其他顾客。穿方格衬衫、满颊短须的中年餐厅老板和赛德尼斯热情拥抱，看起来很熟。

"泰德，我想借两条船，明天我回纳喀斯角。"赛德尼斯喝着啤酒说。

"你知道船在哪里，自己拿好了。晚上住我这儿吗？"汉子问，瞟了我一眼。

"有空床吗？"她问。

"有。现在生意淡，只有一对爷俩儿，刚退房走。住几天？"

"就一晚。"赛德尼斯说。

"喏，还是你喜欢的那间房。"泰德抛过来一枚钥匙，赛德尼斯一把接住。

"晚餐有什么推荐？"赛德尼斯好像懒得看菜单。

"平板吞拿鱼芝麻菜，面豉配的三文鱼海笋周打汤。"

"听起来很棒！我们要两份吧。"赛德尼斯答道。

晚饭很快上桌了，两个长方薄木板垫着油纸，铺着烤吞拿鱼和芝麻菜薄面包片，浇着融化的奶酪，浓汤暖香扑鼻。我尝了一口，味道丰富饱满多变，很难相信这个天涯海角之地竟有如此美食。我仔细品尝着晚餐，生怕太快吃完。我对赛德尼斯做了个鬼脸，竖起拇指。

"刚才我说什么来着？"赛德尼斯得意地笑起来，她说，"泰德是位米其林大厨，三年前搬到归隐岛，女儿刚出生，对手艺满意吗？"

"岂止满意，简直惊艳！我不记得上次什么时候吃过这样的美味了！"

我拍掌表示感谢。泰德擦着双手微笑着看着我。赛德尼斯请他坐下。

"你们俩怎么凑到一起的？"泰德好奇地问，可能觉得我和赛德尼斯不像一路人。

"我在哈迪港碰到他。他走丢了，我答应带他回家。"

赛德尼斯说着用手臂撞了我一下。电光石火之间，我非常确认，赛德尼斯说的这句话，是我臆想出来的，包括这趟旅行和美味晚餐，全都是我的幻觉，念头牢牢控制着我，持续制造出所有情节。

"难以置信。你俩聊着，我得给女儿读睡前故事了。"说完泰德站起身。

"朋友，祝你好运。"泰德意味深长地看着我说。

吃完饭赛德尼斯提议在镇上走走。我也想看看这个地方。她领着我穿过几条小街，来到海边一片坡地。走到坡顶，原来这里正好俯视小镇。坡上有几根倒塌的图腾柱，年代久远，图腾柱已经断裂，柱上雕刻的图案变得模糊。赛德尼斯坐在一块岩石上，天空变得阴沉，远处云层低垂到海平面。

"明天能出发吗？"我望着阴郁的海平线问。

"看情况。岛上天气变得快，不行就调整行程。"

"我没问题。"我回答，出门这段日子，我早已习惯面对变化。

"这些图腾柱看起来有年头了。斯基蒂过去是不是住着不少人？"我问。

"这是全岛最大的村庄，疫病时全村人都死了。"赛德尼斯望着坡下的小镇说。

雨滴飘落在我脸上。赛德尼斯起身走下坡。我沉默地跟着她。回泰德家后，我本想翻几页书，可是困得睁不开眼，放下书，刚躺下就睡着了，脑子里重复着小号手戴维斯的名言："我先演奏，再告诉你是什么。"（I'll play it first and tell you what it is later.）睡梦中我隐约感到有人摸我的头发，低声说着什么，我继续昏睡没有醒来。

儿童乐园里，我领着一个小男孩在游乐场玩耍，他骑着旋转木马随音乐起伏着一圈圈绕行，小男孩咧着嘴开心地不停笑着。很快，闪烁的彩灯和电子音乐声把我席卷进去，无休止地旋转……

线索提供人证言

相关证人：瑞恩·哈蒂斯，归隐岛居民。斯基蒂镇瑞恩餐厅主管。

"镇上只有我们这家餐厅，我们楼上有五间客房。我不认识一位叫赛德尼斯的女士，照片里这位先生和他儿子我倒是见过。他们从北部来，去夏洛特镇。"

（他们看上去有什么异常？你和他们是否有交流？）

"很正常，那位先生是位中年人，他随身带着画本，我看到他俩一起画画。我们短暂地聊了几句，他向我打听店里播放的背景音乐，问我从哪儿买的。"

（是什么音乐，您还记得吗？）

"瓦格纳歌剧。我喜欢瓦格纳，您听，就是这首正在播放的《女武神》。"

相关证人：南希·昆宁斯，归隐岛居民。斯基蒂镇居民，原住民。

"不，我不记得见过他。我也不认识一个名叫赛德尼斯的女孩。这里的确是渡鸦部落，您说的那些可怕历史事件都属实。实际上情况要悲惨得多。"

《惑》（*Deception*）

屋顶传来清晰的雨声。我醒来去了趟卫生间，回屋发现房间只有我自己。下铺的床收拾得整齐，像昨晚没人睡过，我有点纳闷儿。我爬回上铺，摸出《迈尔斯·戴维斯自传》，接着读起来。

……我记得自己六七岁吧，我们在晚上穿过黑咕隆咚的乡村小镇，然后突然之间就有音乐不知从哪里冒出来，仿佛是从那些鬼魅一般的树林里出来的，所有人都说有幽灵住在那里面……然后我记得有人像布鲁斯小子·金（Blues Boy King，缩写为 B.B.King，原名 Riley B.King，美国歌手、吉他演奏家、作曲家、布鲁斯王国主主宰）那样在弹着吉他。我还记得有一个男人和一个女人一起唱歌、跳舞。那音乐真心不错。特别是那个女人的歌声。我觉得那种东西在我这里留下了些什么……

看了会儿书，我觉得肚子饿便下了楼。餐厅里，赛德尼斯坐在窗边，手里拿着咖啡杯。

"原来你在这儿。"我说。

"早，壶里是刚煮的咖啡。"赛德尼斯看起来心事重重。

"睡得可好？"她问。

"还行，我做了个怪梦，我和一个男孩在一座公园……复兴公园。"我说。

我突然想起那座公园的名字。我倒了杯咖啡，坐在她旁边。

"男孩是谁？"赛德尼斯突然问。

她的问题令我感到有些眩晕，旋转木马和彩灯不停转动。

"我不知道，你还是不相信我！"我恼羞成怒地说。

"这次是你自己说的。不说这些了。"赛德尼斯淡然说道，端起咖啡。

"今天走吗？"我换了个话题。

"再等等。"赛德尼斯仍然看着窗外，雨水不断滑落，窗外景色随着改变。

"如果不去，我们今天该做什么？"我问，觉得有些无聊。

"什么都不做。干吗非得做点什么？"赛德尼斯耸耸肩，漫不经心地回答。

"好吧。"我不再出声。专心喝着咖啡。屋里静得只能听到挂钟嘀嗒摆动。

"能问个问题吗？"我忍不住打破沉默。

"我干吗到这儿来？"我问她。

"这问题你应该问自己。"她继续欣赏随雨变化的景色。

"是你建议我来的啊。"我争辩道。

"有人到这儿是为了忘却，也有人是为了回忆。你呢？"赛德尼斯问。

我思考着她的话，忘了她根本没回答我的问题。我一再出走，看起来似乎是为了遗忘和逃离，而那些让我对世界产生怀疑的梦，是否是某种启发，那么启发算是记起吗？好像都不是。

"哈迪港发生了什么？自从遇见你，事情逐渐变得荒诞。我本来只打算出门散散心。"我大声说，有些激动，我觉得进退维谷，回去无路可退，前进又没信心。

"你还记得说过有几个让你开始质疑的梦吗？"赛德尼斯问道。

"当然。"我点点头说。

"你来这里，是因为那些质疑。归隐岛会让你产生更多质疑。"赛德尼斯说。

她说得没错。登岛后我心中那些问题声音越来越清晰。我绝望地托着头，这里风景迷人，但困扰我的问题不但没解决，反而增加了。

"质疑是带你找到答案的精灵。有一天你会发现，问题就是答案。"

赛德尼斯若有所思地说。

线索提供人证言

相关证人：吉恩·麦克马纳曼，归隐岛居民。斯基蒂镇探险者旅行社员工。

"您找的这位男子我记得。他们父子俩乘皮划艇出海，我们一共有四条艇，其他团友都是成年人。那个孩子坚持参加，男子同意了，他们说的是外语。"

"后来还见过他们吗？"

"没有。"

相关证人：苏珊·萨斯喀斯，归隐岛居民。斯基蒂镇保险公司业务员。

"是的，我在海边见过他，他在我们家附近的海滩上散步。他不是本地人，这点我敢肯定。"

（他只有一个人吗？）

"是的。等等，我不是很确定。"

《即兴精酿》(*Bitches Brew*)

第二天天气明显好转。我的心情也跟着变好。我不再纠缠到这里的目的，决定继续加入赛德尼斯的旅行。既然已经来到这里，不如索性享受旅程，我决定带着那些质疑，忘掉目的。泰德开车把我们和皮划艇载到海边。我们把行李用防水袋装好，分装到两条艇上，剩下的寄放在泰德家。

雨后海面平静无浪，我们很快远离斯基蒂镇。赛德尼斯的艇在前，我跟随她保持同样的速度。小艇顺海流向南方前进。航行中，海岸线始终在我们视野之内。两小时后，小艇进入岛屿密集的水域。大小岛屿和礁石不断出现。幸运的是，海面始终保持着平静，两条船像两只苍鹭轻盈掠过岛屿间的海湾，继续向南。

可能担心我体力透支，赛德尼斯停桨等候我赶上。我身旁突然冒出几只海豚，它们反复跃出水面，光滑皮肤上闪着水光。我划桨赶到赛德尼斯旁。

"天气帮忙又赶上顺流，还有一个小时就到纳喀斯角了。"赛德尼斯宣布。

"我还可以坚持，没问题。"我喘息着说。

果然，一小时后远方出现了狭长陆地。

"那是纳喀斯角吗？"我大声问。

"马上到了，前方左侧有一段礁石很多，小心跟着我。"赛德尼斯叮嘱道。

她带领我绕过陆地一角，在岛屿西侧海岸登陆。赛德尼斯熟练地把小艇划进一处海湾，船搁浅后，她跳下水徒步上岸，把小艇拉到沙滩上，帮助我靠岸。我涉水上岸，赛德尼斯把两条艇的缆绳拴在岸边的树上。

我们开始了徒步旅程。两小时后，我们来到一处坡上，我终于一览这个岛屿的全貌。准确地说，其实这是个半岛，它的西北角和大岛相连，但是茂密的雨林覆盖了连接处，通行难度可想而知。

"到纳喀斯角乘船最方便。从陆路来，要在森林里走两天。"赛德尼斯解释说。

"这里有人住吗？"我问。

"现在没了。过去这是归隐最南的村子，我在这里出生。"赛德尼斯说。

她的出生地库尼斯村在岛西端，沿山脊行走了很久，我终于看到几座房子出现在远方岸边。赛德尼斯越走越快，后来几乎开始小跑。走近后我发现，果然如她所说，这是一处被遗弃的村落。房屋残破，大部分屋顶已塌陷。街道依稀可辨，但长满了一人高的灌木杂草。赛德尼斯领着我走到一座红色木屋。

"我生在这里。"她指了指那间屋。木屋窗被木板封着，屋顶布满青苔。

"就住这里吧。"赛德尼斯说。她撬开生锈的门锁，我闻到潮湿发霉的味道。

我随她走进房里。屋里积满灰尘，窗户都被封住，屋里很暗。赛德尼斯敞开房门让光线射进屋里。除了几把木椅和一个刀痕累累的桌子，屋里没有其他家具。她沿走廊走进里屋，走廊两边各有一间屋，走廊尽头是卫生间，洗手台和墙上的镜子都只剩半截。

赛德尼斯走进一间屋。

"我祖母的卧室，我和妈妈住另一间屋。我出生后就搬走了，后来跟我妈妈来过几次。她说我们家是最后一批撤离的。"她说。

"为什么要搬走？"我问。

"因为人太少，供给和生活很困难，不只是库尼斯，好几个村庄都有同样问题。酋长们决定把几个村的居民迁到一起，都搬到斯基蒂镇。"她解释道。

难怪她对斯基蒂镇显得那么熟悉。我还有很多问题，但知道得抓紧时间准备过夜。赛德尼斯找来两把扫把，我们开始打扫房间，房间不大很快就收拾干净，空荡的客厅和壁炉让屋里带着一丝温馨。赛德尼斯检查了壁炉，发现烟囱道塌陷，无法使用。她在后炉壁凿开几块砖头，我找来一些干木头，赛德尼斯在壁炉里点起炉火，阴冷的房间很快重新变得暖洋洋的。

"这个村庄的图腾柱好像很少？"我好奇地问。

"都被拆了。欧洲人到这里也带了他们的信仰，岛民被迫放弃自己的传统，图腾柱也被拆毁扔进海里。图腾柱记载着岛民部落历史，图腾柱没了图腾，我们的历史也被遗忘了。"赛德尼斯说。

门口树上有一只渡鸦好奇地向屋里张望。赛德尼斯起身走出房门，我惊讶地看到那只渡鸦落在她肩上，像在和她交头接耳说着什么。赛德尼斯的身影消失在门口。过了不知多久，我听到远处传来鼓声，出门看到赛德尼斯拿着一面白色扁平大鼓，敲着鼓向我走来。

"你从哪里找到的？"我问。

"渡鸦给我的。"她笑着回答，我不知道她是否在开玩笑。

太阳落山，温度骤降。赛德尼斯关门，在炉火旁做好了简单晚餐。晚饭后赛德尼斯看起来有点昏昏欲睡，这是我第一次见她露出疲态，大概经过一天的旅行她也累了。我本来打算和她讨论关于村子的故事，可是看到她打瞌睡的样子，不忍心打扰。她叮嘱我让壁炉里的火继续烧着，然后钻进了睡袋。摇曳的火光中我听到赛德尼斯响起了轻微的鼾声。我戴上耳机听着戴维斯的《后院的典礼》（*Backyard Ritual*）。

我毫无倦意，坐在炉火边静听外面的海浪声。火光把我的影子投射在空墙上。我没有移动身体，墙上的影子却不停摇摆。火光逐渐变暗，我续了木柴，仍然不觉得困，我索性穿衣出门，朝海边走去。村庄笼罩在月光里，村子和远方的海滩被镀上一层银色。一轮满月踞守在山坡上。屋子窗户被封着，如果没有走出来，我没想到月色居然如此明亮。海水涨满海湾，水位很高。潮水朝岸边层层推进。我站在月光中，入迷地望着波光粼粼的海面。

远方传来有节奏的鼓声，鼓声还混杂着高亢的唱诵声。我好奇地循声而去。

那个声音来自山坡后的森林里。我走近森林，鼓声变得更清晰，我听到男声唱诵，声音高亢苍凉，好像是唱歌又似念诵。我没有犹豫，顺着声音走入林中。

林间小径在月光中清晰可见，林木和枝叶发出我从没见过的微光，月光透过茂盛的枝叶在林间地面铺满银色斑驳。看着夜风吹动树梢，地上光影晃动，我突然意识到，一切都恰似那些变换的光影，因不同元素作用而成，那些元素亦是如此，所以一切都存在，却并不真实存在。这个念头让我释然。

线索提供人证言

相关证人：吉恩·麦克马纳曼，归隐岛居民。斯基蒂镇探险者旅行社员工。

"警官，我昨天回家仔细回忆了一下。有些细节不知会不会对调查有帮助。我们那天出海行程包括划艇和徒步，从斯基蒂镇划艇到黑尾鹿岛，在岛上我带团友徒步了十千米，主要是观察鸟类，这是有名的鸟岛，有很多西北地区珍稀物种。我记得父子俩都很开心，我也替他们高兴，我们希望每个游客都能享受这个特别的地方。"

（感谢您提供的信息，还有其他补充吗？）

"那对父子想在黑尾鹿岛上多待一段时间，可惜时间不允许。他们下岛时有点恋恋不舍。哦，说来挺奇怪的，那天岛上鸟儿特别多，很多我没见过的鸟儿，我和同事都觉得很稀罕。"

《圆满》（*Perfect Way*）

我被屋顶传来的渡鸦叫声惊醒，壁炉的火灭了。屋里只剩下我自己，赛德尼斯，她的睡袋和行李都不见了。我赶忙钻出睡袋，打开房门，阳光扑进屋里，光线刺眼，我闭上眼，等了一会儿才适应。阳光下村庄一片沉静。我走到街上寻找赛德尼斯，边走边喊她，始终见不到她的踪影。

我慌乱地跑回小屋，希望找到她留下的只言片语，却一无所获。我狂乱地在村落中逐屋搜寻，依然没找到她。我决定留在库尼斯等候赛德尼斯，希望奇迹出现。徒劳地在村里和海滩寻找了一天，我筋疲力尽地回到屋里，喘息着躺倒在地板上，却无意中发现天花板上贴着那张拍立得旧照片，是赛德尼斯少女时代的相片。她正从天花板上望着我微笑，我搬了张椅子把照片取下来，发现天花板上有一行细小笔迹："我先演奏，再告诉你是什么。"（I will play it first and tell you what it is later.）是那句戴维斯的名言。

午夜，我听到林间再次传来鼓声。我起身开门向林间走去。我对那条路已经很熟悉。月光比昨夜更亮，我无暇驻足欣赏林间月色，循着鼓声向源头探寻。

密密的林间，有一块平整草地。草地上有七块高大的白岩石组成了一个环形石阵，正是我曾经见过的那个圆形石阵。在高亢的歌唱和震耳的鼓声中，一个穿白袍的女子敲击着一面扁平的圆鼓，边敲边唱，既是唱歌，也是讲述故事。我在石阵旁静静地看着。跳舞的女子仰起头，赛德尼斯的脸在银色月光中带着白玉光芒，她望着我，金色双眸笑意盈盈，她不停舞动，像在召唤我。我目不转睛地看着她，月光变得更亮，草地和树影越来越明晰，一个小男孩和舞步轻盈的赛德尼斯共舞欢笑。

月色明亮如白昼。我站在圆形石阵中央，不知是月光还是阳光，强烈光芒中我和周围都变得好像透明。一只白色渡鸦悄然落在树冠上，耀眼光芒中它的双翼如同透明。白渡鸦微微斜着头，金色双眼凝视着我，纯白的身体带着一丝粉红。它无声地讲述着，展开双翼从树冠轻盈滑落，一道耀眼的白色光芒向我射来，我被一股难以名状的温柔和悲伤淹没，忘掉了所有的寻找和企图。

一切归于纯蓝。

线索提供人证言

相关证人：马修·格雷迪斯，归隐岛居民。斯基蒂镇黑尾鹿岛护林员。

"我是在黑尾鹿岛找到这个笔记本的。我住在斯基蒂镇，从家里就能看到黑尾鹿岛。那天晚上，我和表哥在露台喝啤酒，突然看到岛上有亮光，我担心有人私自上岛生火，就和表哥上岛检查，没发现什么人，只找到这个笔记本。"

（有没有其他遗迹，比如说野营或其他的物品？岛上有没有其他异常情况？）

"没有，黑尾鹿岛是鸟类保护区，禁止露营。其他情况嘛，是有一些怪事，不过可能跟您的调查无关：是这样，那天晚上我在岛上看到上万只鸟，我从来没见过那么多鸟，而且还是晚上，您知道一般来说，鸟儿到晚上都不活动的。"

伊萨马尔

    我坐在黑色马车上，怜悯地看着正低头努力拉车的黑马。那匹马看起来还没有我老家的驴大，和皮肤黝黑的车把式一样瘦弱不堪。这座慵懒的小城曾是半岛最大的城市，城里各种建筑外墙全都刷了黄漆，在尤卡坦半岛午后的强烈阳光下，伊萨马尔像一座用黄金打造的城市。

    天气炎热，街道上行人稀少，几条狗吐着舌头在屋檐的影子里休息。马车夫在一个街边树荫下停了马，示意我下车。黑马滴着汗，耷拉着脑袋在铁皮桶里饮水。可惜了，这马要是我老爸养，饲料里加一把黑豆，肯定膘肥体壮，我暗暗想着。

    透过街边那扇半掩的院门，我看到了远处的基尼奇卡克莫（Kinich Kakmo）太阳神金字塔遗址。那座曾经辉煌的金字塔现在只剩下残破的基座，风化严重还长满了野草，看起来像座嶙峋不起眼的土丘，既不神秘更谈不上壮观，我有点失望。

    我从院子门口的货摊上随手拿了一顶草帽，是美国牛仔那种，不是墨西哥式的。摊主递给我找零，我爽快地摆手表示不用找了。我不喜欢衣袋里有叮当作响的硬币，走起路来像是挂着铃铛的驴。走进院子，前方稀疏的小树林有条小路通往金字塔遗址。我很快走到塔底，抬头看了看，手脚并用，很快爬到遗址最顶端，塔尖早就不见，这只是一截平坦的横坡，有几位美国游客在自拍。

塔顶有风。我坐在石头上瞅着阳光中的小城，掏出一根烟点着。下风处有个白人大妈不满地盯着我，我假装没看到。城里除了那座修道院，没有什么显眼建筑。整座城市几乎全都是矮矮的黄房子，隐藏在浓密树荫中。包围着小城的绵延丛林仅能看到暗绿色树冠，林木间看不到缝隙，绿色向四面八方无穷延展，这让我有种错觉，好像正坐在无边大海里的一座孤岛上。

我专程来到金字塔是事出有因。上午我在伊萨马尔的修道院里转悠，无意中走进供奉着圣母像的那间圣殿。有个墨西哥男子过来指了指我脖子上挂着的相机跷起拇指，随后叽里呱啦说了些什么。我听不懂西班牙语，只能勉强听懂几个单词。我胡乱猜他可能是问我叫什么。我用仅会的几个英语单词告诉他我叫胡安。谁知男子听了露出开心的笑容，指着自己不停地说"Sí，Sí，胡安（Juan）"，在墨西哥，胡安是个最常见的名字，就像中国人叫明，我知道他肯定以为我俩重名。他接着不停地说，夹杂着手势，情绪激动，我不明白他在说什么。

那个当地人急切地拉着我走到教堂窗口，指着远处的金字塔解释了半天，语速很快，听起来像打机关枪，他看起来很着急。除了看到他指给我看的那座金字塔遗址，我还是什么也没听懂。他不停扇动着手做深呼吸，露出陶醉的表情，我只好跟着他一起深呼吸，却没闻到什么。圣殿里涌进一群美国高中学生，那个男子停止了解释，拍了拍我的手臂离开了。

我猜他可能是向我推荐参观那座金字塔遗址。墨西哥人很热情，他们对自己文化历史特别自豪，跟咱们中国人很像。我原来已经计划好，吃过午饭就离开伊萨马尔，前往乌斯玛，继续我在尤卡坦半岛的旅行。不过因为那位墨西哥男子的极力推荐，让我临时改了主意，我决定到那座金字塔遗址参观。

我从背包里找到中文版旅游指南和半包瓜子。瓜子已经晒得有点发烫。我坐在金字塔顶，边嗑瓜子边看介绍。这座金字塔是尤卡坦众多的玛雅金字塔之一，地基层有两个足球场那么大，不过现在完全看不出当初的壮观了。旅游书上是这么说的。

基尼奇卡克莫金字塔是为了敬奉古玛雅信仰中的太阳神而建的。Kin、Ich、Kak、Mó 在玛雅语言中分别是太阳、脸、火焰和金刚鹦鹉（Guacamaya）的意思。玛雅人认为，在神圣日，正午时分作为正义化身的太阳神会化身为火焰金刚鹦鹉显现，此时进行祭祀活动、燃烧祭品可以达到最神圣的效果。

读到这儿，我下意识地低头看手表，时间是十一点五十分，正午将至。今天会不会是那个神圣日？我眯着眼睛看了看太阳。今天是个无云的晴朗好天，太阳高悬在头顶，我的影子几乎缩到了脚边。

如果不是因为一系列无法预料的巧合，我本来不该在此。那天我和孙崇淮约好了去猎熊，没想到发生了意外。晚上在宿营地过夜，孙崇淮半夜去帐篷外解手，却不慎跌入我们白天挖好的猎熊陷阱，头部受到重创，在荒山野岭意外身亡。

出国前我俩合伙在满洲里做边贸，主要是俄罗斯皮草。一次买卖起了争端，闹到法院，后来双方冷静了，觉得斗不如和，关系也就修复了。那些事，家人和周围关系好的朋友都知道。其实就是个误会，没啥大不了的。到加拿大后都住在阿尔伯塔，两家还有走动，孩子在同一家俱乐部打冰球。七天前我俩约好上山打猎。

我守着篝火左思右想。越想越觉得孙崇淮的意外死亡会引起警方怀疑，万一他们打算刨根问底追溯往事，那就百口莫辩了，毕竟我俩还有过官司。抽完了一包烟，我做了决定。我把孙崇淮葬在山上，自己到外地避一避。以前生意碰到麻烦，我离开满洲里去南方一段时间，最后圆满解决。我坚信时间能解决一切问题，其实孙崇淮的死完全是意外，我问心无愧，决定离开是因为我不想被皇家骑警纠缠，解释交代早就翻篇儿的事，出国时我已经决定把那些往事留在满洲里老家。

背包里的手机突然响起来。我找到手机，来电显示是孙崇淮。我惊疑地看着手机，没有接听。孙崇淮不可能自己从冻土里爬出来打电话，一定有人发现了他的尸体，用他的手机打的电话。片刻后电话挂了。手机语音信箱提示灯不停闪烁。我按下留言接听键，电话里传来孙崇淮老婆王心莲的声音，听起来一如往常，热情周到。王心莲说孙崇淮下山回家了，他们想约我见面，把上次生意损失的货款补还给我，邀我周末到他们家包饺子。

　　我放下手机。眼前浮起孙崇淮的面孔，心里充满疑惑。说实话，虽然因为孙崇淮的过失，我在生意上遭受惨重损失，但是说真话我并不恨他，那些是生意的事。我当然更不至于想杀他泄愤，要不然不可能约好一起出门打猎，怎么说我俩也算老相识，我妈到哈尔滨看病他们家还出了力。我估计可能有人在她背后指使，想诱我回阿尔伯塔，瓮中捉鳖。

　　我听到叫喊声。有个男子站在金字塔底下的树荫里，抬头朝金字塔张望着，不停挥手喊着。我四周看了看，这时候塔顶只剩下我自己，毫无疑问，那人找的就是我。刚才那通电话留言让我心烦意乱，此刻任何陌生面孔都让我感到紧张。金字塔下面的人见我没反应，开始朝金字塔走来，一路不停攀上塔顶。我这才发现那个男子是胡安，在修道院里我见过的那个人。我开始没认出他，因为他换了一身衣服，还戴着草帽。还没爬到塔顶，他便大声冲我喊着胡安，笑着冲我招手。

　　墨西哥人胡安在我身边坐下，为表示友好我拿出一包苏打饼干递给他。他礼貌地拿了一块。作为交换他递给我烟，帮我点燃。我们就这样坐在澄亮近乎刺眼的阳光下，还好我的帽子遮阳。我用英语磕磕巴巴地问胡安是不是来找我——我的英语比西班牙语好不了多少。

　　胡安指了指头顶的太阳说："时间！时间！（Time! Time!）"

　　他用同样磕巴的英语比画着告诉我时间到了。我必须得承认这只是我的猜测，因为他的英语本来就不地道，再加上口音，更难听懂。

　　"时间到了？"我指了指手表反问。胡安点点头。

他站起来从背后掏出一把锋利的弹簧刀，我还没反应过来，脖子便被刺中。震惊之下，我捂着脖子仰面倒在岩石上，烈日当空，周围有一圈淡淡光圈。我艰难地看着周围，胡安不见了。金字塔顶只剩下我躺在石头上。空气中飘荡着淡淡的甜味花香，周围却看不到有花束。

我瘫软无力，躺在岩石上，清楚地感到血液正从脖颈伤口处流淌。我并没感觉疼痛，只是身体越来越沉重，像被一块看不见的巨岩压住，越压越紧。随着血液流失，我感到难以抑制的口渴，不停舔舐着嘴唇，喉咙干得发痛。阳光炙热，我却感到彻骨寒意，像回到了阿尔伯塔漫长寒冷的冬天，我的呼吸开始变得艰难，我想呼喊，却无法发出声音。

在明晃晃的日光中，我心中的各种念头开始变淡，让我无法追随，失去和念头的连接是一种古怪的经历，我终于发现念头和我是两码事，它们是它们，我是我。念头继续变淡，我的肢体仿佛也开始变淡。我挣扎着抬起手臂，双手在强光下仿佛变得透明，锐利的光线毫不费力地穿透手掌。我仍然能看到、听到、闻到周围的一切，淡淡有甜味的花香仍在。

我瞪着那轮耀眼的太阳，放弃了挣扎。心里有一个清晰的声音告诉我，这是应得的报应。因果不虚，孙崇淮没有放过我。

我只买了一张单程机票来到墨西哥，因为我还没想好接下来去哪儿。阿尔伯塔这段日子肯定不能回去，孙崇淮被我匆匆掩埋在道山国家公园的森林中，冬天饥饿的狼随时有可能找到他。就算他仍然在林中安睡，家人肯定也已经报警。只是没想到，报应来得竟然这么快。不知道胡安是临时起意的本地匪徒，还是受老孙家雇用寻仇的墨西哥杀手。看起来我没能躲过这一劫。

我的意识继续变淡，甚至"我"这个感觉也在变淡。一切都在快速分崩离析，加速远去。只有那股淡淡的甜腻花香，那股香味应该不是我闻到的，而是在记忆中留下的。正午十二点的日光中，一切变得苍白缥缈，甚至那轮亮白的太阳。我听到远处传来歌声，是我很熟悉的俄罗斯老歌《在满洲里的山岗上》。

夜色又降临在沉睡的山上，
孩子们的眼睛在火光的薄雾中闪闪发光。
风随着最后一首歌停了，
显然他离开去某个地方找你了。
要是他们都能不小心突然闯进来就好了，
到这些冰川发出噪声的地方。
我在不同的地方认识了很多朋友，
但为什么你不在其中呢？
我会寻找，我会一路希望，
愿我追随你百年。
我去找找，我对它有一点信心，
我会在遥远的地方找到你……

在歌声中，我慢慢合上双眼。

"亲爱的胡安，恭喜你。"

我听到一个威严的声音，一定是太阳神在对我说话。我睁开眼，胡安的脸挡住了太阳，我感到有些恼火。这次我竟然毫无困难地听懂了他的话。胡安脸上挂着笑容，向我伸出双手，我握住他的手，温暖有力。我拉着他毫不费劲地坐起身，用手试探着脖子上的那道伤口，一切完好无损，我衣服上和手上的血迹也全都不见了。我吃惊地盯着胡安，问他这是怎么回事。他告诉我原先那个罪人胡安——我，不是他——已经被奉献，因此得到了拯救。

我暗自捏了一下腿，疼痛感明确无误地证明了现在我不是做梦，这是活生生的现实！远处传来高声谈笑声，那群美国高中生正在金字塔下嬉戏打闹，有几个已经开始登塔。胡安示意我们离开。我顺从地起身，跟着墨西哥人走下金字塔。发现自己安全无恙，我心里对胡安并没有憎恨和恐惧，和这家伙在一起反而让我觉得安全。走出院子，胡安爬上一辆马车，和我来时乘坐的马车一样，不过这辆车和马都是白的，那匹健壮的白马甚至连睫毛也是白色的。

胡安拿着马鞭上车，做了个手势，我在他身后车厢里坐下。马车缓缓前进，我只能看到胡安的草帽和背影。他告诉我每年这个日子正午十二点是玛雅日历的神圣时刻，那些有罪的人可以借这个特殊时机以奉献而获救赎。他说我非常幸运，正好这个时候来到伊萨马尔。我问胡安他怎么知道我有罪——我没有跟他解释阿尔伯塔发生的意外事件，还问他到底是谁，为何选择我。我的一连串问题没有得到回应，他可能没听懂，也可能不愿解释。胡安只是笑了笑，继续驾车。笑容是我的推测，我在他身后，看不到他的脸。

金黄色的城市在尤卡坦的阳光下闪闪发亮。马蹄有节奏地敲打石头路面，发出悦耳的声音。马车在一座小广场边停下。胡安打开车门让我下车。他告诉我伊萨马尔是一座神圣的城市，空气里那种奇异的花香味是神的象征。听到他的解释，我才明白原来那种香味并非我的臆想。胡安拥抱了我后驾车离开。白色马车在长长的石板路上渐行渐远，我突然想起甚至还没有付给胡安车费，不过鉴于他曾经刺过我一刀，大概我们已经扯平了。

我没有回复那个电话留言，而是在小广场一家露天餐厅的桌边坐下。女招待向我推荐了烤鱼、墨西哥卷饼和可乐，女孩热情漂亮，胸牌上写着 Karma。玉米饼的滋味让我想家。我看着桌上的手机，心如乱麻，喝光的可乐瓶跌落桌下，玻璃瓶却完好无损。

我仰头望着天空，那轮日环正逐渐淡去，但仍依稀可辨。我请她稍等，拨通了孙崇淮的手机，铃声响起，我把手机贴到耳边。女招待走来把账单给我，我指指手机请她稍候，她笑着说："好的，不急，我等你。（Okay, no rush. I'll wait.）"

我听懂了，她说不急，她等着。

西斯廷的妙音

　　雨水连续冲刷着温哥华市的西斯廷东街。丽晶酒店门口一位流浪艺人低头拉着小提琴，抽泣的琴声被雨水敲打街边金属屋顶发出的噼啪声掩盖，远处街头传来醉汉的怒吼。

　　阴郁暮色中，少女似榕站在丽晶酒店陈旧的红砖楼前，浑身被雨水浇透。她抬头看着雨中那座破旧大楼，感到非常疑惑。这座名叫丽晶酒店的四层楼房是"二战"前的历史建筑，现在和周围其他几栋老楼都属于温哥华市历史保留建筑，昔日风采不再，落魄陈旧。底楼墙上铁锈斑斑的标牌上写着丽晶酒店（Regent Hotel），不留神很容易错过。刚才出租车司机找了很久，才找到这个地址。

　　似榕站在大楼门口，身边超大尺寸的黄色行李箱上挂着航空公司吊牌。她看着手机核实地址，司机没有弄错，这座大楼正是她要找的地方。确认地址无误后，似榕有点不知所措，丽晶酒店和她想象中的很不一样。她迟疑地看着空荡荡的街道和破败的街景，这里像一个后乌托邦电影中的场景。雨越下越大，女孩定了定神，推门走进红砖大楼。光线暗淡的大厅弥散着潮湿腐木的气味。酒店前台后没有服务生。似榕站在大堂，一滴水从天花板落下，砸在她的鞋上。她仰头看，天花板有大片暗黄水渍。似榕按响柜台上的服务铃。服务台后的房间传出瓮声瓮气的男声，听起来很不耐烦："一分钟！"

一分钟变成了十分钟。似榕在酒店大堂耐心等待，打量着四周。大门紧闭，落地窗被铁网罩着，阴雨天气楼里更显得光线昏暗，这座老建筑显然年久失修。一个挂在墙上的鹿头，毛发干燥，脱落了不少。鹿头下挂着一幅发黑的老油画，积灰的画面布满裂纹，隐约看到是幅肖像。墙上一座老挂钟嘀嗒作响，时针指向十二点整。似榕下意识地看了看手机，此时是傍晚六点钟。漫长的静默等待，寂静的楼道里只有滴水声，她听到自己紧张急促的呼吸声。

还是没有见到服务生。似榕又按响服务铃。房间再次传出那个男子的声音，这次听起来有点怒气冲冲："我刚才说了，等一下！"话音刚落，楼道里传来沉重的脚步声，一个穿夏威夷衬衫的印第安汉子踉踉跄跄地走下楼梯。那个汉子看到站在大堂的中国女孩，停下脚步，一动不动，死死盯着她，一只腿悬在空中，像瞬间石化了。阴暗的大堂悄然无声，老挂钟嘀嗒敲打着。似榕不明白发生了什么，她不知如何应对。

"梆！"印第安人突然发出一声叫喊，短促而响亮。

似榕被吓了一跳。那人得意地大笑着，被自己的把戏逗得大笑。醉醺醺的印第安人说："我爱死它了……每试必灵。喂，宝贝儿，咱俩以前见过是吧？你要搬进来还是搬出去？"

汉子口齿不清，明显喝得烂醉。似榕不搭理他。印第安人脚步蹒跚地走出酒店大门，边走边哼着歌，大门关上，楼外传来他的高亢歌声："让她知道你还活着……嗯哼，宝贝儿，快让她知道……"

楼上传来高声怒骂："闭嘴，莱斯特！"

似榕转身，瞅见物业经理丹·斯特拉塔斯从柜台后那间屋子走出来，她觉着那大概是物业办公室。丹边走边拉上裤子拉链。光溜溜的脑袋像打了蜡。他诧异地望着中国女孩和她的超尺寸行李箱，绽出笑容："我还以为是马文！他老是在不该出现的时间出现，他没有打扰你吧？"

似榕摇摇头。她不知道马文是谁。

"好极了！有什么要帮忙的吗？你会说英语吗？"问她最后一个问题时，物业经理略显夸张地放慢语速，刻意强调着每个单词。

似榕指着丹的手，用英语流利地回答："不好意思，你手上……"

丹低头看到手上粘着的一张面巾纸，他急忙把纸扯下，尴尬地说："你讲英文？好极了，好极了，来找谁？"

"这是丽晶酒店，对吗？"似榕问。

"没错，正是丽晶酒店：有福者之家，东城之魂。"丹抑扬顿挫地说，像在念诵一段莎士比亚剧台词。

"原来就是这里……这地方和我想象的不一样。"似榕失望地说。

"噢！是吗？怎么不同？"丹托着下巴，饶有兴趣地盯着中国女孩。

"我老家也有家丽晶酒店，是星级酒店，比这里新好多。"似榕说。

丹掸了掸柜台的灰笑道："这里早就不是酒店了，六十年代这地方是丽晶酒店，现在是出租公寓，名字没变。"

"我搞错了，难怪这里看上去……"似榕打住没说完。

丹毫不介意，继续说道："是的，你想错了。我知道你们喜欢新的，新钱都这样，老钱可不这么看，我们喜欢有故事的，不会用几颗星评价这座楼，为什么呢？因为它有故事，有灵魂。我们没法评价一个灵魂，懂我的意思吗？"丹拿出老花镜问，"订房还是找人？"

似榕回答道："入住。我在网上订好了房，短租。"

"好极了。让我看看……"丹在柜台后拿出一个厚实本子，戴上眼镜。

他抬头望着似榕："叫什么名字？"

似榕报出名字。丹翻看着那本写得密密麻麻的本子，摇摇头说："预订记录里没这个名字。只有一位 Siren，订了三个月，从今天起租。"

"那就是我，名字可能拼错了，应该是 Siron，"似榕急忙解释，"是三个月的短租，今天入住，九月一号退房，邮箱是 siron@mymusic.com，对吧？"似榕问。

"入住退房日期都对，电邮也对。好吧，就算是你吧。"

丹摘下老花镜看了看那只大箱子："来吧，我带你去房间。"

似榕拖着沉重的旅行箱问："电梯在哪儿？"

"走楼梯，电梯在维修。房间在四楼，来吧！"说着丹朝楼梯走去。

他虽然大腹便便，脚步却跟他圆溜溜的双眼一样灵活。他走在前面，似榕吃力地拖着旅行箱，艰难地爬着楼梯。走到二楼转弯处，她气喘吁吁地停下脚，扯了扯身上厚实的棉服。

"这里春天都这么冷吗？"似榕问。

"这里没有春天。冬天完了就是夏天。春天来之即逝，懂我的意思吗？"丹扶着楼梯说完继续上楼，完全无视似榕沉重的行李箱。

丹站在 401 房门口，不耐烦地吹着口哨。等了半天终于听到行李箱撞击楼梯的声音，似榕喘息着出现在楼梯口。

"箱子里是什么那么重，是具尸体吗？"丹问，肚子随着笑声抖动。

他拿出一个挂着许多钥匙的铁环，挨个儿尝试想打开 401 房门，却总是找不到房间钥匙。他低声诅咒着，接着试，终于成功打开房门。

"进来吧。"

丹推门进屋，手扶门框等似榕进来。刚拖着行李走进屋里，似榕下意识地捂住鼻子，房间里有股怪味。丹也闻到了，他抽着鼻子到处找，像只搜毒犬。

"闻着像莫妮卡还在……"他嘟囔着推开窗户，指着窗外骄傲地说，"瞧瞧这风景！啧啧，整座大楼就属这间屋景色最好，算你运气好，你订房那天莫妮卡正好退房，这种房一出来就被抢订，懂我的意思吗？你真走运。"

丹不停感叹，听起来像个不情不愿嫁女儿的老爹。

似榕走到窗前向外张望。暮色中，温哥华港景色一览无余。五颜六色的集装箱在远处码头高高堆起，几艘散装货船一字排开泊在海湾里等待卸货，一列黑色货车的车厢连续不停穿过街口，似乎永无止境。

"欢迎来到煤气镇。"丹得意地张开双臂，"这里是温哥华发祥宝地。这个楼里住过好多了不起的大人物，你想都不敢想，诸如好莱坞明星、皇室成员、政客要员，一大串名字，说出来吓死人。"

煤气镇是温哥华市区最古老的一段街区。丹滔滔不绝地讲述着。

似榕好像没有听到，她出神地眺望着窗外景色，远方一座覆积的锥形高大火山在暮光中隐约可见，她记得书上说那是贝克雪山。

"好啦好啦，不提这些了，丽晶酒店的故事说不完，"丹叹息道，"喏，这把给你。钥匙别丢了，退房没钥匙罚款五百加元。"

"有备用钥匙吗？"似榕问。

"没有。丽晶大楼一把锁一个钥匙。没备用钥匙，连我也没有。这些锁都是原装货，每把都是古董。现在哪儿有人搞得定这种锁？上次有个家伙丢了钥匙，我只好把门拆掉。懂我的意思吗？千万不能丢。"丹很不放心，一再叮嘱。

似榕接过钥匙，看着手里那把布满刮痕的铜钥匙。

"还有几条住客规矩：大楼不准养宠物，晚上十点后不准开派对，不能吸毒，家具搬运必须先跟物业报备。停车位在楼外，街两侧二十四小时随便停。丢东西自负。哎，对了，你开车吗？"

似榕摇摇头说："我没有车。"

丹和似榕正在说话，一位看起来有点邋遢的中年白人从门口经过，驻足好奇地探头望着屋里。他铅灰色头发，黑胶雨衣滴着水，鼻子上架着一副厚实的黑框眼镜，手里握着一杯星巴克咖啡。

"是莫妮卡的女儿？丹，你提醒她，上次打牌莫妮卡还欠我二十块钱呢。"

拿咖啡的白人男子上下打量着似榕，眼光刻薄。

"她是似榕，刚落地。"丹瞥了一眼行李箱的吊牌说，为两人互相介绍，"似榕，这位是剧作家肯·达尔顿，你隔壁的邻居，你卖出去几部戏了？"

"没想到你也对艺术感兴趣。"达尔顿嘲讽地说。

丹对似榕说："达尔顿是老住户，他在这儿住了……你住了多久了？"

达尔顿啜了口咖啡摇头叹息道："太久了，你叫什么名字来着？"

"似榕。"似榕回答。

"S-I-R-E-N。"丹说。他还是把似榕的名字拼错了，不过她没有纠正他。

"那个很会唱歌的女妖吗？"达尔顿促狭地笑道。

"什么妖精？"丹对他的问题很疑惑。

"就是她，"达尔顿指着咖啡杯上的绿色女子头像说，

"Siren，希腊神话里的著名海妖。没听说过吗？"

"她居然有名字？"丹显然对那个标记从未留意。

"丹！我为你感到羞愧，作为希腊后裔，你怎么会不知道这些典故？"

"鬼才有时间看胡说八道的神话。"丹恼羞成怒地说。

"那些胡说八道的神话都是你们希腊的经典，那可是西方文明的源头。"

达尔顿很得意地成功羞辱了物业经理，扳回一城。

"她是个妖精？"丹望着咖啡杯问。

"半鸟半人，她住在西西里岛外一座白骨累累的荒岛上，容貌娇艳，歌声迷人。她的歌声能让路过的水手神魂颠倒，踏上不归之路。"达尔顿咬文嚼字地解释，像是希腊历史权威，"荷马史诗《奥德赛》里也有她的故事，话说特洛伊战争结束后，国王尤利西斯——这个大英雄你总知道吧？"

达尔顿继续说，不忘调侃丹。

"知道，我还知道木马计。"丹急忙点头。

"仗打完了，尤利西斯在回家的路上，为了听她唱歌差点丢了命。"

"他怎么活下来的？"丹急忙问。

"尤利西斯把自己捆在桅杆上，让水手们用白蜡封住耳朵，只有他能听到歌声。水手们只管拼命划船，冲过墨西拿海峡。"

"他干吗把自己绑起来？"

"他想听海妖唱歌，又怕被歌声勾了魂。"达尔顿似乎看到怒海之船。

丹摇头说："这个白痴，干吗绑自己？应该捆那个妖精，懂我的意思吗？"

丹冲达尔顿眨眼，两人心领神会地笑起来。

"你这条老狗！姑娘，这家伙你小心点。"达尔顿对似榕说。

似榕根本没留心他们的谈话，她问丹："还有什么该知道的吗？"她暗示两人离开。

"就这些，希望你住得开心。天黑后别出门，不安全。"

丹和达尔顿离开房间。

夜里不停地下着雨，却听不到雨滴声。

煤气镇的主要地标是街口的一座黄铜蒸汽钟，它会在整点准时喷发蒸汽，白烟随着嘶鸣声在街上飘散。街道上湿漉漉的鹅卵石映着橙色路灯。阴冷空旷的街上，一个醉汉走到口水佬杰克的雕像边解手，嘴里念念有词，身体摇晃，一手撑着雕像底座，像随时会摔倒。这是西斯廷东街，常年有流浪者在这里聚居。一辆黑色警车在街道上缓缓驶过，蓝色顶灯漫不经心地旋转，照亮了街道两侧画满涂鸦的老楼和睡在街边的流浪者。

西斯廷大街边一家美甲店打烊，拉起防盗栅栏。哥伦比亚女子玛雅打扫完房间，坐在按摩椅上点燃一根烟，身后镜子里是她的背影，远看像两个女子在抽烟。几条街外，火车站驶出一列铁皮货车，伴随着不知何处传来的鼓声，空空的车皮不停闪过路口。

午夜临近，雾气从海上向城市逼近，很快笼罩了整座城市。雾气带走了鼓声，似榕穿着衣服躺在床上早已陷入沉睡。

客厅里那个行李箱敞开，衣物杂物散落了一地。窗户仍然开着，桌上的笔记本电脑屏幕亮着，一条橘黄色的小丑鱼在一个精致的鱼缸里来回游动。

蒸汽钟鸣笛喷散着蒸汽，像是应和着散装货船上拉响悠长洪亮的雾号。似榕被号声从梦里惊醒，她看了看床边的闹钟，时间是凌晨两点。电脑屏幕上那只小鱼仍在无休止地游动。看到天还没亮，似榕打算继续睡，时差却让她睡意全消。

似榕走到窗前，望着窗外沉静的街景。几个无家可归者在空荡荡的街上如孤魂野鬼般游荡。集装箱码头的灯隐约勾勒出北岸山脉的轮廓。夜风吹起，似榕打了个冷战，她关窗在桌边坐下，戴上耳机唤醒电脑。

似榕听到一个微弱的女声。声音听起来甜美温柔，像有人低声通话，又似自言自语。似榕摘下耳机凝神倾听。女声开始哼唱，歌声缓慢悠扬，半吟半唱，伴随着悠扬的琴声，像某种异国民谣，琴声像电吉他又有点像西塔琴，但又不同。似榕到处寻找声音来自何处，电脑、音箱和蓝牙耳机都检查了一遍，但没有找到。她坐在桌边听着吟唱，女歌者的声音听起来忧伤沉缓。似榕拿手机想录下歌声，刚按下录音键，歌声又消失了。

似榕疑惑地坐在桌边等待，除了偶尔经过的车辆，大楼始终寂静无声。她等了很久也没有动静，似榕放下手机，蹲在行李箱前收拾衣物。她小心地拿出一个相框擦干净放在书架上，点燃蜡烛和香放在照片前，默默祈祷。

古城潮州开元寺围墙外，有一棵枝叶繁茂的老榕树，高大的树梢从围墙顶上探进古寺，树叶在夜风中摇曳作响。似榕睁开眼在屋里寻找，目光落在乐器盒上，她拿出吉他开始弹奏，小声哼唱。音乐把她带回古城。一个同样的无眠之夜，似榕骑着单车穿过故乡老城里一座座牌坊，漫无目的地游荡。

次日早上，似榕下楼出门，刚到楼梯口，便看到一位拉丁裔中年女子脚步沉重地上楼。她的样子很疲惫，化着浓妆，手中纸袋里裹着酒瓶，有章鱼文身的胳膊上有许多小黑点，她怀疑地盯着下楼的中国女孩。

"我叫玛雅，你在这儿干什么？"

"我住在这儿，刚搬进来。"

"你是达尔顿的女朋友？"玛雅挑剔地审视着似榕。

"不是，我住在401室。"似榕闻到酒气。

"莫妮卡的房间？哈，希望她不会打搅你。我住你隔壁。"玛雅露出微笑。

"谁会打搅我？"似榕摸不着头脑。

"莫妮卡，401室以前的房客。她一直住在那里，谁都以为她永远不会走。"玛雅倚着楼梯盯着似榕问，"你是日本人？"

"中国人。"

"不管从哪儿来，记住，不管发生什么都不能跳。"

"什么意思？"似榕感到一丝不祥。

"丹没跟你说？"玛雅扬起眉毛，她凑近女孩压低声音说，"莫妮卡是从那间屋的窗户里跳下去的，她就这么退房了。"

似榕感到震惊。

"她受够了，就这样。姑娘，以后想做指甲、脱毛都可以找我，我在美容店上班，我叫玛雅。"玛雅说完继续上楼，却又转身问，"喂，昨晚听到那些狗叫吗？叫了一晚上，害得我睡不成觉！"玛雅抱怨道。

似榕摇头道："我没听到狗叫，不过我倒是听到……"

没等似榕说完，玛雅已经走了，继续自言自语地抱怨着那群野狗。

"幸会。"似榕冲着她的背影说。

大楼大堂很阴暗，丹站在椅子上换灯泡。鹿头和老油画在黯淡的厅里几乎隐身。

似榕从他身边走过："能问你件事吗？401号房的前住客跳楼了吗？"

丹捏着换下来的灯泡，站在椅子上俯视似榕，神情自若。

"谁告诉你的？"

"一个邻居，她也住在4楼。"

"玛雅？真是个大嘴巴，她有点神经兮兮的，懂我的意思吗？"

"是真的吗？"似榕追问。

丹把新灯泡换好，灯猛然亮起，他闭上双眼，"那是玛雅的揣测。莫妮卡怎么死的，警方没有结论，可能是个意外。"

"意外？"似榕问。

"当然，她喜欢在窗口吸烟。听着，我认识莫妮卡二十年了，她不可能自杀，绝不可能。玛雅瞎说，她怎么知道发生了什么！"丹举着灯泡，小心翼翼走下并不高的椅子，"不过我得提醒你，玛雅说什么你听听就行，别当真。"

似榕问："为什么？"

丹吃力地把椅子挪到柜台后说："她喝太多了，我提醒过她，如果再喝下去，酒迟早会要她的命。"

似榕想起来见到玛雅时，她手里是有瓶酒。

"她是个美容师，对吧？"

"美容师？她这么说的？哈哈，好吧。"丹在凳子上坐下，"白天她做美容，晚上嘛……"他抽出几张账单戴上老花镜，皱眉逐行审看。

"最后一个问题，请问缪斯音乐学校怎么走？"似榕问。

"出门路口右转有一所学校，不知道是不是你说的那个。"丹低头看文件。

天亮了，蒙蒙细雨仍然下个不停，空气湿润清凉。似榕按照丹告知的学校方向走去。跟昨天不同，今天街上忙碌了许多，街边肉铺后门敞开，戴白帽子的伙计叼着烟，从厢式货车拖出半扇光猪，扛进店里。便利店的防盗闸门卷起，一个亚裔男子打着哈欠出门张望。巷子里的垃圾桶边，一个年轻男子弯身呕吐，一辆崭新的路虎越野车从他旁边驶过。似榕好奇地打量着这座城市。除了湿润的空气，这里早晨的氛围和似榕家乡不一样。她突然有点想家。

每天早上同样的时间，似榕会准时出门，顺着永平巷去学校。她还记得石头路的硌脚感觉，小街两边房屋铺着黑瓦，路边餐馆蒸笼的热气和包子香味飘到街面上，街道尽头的大榕树下，坐着几个吃汤粉的食客，街上不停播放着闽南语流行歌。

缪斯音乐学校没有校园，教室在一家商场的底楼。大门上挂着一把锁，玻璃门内的地上散落了很多信件和通知。门口贴着政府通告，称音乐学院违规办学已被要求关闭。似榕在学校网站上并没有找到关门消息，她打学校联系电话，却一直无人接听。似榕不知所措，她刚拿到学生签证来到温哥华，人生地不熟，也没有朋友或亲人可以投靠。

夕阳西下。似榕在煤气镇的星巴克咖啡店里上网寻找和缪斯音乐学校相关的消息，她在本地论坛上读到一些学生的议论，才明白这座学校很多学生通过学校录取书申请签证来加拿大，目的是移民而不是学习，学校几乎是个空壳，被省政府勒令关闭。咖啡馆外的蒸汽钟发出啸叫，她的思路被蒸汽声打断。窗外黄铜蒸汽钟喷吐着白烟，一群游客在时钟前照相。

咖啡馆外，火车站停着几辆红色火车头，几位机械师正在忙碌。似榕心事重重地站在火车站天桥上，脚下铁轨纵横交错，伸向四方，一列货车正徐徐从下方驶过。似榕一筹莫展，但心里有个声音告诫她不要放弃。身后传来大提琴声，一位艺人正在桥头演奏，面前倒放着宽边帽，似榕在帽子上留下几枚硬币。

401房间的窗户敞开，天黑后细雨再次飘落，似榕站在窗前望着小雨中的海港。微波炉铃响了，她拿出比萨坐在桌旁，边吃边看手机里的歌剧演出，蓝牙音箱响起女高音深情的歌声。墙上传来拍打声，"安静点！"达尔顿的声音清晰可辨，似榕急忙关掉音箱。她好奇地把耳朵贴在墙上，听到隔壁传来玛雅断断续续的呻吟，似榕走到另一侧墙边，隔壁传来键盘敲击声，达尔顿拍着桌子抱怨经纪人。似榕戴上耳机继续观看歌剧演出。

　　午夜已过，时差再次把似榕从睡梦中唤醒。她瞪着黑暗的房间，似乎听到了动静。桌上的笔记本电脑屏幕仍然亮着，那条小鱼依然在缸里缓缓游动。似榕坐起身，环视着屋里。她听到一个女人温柔低语，仿佛在自言自语。

　　"谁？"似榕大声问。

　　她有点紧张，屋里没有回应。她下床关掉电脑，走到墙边侧耳倾听，一边是达尔顿沉重的鼾声，另一边是玛雅房间悄然无声。似榕走回床边坐下，女声再次响起。似榕愣住了，环顾四周依然一无所获。

　　女子开始轻声吟唱，声音沙哑低沉，歌声和琴声断断续续，忧伤缓慢，像唱歌也像吟诗。这次似榕听清楚了，但不知是哪国语言。女歌者偶尔停下来，低声喃喃自语，不知道对谁讲述。

　　似榕放弃寻找，她对声音很敏感，那个女子的声音让她觉得很安全。歌声透过每个毛孔渗入似榕的身体，她沉浸其中。

　　似榕随歌声和夜风飘出窗外，在无边无际的黑夜里飘浮。她在城市上空飘翔：货轮码头集装箱堆积如山，高豪港停靠的水上飞机像几只倦鸟，春天的晚上，北岸绵延群山被厚实积雪覆盖，美术馆门口的石狮脚下一对恋人正在拥抱，时尚剧场的霓虹灯在寒冷夜晚眨着眼，一辆午夜巴士穿过格兰维尔街，煤气镇旁交错的铁轨在潮湿的夜色中发着幽光，火车头停靠在站台边，似榕从长蛇般的列车上空飘过。

　　她看到大提琴手蜷缩着躺在天桥下角落熟睡，脸上扣着黑帽子；一位原住民游民在基斯兰诺海滩跳舞，闭着眼，踏着节拍有节奏地晃动着头；玛雅坐在屋里，编织着一件婴儿毛衣，轻声念诵着一首祈祷诗；达尔顿正在看黑白老电影《罗生门》；丽晶酒店门外，烟头在黑夜里偶然闪亮，丹在潮湿的暗夜里享受着雪茄，像一条希腊神话里喷烟的龙；巷子深处，一只黑猫悄然在墙顶散步，路灯落在猫身上发出幽光。

似榕拿起手机想录下那个歌声。她按下录音键，这次歌声没有停止。似榕拿着手机，直到歌声结束。屋里陷入静默。似榕和她看不到的歌者说话。

"你能听到我的声音吗？"似榕继续问。

屋里只有沉默，她没有得到任何回答。似榕回放手机录音，却没有歌声。

"你能看见我吗？"似榕朝不同方向发问。

海峡传来长长的雾号，像是回应。无声夜雨悄然而至。一个流浪者站在空荡的街上唱着一首拿波里民谣，歌声在静夜里四处回响。

……碧波在荡漾，暮色苍茫，

甜蜜的歌声，飘荡在远方，

在这黑夜之前，请来我小船上……

窗外传来玻璃瓶摔碎的声音和达尔顿的怒吼："闭嘴！浑蛋！小心我敲碎你脑袋！"

歌声渐渐远去。

似榕关上窗，重新播放手机的录音，仍然没有声音。她点起蜡烛放在相框边，凝视着照片。似榕回到了古城开元寺外那棵枝繁叶茂的榕树。她望着盘根错节的榕树，好像在浓密的枝叶间看到了无数隐藏的面孔。不知不觉似榕和榕树融为一体。和温哥华不同，她家乡的夜风湿润但温暖，高大的古榕树悄然簌簌作响。不知是蛇从枝叶间爬过的声音，还是风吹拂着树叶的响声。潮湿的夜色里响起歌声，歌声越过屋顶上的天王，落进寂静的庭院，绕着镌刻着经文的唐代尊胜幢回旋吟唱。

似榕回忆着听到的那首歌，想把它写下来，但当她努力回忆那首曲子时，那首歌却离她远去。铅灰色的天气，丽晶大楼裹在雨滴中，似榕放弃了努力，打着哈欠下楼，物业经理丹正站在楼门口悠闲地吸着雪茄。

"我家乡也是这样，总是下雨，有时会下好久。"似榕仰头望着天。

"我讨厌下雨。"丹衔着粗长的雪茄，口齿不清地说。

"我倒不在意。"似榕说，犹豫了一下试探地问，"我想问一下，楼里是不是有位女歌手？会说外国语的……"

"外国女人？唱歌的？"丹一头雾水。

"不知道是哪国的，反正不是英语，还有西塔琴的声音。"

丹惊讶地问："一个外国女人在半夜唱歌？我怎么没听到？"

似榕解释："就是昨天晚上，其实之前我也听到过几次。"

丹怀疑地望着似榕："你肯定是楼里的？"

"我敢肯定。"似榕毫不犹豫地回答道。

"我不知道你说的是谁，我什么都没听到。倒是听到达尔顿吼叫。"

"是的，我也听到了。"似榕点点头说。

"别理他。那家伙就爱抱怨，肯定他是为物业费讨价还价，老把戏。"

丹耸耸肩，咬在齿间的雪茄随着话音抖动。

似榕没有得到答案，有点失望。

丹眯着眼睛看着似榕："想投诉达尔顿？"

"不是，"似榕赶紧否认，"别误会，我不想投诉谁。只是听到那个女人唱歌，唱得好听极了，我只想知道她是谁。"她不想让丹以为自己在抱怨。

攒了很长的雪茄灰突然塌下，丹想躲避却为时已晚，烟灰落在他隆起的小腹上，丹拔出雪茄用希腊语骂了一句，接着对似榕说："我保证，这里没人半夜唱歌。要是有人敢这么做，不管是 Taylor Swift 还是 Lady Gaga，我肯定叫她滚。这是我的地盘，我不喜欢有人添麻烦。"丹目光严厉地盯着似榕，仿佛是在警告她。

似榕不解地问："肯定吗？我确实听到了，而且不止一次，不是幻觉。"

丹不耐烦地打断了她："听着，我说没有就没有。我在这里干了二十年了，对这里了如指掌，活的死的，我全知道。再说一次：楼里没有歌手，过去没有，现在没有，以后也不会有。"

似榕张了张嘴想解释，丹的表情却让她感到畏惧。她撑开雨伞，突然注意到大楼门口有一顶尼龙帐篷和一辆超市推车。似榕问丹："有人住在这里？"

"麦迪，那是他家。"丹重新点燃熄灭的雪茄。

"唱歌的会不会……"似榕满怀期望地问。

"他？"丹打断了她，"别想了，宝贝。那个可怜的家伙在阿富汗留下了一条腿和半个肺，他连一句完整的话都说不清。"

似榕看着那顶帐篷。她注意到帐篷外有双沾满泥的破军靴。丹看着远去的似榕，若有所思。

似榕刚离开没多久，玛雅匆匆走出大楼，她满腹心事，没看到丹。走过丹身边时，丹拉住她，嘴里仍然叼着半根雪茄："嘿！玛雅，我一直找你。上个月租金什么时候给？"他递给她一根烟。

"别烦我，丹，宽限几天，我尽快。"玛雅不耐烦地答道。

"没问题，多几天不碍事。最近生意好吗？"丹斜叼着烟瞅着玛雅，"有什么要帮忙的事随时出声，我很乐意帮忙，懂我的意思吗？"丹冲玛雅眨了眨眼，咧嘴一笑。玛雅低头沉默，丹帮她点燃了烟。

"再想想？"他殷勤地暗示。

玛雅吸了一口烟，抬头望着丹："现在怎么样？"

丹眉开眼笑地点头："当然，就现在。"

玛雅拿出钥匙转身上楼。丹按熄了雪茄，看了看四周，跟着玛雅上楼。

鹿头下的旧油画轰然跌落，画框折断，差点砸中丹。

"早该换幅像样的画。"他咒骂着把画靠在墙边，迫不及待地上了楼。

周末晚上，达尔顿、玛雅和丹同坐在桌旁，边喝酒边打牌。

这是他们的周末惯例。玛雅身边有张空椅，像是留给谁的。

达尔顿放下威士忌杯说："丹，新来的女孩你得留点神。"

"谁？"丹盯着手里的牌，眉头紧锁。

"那个中国女孩，叫什么来着？"达尔顿问。

"似榕。"玛雅说。

"就是她，你们不觉得她搬进来后，楼里有点不安生吗？"达尔顿问。

"怎么啦？"丹望着达尔顿。

"我同意达尔顿说的，那女孩确实有点怪。"玛雅啜了一小口威士忌。

"好啦！达尔顿，一定是人家不搭理你，你才这么抱怨。"丹出牌。

玛雅问达尔顿："有这回事？"

达尔顿连忙否认："当然没有！老天爷，她比我女儿年纪还小！"

"那又怎样？谁知道她有什么经历，她这年纪我已经当妈了。"玛雅说。

丹忽然想起一件事："早上那女孩向我打听了一件怪事。"

达尔顿和玛雅几乎同时发问："什么事？"

"她问我楼里是不是住着一个唱歌的女人，说有个外国女人半夜唱歌。"

达尔顿意味深长地看着他俩："我说吧？她总让我觉得有点不对头。"

"她说唱歌的女人还弹琴，叫什么，西塔琴。"

"一个印度女人？越来越离谱了。"达尔顿笑道。

玛雅吐出烟圈："丹，该你出牌了。"

达尔顿接着说："自从她搬进来，我没睡过安稳觉。我敢打赌，都是因为她，那些流浪汉才聚在楼下不肯走。"

玛雅笑着说："达尔顿，你是在写一个新剧本吗？"

达尔顿抗议道："我没开玩笑！你们记着我说的，总有一天会出事，咱们走着瞧。你们没听到昨晚有人在楼下唱情歌吗？那个流浪汉像只发情的狗。"

丹放下一张牌摇摇头说："除了听到你在吼，我什么都没听到。"

玛雅劝达尔顿："得了，没你说的那么离奇，我对那女孩倒没什么其他意见，除了她做饭那味儿……"

"她做什么？"丹不解地问。

"谁知道她每天忙着煮什么，屋里走廊里全是怪味。而且她还喂了很多野狗，那些狗每晚叫个不停！我肯定她每天给那些狗投食，所以赶都赶不走。"玛雅说完续了一杯酒。

"太不公平了！我们还付着这么贵的房租和管理费。"达尔顿火上浇油。

"咱们到底是不是住在同一个楼里？这到底是怎么回事？你们说的这些，什么发情的流浪汉、成群的野狗和半夜女歌手，我怎么什么都没听到？"丹不解地望着两位牌友，"而且租客想勾搭谁、喂谁，这我可管不着。"

玛雅鄙夷地看着丹："当然可以。你是物业经理，她得听你的。"

丹放下酒杯，酒溅到桌上："玛雅，别告诉我物业经理该做什么！"

401房间，似榕精心准备的丰盛晚餐铺满整张桌子，都是她专门去华人超市采购的食材做的家乡饭。似榕点上蜡烛，在桌边等候。女歌者的声音果然再次出现。似榕专注地听着歌声，仍然是同样那首歌，吟唱忽远忽近，像雾缓缓弥散。吟唱声消失了，屋里重归沉寂。

似榕取了一副碗筷放在桌上，拉过一把椅子放在桌对面。她望着空椅说："我听不懂，但我很喜欢这首歌。"

屋里只有沉默。似榕等了一会儿，继续对着空椅子说："我想跟你学。"

长时间停顿，仍然没有听到任何回应。

"我老家的，为你准备的。请尝尝。"似榕指了指满桌饭菜，盛了一碗菜粥放到对面空椅子前。她低头吃饭。屋里听到闹钟的嘀嗒声。似榕抬头接着说："我也唱歌，到这里就是为了学唱歌，学校倒闭了，我还没找到老师。"

窗帘随风摆动，似榕看了一眼继续说："舅舅死了。他是我唯一的亲人。老家有棵老榕树，就在庙后面，初一、十五舅舅到庙里拜，我在榕树下等他，庙墙很高，我只能看到屋顶上的天王。"

不管她是否在听，似榕继续讲述自己的故事。时断时续，声音低得近乎耳语。她闭上眼陷入回忆。浓密的树叶轻微摇晃。一条黑色大蛇缓缓在树枝间爬行，齐整光滑的鳞片在月光下幽幽发亮。一缕蜿蜒白烟越过墙头，爬上五彩缤纷的嵌瓷屋顶，在怀抱琵琶的天王身旁流连。远处传来暮鼓声。

"舅舅去世后，我觉得该离开家了。我想找一位老师，过去一直是舅舅教我。对了，我还没告诉你，他也唱，不过他唱潮剧，在我们老家很有名。"

似榕说着突然哭起来，眼泪无声地顺着脸颊滑下。她擦干泪水，收拾碗筷站起身。窗帘被风吹起，对面那只碗旁边的筷子跌落在地上。

似榕愣住了，她凝视着对面的空椅子："你能听到我，对吗？"

似榕重新坐下，恳切地望着对面的空椅子："教我吧，求你了。我唱给你听听，词是我自己填的，你肯定知道。"

似榕清了清嗓子，抱着吉他面对空椅开始弹唱。她唱的正是那位女子的歌，词是似榕自己编写的。刚唱了几句，隔壁传来达尔顿的抱怨，似榕不理会他，继续唱着。一阵夜风吹进屋里，歌谱被吹到窗外，随夜风在城市上空自由飞舞。

这是一个晴朗的夜晚。夜行火车缓慢穿过沉睡的城市。似榕闭上眼。她看到老榕树在微光中静静伫立，繁茂的枝叶舒展，檀香味烟雾从古榕逸出，在古寺上弥散，一条透明的蛇蜕挂在树枝上，在晨风里微微摇摆。舅舅坐在树下悠闲地打着扇子，笑眯眯地问她："找到她了吗？"

"找到了，可是……"似榕忧伤地看着舅舅，"你能不能不要走？"

"不用担心，孩子，一切都是你的想象，什么都没发生过。"

似榕从梦里醒来，舅舅的音容笑貌还在，他看起来不像是在安慰她。

周一早上，似榕刚下楼，丹从办公室走出来，拦住她，似笑非笑地问："最近还听到那个女的晚上唱歌吗？"

"每天都听到。"似榕老老实实地回答。

"你不觉得很奇怪吗？整座大楼只有你听到有人半夜唱歌。"

似榕回答："没关系。我不介意。"

"但她打搅了其他房客，我收到很多抱怨。"丹打断了她。

"不是说没人听到什么动静吗？"似榕问。

"他们听到了，不过和你听到的不一样，是讨厌的狗叫声和流浪汉的歌声。"

似榕疑惑地看着丹："我不懂您的意思，觉得吵他们可以堵上耳朵啊。"

丹说："你入住后，我不断收到投诉，以前从没发生过。"

"您觉得跟我有关系？"

"刚才我说的你听到了吗？你搬来前可没人抱怨过这些。"

"您觉得是我的问题？"

"我觉得你是问题。"丹凑近似榕盯着她，眼神充满威胁。

"可我什么都没做。"似榕再次辩解。

"我要你尽快退房，否则我会报警。"丹走回办公室，将门重重地关上。

似榕站在酒店前厅里，不知墙上那个积满灰尘的鹿头同情地俯首看着她。远处火车站传来响亮的汽笛声，似榕身体突然一颤，她看到墙边那幅破损的老油画。似榕走到黑黢黢的画前，从断裂的画框里取下画，仔细擦掉灰尘，她终于看清了那幅画：一位女子怀抱维纳琴坐在海边，微笑地望着她。画布角落有几个模糊不清的字，她吃力地辨认出：西斯廷的妙音（Sarasvati of Hastings）。

晚上十点，煤气镇的蒸汽钟准点报时。空荡的车厢里，行李架上摆放着一个背包和一个琴盒，似榕坐在窗边，她打开画筒抽出那幅画端详，满心欢喜。夜行列车离开温哥华，向东部驶去。

恶　土

　　呼啸的烈风穿过覆盖着白色盐渍的干涸河床，发出号叫，尖锐的声音在河谷里回荡，像群狼发出凄厉的咆哮。

　　内华达州和加州边界附近的死亡谷是一处恶土。所谓恶土，是被风雨侵蚀丧失表层土壤的沉积岩地形，寸草不生，岩石裸露，像被剥落皮肤的巨兽遗骸。

　　这里是不毛之地。除了沙漠陆龟，很少有物种能在这里存活，那些陆龟已经在此地居住了两万年，它们大部分时间藏在地下，可以在一年内任何时候交配，雌龟交配后精液可以在体内保存超过八年，以保证它可以自由选择在条件合适的时候产卵。除了陆龟，红头美洲鹫是此地天空的主人。这种大鸟长着巨大黑色双翼，相貌可怖，其实它们从不猎杀，只靠动物遗骸饱腹，它们强大的消化能力让它们百毒不侵，致命的腐烂肉类、植物和水果，对秃鹫来说却是美食。

　　马尊龙（Mel Zanon）躺在游泳池边翻阅着回忆录，出版社刚把几本样书快递到他的套房。封面上的马尊龙年轻英俊、意气风发。这位以扮演牛仔和英雄角色而名噪一时的好莱坞巨星已步入暮年，涂满防晒霜的皮肤被阳光晒得发红。

恶土中的这座叫作"沙漠绿洲"的小型度假村，建造在死亡谷的一个山坡上，几排地中海风格的住宅环绕在一片由棕榈树构成的绿洲中，在黄沙漫漫的荒野中如同奇迹般的存在。虽然客房寥寥无几，价格高昂，而且距离最近的城市也需要几小时的车程，绿洲农场却始终吸引着一群对它痴迷不已的追捧者，大多数是好莱坞明星、富商和政客。

"这里的天气总是这么好吗？"

马尊龙睁开眼睛，透过墨镜，他看到一位笑容满面的亚洲中年人站在他面前，那人肩上披着浴巾，拉下泳帽罩住黑色卷发。

"我是罗卓。"罗卓友善自在，皮肤黝黑，带点英国口音。

"幸会。"马尊龙点了点头，没有介绍自己。

"你是去赌城，还是从那儿过来的？"罗卓问。

从死亡谷往东，走出山谷后的第一座城市便是拉斯维加斯。

"都不是，我来打球。"马尊龙答道。

看到陌生人不像追星的影迷，马尊龙暗自松了口气。这里远离好莱坞，他可不想被影迷打扰。这两天酒店住客很少，马尊龙本以为可以独享沙漠绿洲。度假村有个高尔夫球练习场，可以俯瞰死亡谷。马尊龙喜欢在那里挥杆，看着白色小球消失在远方山谷，有一种特别的满足感。

罗卓在马尊龙旁边的沙滩椅上坐下，两人简单聊了几句，罗卓说他刚从伦敦到加州，在度假村短住后将去拉斯维加斯参加一个心理学协会年会。马尊龙不想和那个心理学家多聊，随便敷衍了几句，戴上耳塞，跳入水中。

马尊龙刚走回房间，便接到私人医生多兰的电话。"我刚收到化验单和片子，很遗憾，情况看起来很糟。"多兰直截了当地说。

"有多糟？"马尊龙并不感到意外。一年前他被诊断出皮肤癌，对最坏的情况，他早有思想准备。多兰告诉马尊龙，他的癌细胞已扩散到脑部和肺部，时间不多了。

"还有多长时间？"马尊龙问。

"情况随时可能恶化……"医生回答，谨慎避免使用"死亡"这个词，"我会建议您马上回洛杉矶。"

挂了电话，马尊龙站在窗前呆呆地眺望着荒芜的死亡谷。那片寸草不生的戈壁荒滩，正是影片《星球大战》的拍摄地，当时大导演乔治·卢卡斯为塔图因"沙漠行星"选址时，马尊龙向他强力推荐了这里。

他心乱如麻，但他的直觉告诉他，他不应该匆忙地返回洛杉矶。马尊龙一如既往，听从了自己的直觉，而不是医生的建议。这未必是个聪明的决定，因为多兰早就提醒过他紫外线的危险，马尊龙却根本没有放在心上，那时候他的直觉向他保证不会出问题。

但是在好莱坞闯荡多年，每天被无数意见和建议淹没，马尊龙觉得虽然并非每次他的决定都对，但唯有自己的直觉才是最可靠的。马尊龙已经想好了：他决定留在死亡谷继续假期，即便这意味着终局即将来临。他此刻最不确定的是自己的葬礼：他不想像其他电影明星那样，被下葬在洛杉矶某块墓地，死后还要被媒体和影迷打扰；也不想被送回蒙大拿和父母安葬在一起，马尊龙只想低调处理后事，就此销声匿迹。

午休过后，马尊龙一如既往地前往高尔夫球练习场。不料那个亚洲男子却已经在那里挥杆练习了。罗卓热情地和他打招呼。马尊龙舒展了几下身体，挥了挥杆，把球放在球钉上，手臂画过一道弧线，砰！白球疾速起飞，飘向天空。球飞得又高又远，有那么片刻看起来似乎要飞到天外。马尊龙和罗卓一同凝视着那个飘逸的白点，小球疾速下降，很快消失在死亡谷中。

"哇哦！真是高手。"罗卓发出由衷的赞叹。

马尊龙矜持地微笑着说："谢谢！"

回到客房，马尊龙匆匆洗完澡，给经纪人、会计师和律师打了几个电话后下楼走进庞贝意大利餐厅。他径直走到靠窗的桌边坐下，餐厅员工都知道那是马尊龙的专用餐位。他戴上老花镜继续看着那本回忆录。

"哈，又见面了！"罗卓走进餐厅。

马尊龙暗暗叹了口气，笑着冲罗卓点头示意。他并不意外，酒店只有一家餐厅，晚餐时间注定会遇到其他住客，不过今天晚上这里只有他们俩。

"能坐这儿吗？"罗卓拉开马尊龙旁边的椅子，脸上带着轻松的笑意。

"当然。"马尊龙只好表示欢迎。两人已经见过面，不再陌生。罗卓友善亲切，看起来不是黏人追星的影迷。

"这是回忆录吗？"罗卓望着餐桌上的书好奇地问。马尊龙微笑点头。

"我妈是你的超级影迷，你演的电影她全都看过，而且不止一遍。"

"是吗？帮我把书带给她，"马尊龙在回忆录上潇洒地签字，"刚出版。"

"谢谢，她肯定做梦都想不到。"罗卓笑着接过书，他问马尊龙，"能问个私人问题吗？"

"尽管说吧。"马尊龙把笔插回衣袋。

"看起来你像有些心事。"罗卓问。

"我知道你会这样问……"马尊龙看过很多心理咨询师，他不抱希望。

"抱歉，我不是想打听隐私，只想看看您是否需要帮助。"罗卓解释道。

马尊龙凝视着他，目光锋利如刀，罗卓并不回避，目光坦然诚恳。

"我快死了。"马尊龙的回答坦率得让自己也觉得惊讶。

罗卓点点头说："我知道。"

"你知道？"马尊龙感到诧异。

"略知一二。"罗卓解释道，"我在中国长大，小时候住在青海。我父亲是位医生，村里生老病死都找他。他没上过学，从小跟着他师父，这些事他是内行。村里有人过世都请他去，他带着我打下手。我对死亡的味道很熟悉，这么说希望你别介意。"罗卓坦率地说，眼神坦率真诚。

"没关系。"马尊龙大度地摆摆手。他没去过中国，只在照片里见过罗卓家乡，那里地广人稀，常年积雪，马尊龙觉得有点像加拿大，那里他去过很多次，马尊龙主演的几部西部片都是在加拿大阿尔伯塔省拍的。

"你父亲叫什么？"马尊龙问。

"其美。在家乡话里是无死的意思。"

"谁都不想死。"沉默了一会儿，马尊龙无奈而伤感地说。

"只是我们都得面对它，除了不知道它何时降临。"罗卓说。

"我知道。"马尊龙苦笑着说。

"那您很幸运。"罗卓说，显然不是调侃。

晚餐很快上桌，马尊龙突然觉得红通通的意面像带着血，他推开餐盘。

"我很好奇你跟父亲学过什么，"马尊龙直率地问，"我想安排身后事，葬礼……这方面你父亲是个内行吧？"

"在家乡的时候，除了上学，我常跟父亲学习如何跟死亡打交道。他常说，死亡没有年龄、相貌与贫富，也没有时间或地点，随时随地可能发生在每一个生命里，因此永远不要把死亡当作别人的事情。"罗卓想了想接着说，"去英国上大学后，我从来没跟人谈起过这些，这是第一次。我老家的葬礼很特别，你真想知道这些吗？"

罗卓知道讨论死亡会让大部分人失去胃口。

"我很少听人谈到这个话题，我想知道更多。"马尊龙说。

"你想知道什么？"罗卓问。

大限将至，他并不想回避这个话题，那不是他的性格。此刻的马尊龙既不想见到前妻们和子女，更不想见到那些制片人。死亡将至，他觉得毫无准备。在银幕上他曾无数次经历死亡，不过那只是表演，他突然意识到，自己对死亡其实一无所知，就像战斗在即，他却赤手空拳。接到多兰的电话前，马尊龙其实已经感到生命能量逐渐流失，那种能量大概就是生命力。

马尊龙问罗卓："首先我想知道，现在该做些什么？"

"好好享受晚餐。"罗卓笑道，"喝一杯怎么样？"

"好主意，我知道他们有不错的黑皮诺。"马尊龙说。他对服务生低语了几句，服务生很快带着一瓶葡萄酒回来，开瓶请马尊龙试饮后为两人斟酒。

"该为什么干杯？"马尊龙举着酒杯问。

"为此时此刻。当下。"罗卓说。

马尊龙笑了笑，心不在焉地啜了一口，放下酒杯，没在意酒的味道。

"我对葡萄酒一窍不通，教教我，怎么品酒？"罗卓饶有兴味地问。

马尊龙举起酒杯为罗卓解释，演示着如何观色、闻香、品味和回味。

"妙极了！"罗卓说，"一起试试？忘掉其他的，就按你说的方法，全心全意，好好喝这杯酒。"

清脆悦耳的碰杯声。马尊龙轻轻转动酒杯，观察着酒体和颜色，凑近杯口闻着酒香，然后呷了一小口含在嘴里，轻吸一口气，让酒香在口腔扩散，酒液和口舌各处接触，他细细品味后咽下，回味余韵。感官和触觉似乎醒来。

马尊龙半晌没有说话。

"哇哦。"他终于发出一声感叹。

红酒打开了话匣子。马尊龙对罗卓谈起了他的故事，如何从蒙大拿州一位牧师的儿子成为明星，以及他遭遇的困境和疑惑。罗卓只是倾听，没有插话打断他。或许穷途末路会令人变得坦白，马尊龙把自己的情况和盘托出。虽然早就是家喻户晓的大明星，但马尊龙不记得有人像罗卓这样善于倾听，没有目的，也不带成见，只是全然倾听，在这位心理学家面前他觉得很安全。

说完自己的故事，马尊龙再次问起关于死亡的问题。

"我不是专家，只能鹦鹉学舌，说说我听过的。"罗卓说。

他向马尊龙解释了从父亲那里学到的相关知识：从临终安排、生命消失过程、其后出现的情形及应对方法等。罗卓记忆力惊人，他讲述的内容异常详尽，马尊龙没想到古老东方对这个生命话题居然有如此精深的认识。这在他接受的教育里闻所未闻，让他感到震惊。

"你如果有兴趣多了解，我也有一本书送给你。书里的内容是我在心理学年会上的演讲主题。我第一次知道这本书是从我父亲那里，到英国读心理学才发现它早已被翻译，还得到很多心理学家的关注。"

罗卓将一本书放在马尊龙面前，书名是《中阴得度》（ *Bardo Thodol* ）。马尊龙迫不及待地拿起来翻看。那本书由心理学家、精神分析学派创始人卡尔·荣格（Carl Gustav Jung）作序，在序言中荣格写道：

　　……这是一部关于死亡和濒死指导的书……由于此度亡经深厚的仁爱慈悲和对人类心理秘密的较深入的洞察，对那些正在追求拓宽其生活知识的俗人来说，也有特别的吸引力。自从此书出版后的许多年间，我一直把它带在身上。我的许多灵感和创见，以及不少主要的论点都归功于它。

　　罗卓说："我家乡有句俗话：最好的死亡是像狮子一样死去，最好的葬礼是天葬。濒死的狮子会离开狮群，不受打扰，独自死去……"

　　罗卓简单解释了家乡传统葬礼的含义。

　　"我打赌要是我妈知道了会试试，她是个离经叛道的人，和我一样。"马尊龙接着说，"不过那个葬礼大概会被控藐视遗体罪。"

　　"判一个死人坐牢，多少年？"罗卓有种与众不同的幽默感。

　　马尊龙放声大笑，他很久没这么开心地笑了。

　　侍应生端上餐后咖啡。

　　马尊龙半开玩笑地指着咖啡问："红酒我会了，咖啡呢？咖啡该怎么喝？"

　　"端起杯子，张开嘴，咽下去。"罗卓一本正经地回答。

　　"说真的，告诉我你会怎么喝？"马尊龙追问。

　　罗卓笑笑，端起卡布奇诺闻了一下："觉知它的香气。"

　　罗卓浅饮一口："觉知它的味道。"

　　罗卓咽下咖啡："觉知它滑进喉咙，来到胃里。"

　　沉默片刻，罗卓又浅喝了一口："慢慢喝。平时可能几口就喝完了，现在试试小口喝，保持觉知。"马尊龙模仿着他的样子拿起咖啡杯。

罗卓继续说："觉知变化：杯里咖啡变少了，胃变得饱胀；咖啡在分解，变成体液，离开身体。咖啡变成过眼云烟，而刚才你还在为该用脱脂奶还是全脂奶感到头疼。这就是关键：感受无常，它是解脱的密码。"

罗卓放下咖啡："这样喝咖啡，半年后你的生活会发生改变。这不是我编的，是我从父亲那里学到的。"

"六个月？"马尊龙嘴角抖了一下，笑道，"我真该早点知道这些。"

两人边喝边聊，晚餐一直持续到深夜。午夜前，窗外突然闪过汽车灯光，有车子在门外熄灭引擎。马尊龙转头看了一眼窗外，摇头叹道："该死。"

罗卓闻声望去，一位金发男子下车朝餐厅走来。

马尊龙说："我经纪人，不会是好事。"

话音未落，男子已经走进餐厅，他面色凝重，忧心忡忡。马尊龙起身和他握手。经纪人狐疑地看了罗卓一眼说："对不起，我要打扰您几分钟。"说罢，他和马尊龙走到餐厅外交谈。

罗卓端起酒杯自在地轻摇着，酒杯里映着水晶吊灯散作一团金光。

门外传来激烈的争吵声。从只言片语里，罗卓听到马尊龙和经纪人讨论着关于遗嘱的事情。

"她和她儿子别想拿到一分钱！我已经给那个吸血鬼够多了！"

马尊龙咆哮道。经纪人低声安慰，目光带着威胁。谈话变得低沉。几分钟后，马尊龙回到餐厅，垂头丧气像个落败的拳王。他带着歉意对罗卓说："我得回洛杉矶处理一些事，晚餐已经付了，感谢你告诉我的这些事情，书我会仔细读的。你在这里住几天？"

"我明天退房，去拉斯维加斯。"罗卓回答。

"希望能再见面。"马尊龙遗憾地说。

"一定会的。"罗卓起身和马尊龙拥抱道别。

马尊龙连夜离开了沙漠绿洲酒店。次日，罗卓也退房离开了死亡谷。

罗卓和来自各地的心理学家在赌城参加了为期两周的心理学年会，他顺利完成了发言。离开拉斯维加斯那天早上，罗卓在酒店看到一条新闻，报道称好莱坞著名演员马尊龙近日在加州突然过世，他下榻的酒店称马尊龙是在独自前往死亡谷徒步旅行时失联的，遗体在恶土盆地被搜救人员发现。据警方鉴定，他死于七日前，并排除了他杀和自杀，死因无可疑迹象，遗骸已被鸟类分食。

罗卓关掉电视，起身从花瓶里抽出一朵万寿菊，走到窗前默念了几句，挥手将花瓣抛向空中，金色花瓣随风在赌城上空飘扬。

死亡谷空寂无人，细沙扫过恶土盆地干涸苍白的盐渍滩。一小片金色花瓣在空中飞舞，忽高忽低，终于落在沙土上。一只沙漠陆龟望着花瓣，凑近闻了闻，咬了一小口后吞下花瓣。陆龟打了个嗝，慢悠悠地朝山谷爬去。

甘露之蝉

"接下来听听这条消息：今年夏天我们将迎来特殊时刻。上亿只蝉在地下等候十七年后，将集体破土而出，它们将在公园、操场和你家后院里尽享甘露，纵声欢唱，交配产卵后死去，就像夏天，惊艳而短暂。梅根，你有什么想法？……"早档节目里两位女主持人正议论着新闻。

巴里打着哈欠，端着麦片在桌边坐下。他呆滞地望着窗外的小城，偏头痛没有任何减轻的迹象。

甘露是不列颠哥伦比亚省内陆地区的一座小城，离温哥华近四百千米。早期这里曾是皮毛交易地，连接东西岸的太平洋铁路从小城通过。甘露这个名字来自原住民语言"Cumcloups"，意思是河流交汇之地，南北汤普森河在这里交融。

巴里每天的生活周而复始，简单而规律：早上七点闹钟响起，他准时起床，吃完麦片和水煮蛋，去同一家咖啡馆写作。今天也不例外。巴里和往常一样走进阿提香咖啡店，和店主萨莉打过招呼，走到壁炉边的桌子坐下。不劳巴里张口，萨莉很快端来一杯双份美式咖啡。

巴里皱着眉打开电脑，头疼得越发厉害。巴里觉得是由宿醉造成的，他后悔昨晚不该喝光那瓶酒。他揉着太阳穴开始写作，刚写了一行，耳边便响起嘤嘤的声音，像小儿啼哭又像蝉鸣。巴里起初没在意，可是那声音越来越大，如潮水从四方涌来。巴里觉着一定是蝉鸣，甘露不可能找到这么多婴儿，虽然那声音听起来很像儿啼。

"天哪！这些家伙真的来了！"巴里对远处咖啡台后的萨莉叫道。

"谁来了？"萨莉抹着柜台疑惑地问。

"没看新闻吗？蝉！新闻里说今年会有很多蝉冒出来。听！已经来了！"巴里指着窗外说。

"听什么？"萨莉不解地看着窗外。几位客人走进店里，她招呼他们，没再理会巴里。响亮的哭声持续蔓延，响彻整座小镇。圣迈可教堂传来钟鸣，钟声加剧了喧嚣的气氛。

"简直像个失控的唱诗班！"巴里望着窗外脱口说道。

咖啡店街对面是巴士站。强烈阳光下，一个戴遮阳帽的女人在候车。白色长裙在背后黑色联排别墅的衬托下格外显眼。一辆巴士在车站短暂停后驶走。白裙女人消失了。巴里收回视线，继续敲着键盘。然而持续高亢的噪声让他无法专注，越想躲声音越响。巴里落败逃出咖啡店。

菲沙健康中心五楼，巴里没精打采地走出韦恩伯格心理诊所，手里提着外套。

韦恩伯格医生陪他走到电梯间，安慰道："别担心，很多情况下幻听都不是由严重问题引发的。注意休息，可以试试冥想，有不少案主说有帮助。给你开的那副药服用两周，情况如果没有改善，我们再想其他办法。"

巴里走进电梯，只剩下他和无处可躲的蝉鸣。

回到公寓，巴里决定按韦恩伯格医生的建议，戒酒三个月。太阳已经落山，夏夜的甘露天色依然很亮。巴里在阳台上抽烟，心里很烦闷。月亮不知何时悄然升起，喧嚣也随之消退。像一只终于爬上了浮板的落水狗，巴里长舒了口气。他知道这只是持续轰炸的间歇，不过聊胜于无。

次日早晨，巴里再次被蝉鸣惊醒。他睁开眼，阳光洒满阳台，蝉鸣淹没了小城。巴里疲惫地下床，走到阳台。甘露一如既往的平静，几个老人在街上行走，似乎没人被噪声困扰。巴里找到韦恩伯格医生开的药，吞下两片绿色药片，他暗自祈祷，希望能尽快摆脱困扰。

早饭后巴里来到咖啡店。蝉鸣一路伴随着他，巴里躲进洗手间，狂蝉蜂拥而至。连用头撞墙也没用，那群蝉根本轰不走。巴里只好放弃。经过河畔公园，他看到橡树下有人在看书。白裙和太阳帽让巴里立刻认出她是昨天等车的女子。看到树下安坐的女子，巴里想起心理医生的建议。他在树荫下坐下，拇指和中指相扣放在膝上合眼，心里不断驱赶那群吵闹的家伙。喧嚣没有消退，反而越发猛烈。几分钟后，巴里感到浑身酸痛，他强忍着保持坐姿。

狂欢的蝉占据了公园，派对离他越来越近，听起来就在头顶。巴里双眼紧闭，表情和身体变得僵硬，蝉越赶越多，巴里忍无可忍，站起来使劲晃动树干，几颗青涩的果实落下，砸在他脸上，巴里狂奔逃出公园。

回到家，巴里坐在客厅沙发上，吃着冰冷的寿司，茶几上的威士忌只剩空瓶，一旁的酒杯里还剩下残酒。日落后一切回归正常。电视里正播放着李小龙的电影《龙争虎斗》。李小龙对徒弟说："像这个指向月亮的手指，别把注意力放在手指上，不然你会错过真正的宝藏。"

巴里入迷地盯着屏幕。电话铃突然响起，他拿起电话，是他的出版经纪人吉姆。

巴里满怀期望地问："吉姆，是不是有好消息？"

"很抱歉，巴里，我刚收到麦克米伦出版社编辑的回复，她说很喜欢你这个故事，但过于冗长，只能忍痛割爱。"吉姆说。

巴里感到喉咙干哑，他端起残酒吞下。

"过于冗长？"他拿起酒瓶却发现已经空了，"你告诉她我可以修改，她想怎么改？"

"巴里，她已经拒了。"吉姆只好实话实说。

"好吧，我能做什么？"巴里绝望地闭上眼，语气平稳，其实他很想吼。

吉姆答道："我和布希曼斯特劳斯出版社约了明天见面，他们的编辑答应看看书稿。巴里，这是名单里最后一家出版社了，能联系的我都联系了。"

"谢谢你，拜托了。"挂了电话，巴里呆坐在沙发上。他走进厨房取出一瓶未开封的威士忌，拧开盖子仰头灌了一大口。

甘露市区的涅槃水疗馆里，梵音袅袅。巴里一动不动地趴在按摩床上。理疗师玛吉揉捏着他僵硬的颈部，瞌睡的巴里断断续续地听到温柔低语："……我们没有什么需要除掉的，根本无所谓存在或不存在，有的只是我们认为自我存在的幻觉，我们相信并紧抓着这种幻觉，坚信它是真的……"

巴里把脸深埋在按摩床的头孔里，像一只避难的鸵鸟。地毯上一只金黄色瓢虫慢悠悠地爬过，他昏昏欲睡，缭绕的梵音好像遮盖了那些喧嚣声。

"所以那声音只有白天你才听到？"玛吉手法娴熟地按摩着巴里的脑袋。

"嗯，太阳落山就安静了。"巴里继续躲在孔里，说话瓮声瓮气。

"试过另类疗法吗？你该试试草药。"玛吉柔声细语地建议。

"有用吗？"巴里怀疑地问。

"当然，亚洲很早就用草药治疗耳疾，这不是什么疑难杂症。"玛吉说，"你稍等。"她从书架上拿下一本书翻开查找，很快发出欢呼。

"找到了！就是这种植物。"她拍了拍巴里让他起身。

玛吉把书递给巴里，指着一张图片给他看。那是某种看似蕨类的植物。

"几百年前，中国人就用它治疗听力障碍，这种草药本地也有。"玛吉说。

"哪儿能买到？"巴里急忙问。

"不在商店里，在山上，我见过。采回来煮水喝就行。"

玛吉说。

"告诉我具体地址在哪儿？"巴里追问。

"就在地狱门。"玛吉说。

地狱门（Hell's Gate）是菲莎河峡谷最狭窄和险峻的河段。丰水期那里的水量每秒钟相当于尼亚加拉瀑布两倍的水量，因为地势险峻，苏格兰探险家西蒙·弗雷泽给那处河段起了这个绰号。从甘露驾车到地狱门需数小时车程。

"肯定吗？"巴里怀疑地望着图片。

电话铃响起，玛吉走出房间接电话。巴里想了想，撕下那页纸，塞进口袋。

晚上，客厅灯光暗淡，巴里坐在沙发上和母亲通电话。月光照进客厅。

巴里说："知道了，我会找时间去探望她们。"停顿了片刻，他问，"妈，你还记得爸爸什么时候去世的吗？"

母亲答道："当然。他十三年前走的，是圣诞夜。"

巴里问："我记得他去世前听到奇怪的声音。"

"有这回事，"妈妈答道，"他说听到哭声，有人不停在哭。"

"但你没听到？"巴里问。

"没有，我以为那是他的幻觉。"母亲答道，"直到几年前，占卜师跟我说那些哭声是大限将至的征兆。可惜当时我不知道，不然一定会想办法。"

巴里问："如果是大限将至，你能有什么办法？"

"有道理，该走的只能走。对了巴里，我跟你说过卡洛阿姨的事吗？她刚查出子宫癌！除了我，养老院所有人都很吃惊，我觉着一点都不意外，她年轻时候那日子过得……我说过好多次，可她根本……"母亲唠叨不停。

巴里把手机放在沙发上，听筒里母亲继续不停地讲述着。

远处传来引擎声，一列夜间货车正穿过小城。巴里转过头，目光落在那页被撕下的草药插图上。他从咖啡桌上捡起那张纸，出神地望着草药照片。

巴里拿起电话说："我得出门了，你早点休息吧。"他挂了电话。

周五下午，巴里带着背包出门。他先到咖啡店，跟往常一样买了咖啡。萨莉煮咖啡时，巴里漫不经心地望着周围，一个小女孩坐在窗下独自画画，一只狸猫无声地穿过走廊。

巴里望着猫问萨莉："太可爱了，它几岁？"

萨莉以为他问的是那个小女孩，她把咖啡递给巴里，说："米卡？五岁，我姐出差要我照顾她，"萨莉压低声音，"她有孤独症。"

巴里不知道猫也会自闭。

他端着咖啡走出咖啡店，有个女声说："巴里！好久不见。"

巴里转过身，一名女子在不远处望着他微笑，黑发白裙，脚边放着一个小旅行箱，是他见过的那个候车的女子。看起来她比巴里年轻。

巴里疑惑地问："我们见过吗？"

女子微笑道："我们是校友，威尔士亲王高中。"

巴里呆呆地望着她，飞快地检索记忆，但只是一片空白。

"我是月，陈月。罗伯斯太太是我们年级主任。"

一辆警车闪着警灯呼啸驶过安静的小城。两人望着警车驶过。

巴里似乎想起来了："难怪看着很眼熟。我完全没认出来，你看起来变了个人，我是说你气色好极了。"巴里变得口拙了。

月微笑道："谢谢，你呢，现在做什么？"

巴里答："写作，我写小说。"

月睁大双眼："你是作家？有没有什么大作我有幸拜读过？"

"书还没出，有几家出版社正在看，"巴里岔开话题，"说说你吧。"

"我刚搬回温哥华，在一所高中做心理辅导员。刚好经过甘露。你出门吗？"月望着巴里沉重的背包问。

巴里回答："短途旅行，我去地狱门办点事。"

月惊喜地问："这么巧？我正好要去霍普镇车站，方便搭车吗？"

"当然可以，我正要找心理辅导员聊聊。"巴里半开玩笑地说。帮月把行李放在后备箱。从地狱门到霍普镇仅半小时车程，不过举手之劳。

一辆枣红色本田思域驶离甘露，并入高速公路。暮色将近，公路车辆稀少，集装箱货车偶尔驶过，白雾如出洞的群蛇四处弥漫。

"去霍普镇找人吗？"巴里握着方向盘问。他的手机连接了车载音响，播放着涅槃SPA的那张梵乐唱片，这张唱片是他根据玛吉的推荐在网上买的。

"祭拜先人。母亲去世前嘱咐要我去的，你呢？"月问。

"去找一种草药治病，最近我常常听到蝉鸣，像很多婴儿哭个不停。"

"时候到了，该来了。"月点头。

"你也听到了？"巴里惊异地问，他以为蝉鸣只有自己听得到。

月摇头说："我是说蝉的季节到了，晚上也能听到叫声吗？"

"只是白天，月出就消停了。"巴里确认道。

"哪个月？"月明知故问。

"哈哈，问得好！"巴里露出少见的笑容。

他突然意识到月上车后，蝉声的确消失了，他觉得可能是车里播放的音乐有用，他猜可能是西塔琴某种共振频率恰好抵消了那些噪声。

天空挂着淡白月影，夏日的月亮近乎透明。太阳落山了，蝉鸣和酷热同时消退，巴里觉得轻松了许多。那辆旧本田开进一处荆棘丛生的沙漠路段。车窗外的丘陵景色被大片长满荆棘杂草的沙漠地貌取代。

车子在一间铁皮房顶木屋前停下，屋前的标志牌写着"沙漠观光信息中心"。

巴里问月："记得这地方吗？"

"当然，奥苏亚沙漠。高中到这里郊游时，学校有个女孩失踪了，外号叫泰可丝（Twix），因为她超爱 Twix 巧克力，总有吃不完的糖。"月回忆道。

"凯特·艾萨克。不知道她是否还活着。"巴里说。

"就是她！不知道她是否还活着。"月说。

"没有她的消息，都说她离家出走了。"巴里说。

巴里走到木屋前，屋门挂着歇业牌，显然他俩来得不是时候。巴里懊恼地走回来。"周一不开门，我该先上网查看。"巴里悻悻地说。

车子被沙漠和灌木荆棘包围，远山低矮平缓，旷野中静得只能听到风声。

"这里一千年前就有原住民部落生活。"月大声读着游客中心的信息。

巴里嘀咕道："当然啦，那时这个国家都是他们的。"

"去里面看看。"月穿着凉鞋，径直朝沙漠走去。

"等等！进公园得有导游……"

回到车上的巴里只好下车，朝月追过去。

"我可以自己去。"月的声音从远处飘来，她头也不回地走向沙漠深处，白裙在昏暗的暮色里摆动。

最后一抹余晖消失在遥远的地平线上。巴里拨弄着篝火，脚下的沙土散发着温热，他们身后是低矮干硬的荆棘灌木丛。月在周围散步，巴里从包里拿出一瓶老福斯特波本威士忌，倒进铜口杯喝了一口，暖意升起。巴里听到脚步声，沙土被踩得嘎吱作响："这里有响尾蛇，你穿凉鞋可得小心……"巴里在火里添了一根树枝。

一双登山靴出现在眼前，巴里抬头，一位穿制服的原住民汉子正垂眼望着他，胸前有巡护员（Park Ranger）徽章，肩上挂着 C19 步枪。

"朋友，有宿营许可吗？"

"抱歉，我们刚到，游客中心关门了。"巴里解释道。

"是老福斯特？"巡护员在空气中嗅了一下问。遇到识货的，巴里把那瓶波本威士忌拿出来，倒了一杯给巡护员，男子并不客气，一饮而尽。

"这才像个周末！老福斯特是我爸的最爱！"巡护员赞道，"去哪儿？"

"地狱门，然后去霍普镇，我们从甘露市过来。"巴里回答。

"去地狱门？我在那里出生，那鬼地方什么都没有……不像这儿，别看是沙漠好像什么都没有，其实生机勃勃，黑熊、山猫、大角鹿、野鸡、郊狼和蛇都有，这是真正的乐土。"巡护员说。

"你们能打猎吗？"巴里看着他的步枪问。

"除非遭到攻击，否则我的工作是保护这里的住客。"

"你还住在地狱门？"巴里好奇地问。

"高中就逃了，那地方让我绝望，不光是我爸酗酒，那里被他们毁了。他们也知道，所以才叫那里地狱门。"巡护员没解释他们是谁，但巴里能猜到。

"下次记得提前办宿营许可，周末愉快。"巡护员转身消失在树丛后。

他刚离开，月不紧不慢地从黑暗中走出来。

巴里问："你去哪儿了？沙漠巡护员刚来过。"

月说："我在那边赏月，你瞧！"

她抬手指着夜空，巴里望着她指的方向，一轮金色圆月低浮在地平线上。

"巴里……"月低声说。

巴里仍然入迷地看着满月。

"巴里，后面……"月再次提醒道。

巴里转过身，一只牧羊犬正站在身后，它的身体和草色几乎分辨不出。狗和巴里同时被吓了一跳。

"不知是不是巡护员的狗。"巴里说。

牧羊犬不惧生，在两人身旁趴下，月拿起项圈的铭牌看，牌上刻着泰可丝（Twix）。

"这也太巧了，难道是她吗？"月和巴里相视笑起来，巴里说，"原来她还在这儿。"

远处山丘传来一声狼嚎，牧羊犬竖起耳朵望着远方。

巴里说："大概是迷路了，我们得带它离开，不然它会被狼群杀掉。"

"谁知道？说不定不是家宠，它跟那群狼一起……"月话音未落，远处再次响起叫声，几头狼轮番发出长嚎，声音从那轮明月的方向传来，牧羊犬头也不回地钻入黑暗，向那个声音跑去。

"保重！泰可丝！"月对着黑暗喊道。

"睡袋、帐篷都在车上，我去拿。"巴里说。

"没有宿营证怎么办？"月问。

"搞定了，没有老福斯特办不了的事。"巴里举着那瓶波本威士忌得意地说。

巴里架好帐篷，月已经把晚饭做好了，有烤面包、茄汁豆和从甘露买的寿司。两人坐在篝火边聊天。

"你很会唱歌，还参加了唱诗班。"巴里说，沙漠似乎唤醒了他的记忆。

"你居然还记得？"月愣了一下，低头用面包蘸着残余的茄汁。

"但后来却完全不唱了，很多人都觉得惋惜。"巴里似乎仍然在回忆。

月沉默不语。

"我想起来了，没毕业你就退学了。"巴里接着说。

"是的，发生了一些事……"月刚说了一句又停下了。

"要是不想说没关系，咱们可以聊点别的。"巴里说，继续观察着月。

月沉默地搅着变冷的味噌汤，已沉淀的汤又变混浊。

巴里静静等待。篝火噼啪作响。

"毕业前一年夏天……"月平静地开始讲述，她把高中时代在唱诗班遭遇侵犯的经历告诉了巴里。

巴里没有打断她的叙说，等她说完才问："你没报警？"

月摇摇头，平静地说："有很长时间我觉得都是我的错，陷入抑郁，用了很多药都不能解决问题，我很绝望，甚至想过自杀。为了给自己治病我开始读心理学，后来又学亚洲哲学，才慢慢走出来。"

沙漠静得连一丝风声都听不到，那些狼嚎再也没有响起。

"那些声音让你很担心，对吗？"月问。

"有段时间我父亲经常听到婴儿啼哭，除了他谁也没听到，后来我母亲说他听到的是半喜（Banshee）的哭声。"巴里回答。

"谁是半喜？"月问。

"她们是爱尔兰传说里的报丧之女，据说半喜能预知死亡，她在谁家附近出现，那家很快会有人去世。书里半喜的模样都差不多，坐在水边梳头。"巴里继续说道，"没多久，父亲果然去世了。"

"所以你有点怕……"月猜到了他的心思。

巴里默不作声，过了一会儿他说："希望那是蝉鸣，不是哭声。"

"不管是什么，试着接受它。"月建议道。

巴里诧异地望着月，她看起来不像在开玩笑。

"只是一个想法罢了。"月又说。

巴里不知道她说的是那个声音还是她的建议。他不想继续说这件烦心事。

第二天早上，他们到了地狱门。陡峭的河谷水流湍急，白浪翻滚，激流汹涌冲过狭窄的河道，水声震耳。当年在这里修建铁路，难度可想而知。巴里和月沿菲沙河谷寻找那种草药，他们逆流而上，河岸边浓密的树丛几乎完全隐匿了小路，巴里拿着图片，边走边找，两人沿河谷走了很远，走在前面的巴里突然发出一声欢呼，他站在半人高的草丛中，高举着一把像蕨类的植物，像举着奖杯。就在巴里身后的坡上，一座铁路隧道洞口赫然出现在崖壁上，隧道口灰白色的花岗岩在阳光下显得格外刺眼。月望着隧道，神情凝重。

"找到了！就是这种草！"巴里兴奋地和月击掌相庆。他小心翼翼地把那几株植物放进密封袋封好，放进背包。

"我到隧道里看看。"月指了指前方的隧道口。

她在河边采了很多野花扎好，捧着花束朝隧道走去。巴里跟着她走进隧道。那是一条早已被弃用的太平洋铁路隧道，幽暗深邃，阴冷的岩壁上挂着水滴。巴里回头朝隧道口张望，阳光完全被阻隔在外，出口只剩下一团白光。巴里想起那位沙漠公园巡护员，好像突然明白了他的话。

月仰望着几十米高的隧道顶说："当年为了修铁路，很多华工要在几乎垂直的峭壁上挖凿路基，他们被吊在竹篮里，挂在峭壁上凿洞爆破，很多人被炸死，死后被遗尸荒野，无人掩埋。"说完，月俯身把那束花摆放在铁轨上，在铁轨上坐下，拿出一本小册子开始低声念诵。

巴里不想打搅她，便走到隧道口等候。月的声音引发了回声，在幽深空旷的隧道里，念诵声和回声不断交织混响，像越来越多的人加入祈祷。月专注地念诵，音量渐高，隧道里的回声混响变得密集高亢，巴里侧耳倾听隧道里传来的声音，那声音越来越响亮，听起来就像那些蝉鸣。他只是专注地听着，不加判断，也不理会心里的念头。如烟薄雾不断从隧道口逸出，弥散在郁郁葱葱的山林间。不知不觉，巴里觉得那些声音似乎不再刺耳。

从地狱门离开后，他们继续驾车前往霍普（Hope）镇，这个词在英语中是"希望"的意思。当年人们对这里铁路通车充满了期待，甚至把这个地方叫作希望镇。火车通车后，这座铁路小镇也随淘金和贸易发展起来。车子经过一座陈旧的铁路桥，铁轨已被拆除，仅能通过汽车和行人。他们没有停留，很快到了霍普镇。

"从绝望到希望原来这么近。"月笑道。

霍普到温哥华的巴士离发车还有两小时。巴里建议吃完饭再走，他说知道镇上有家不错的泰国餐馆。他们来到白象餐厅时还没到用餐时间，餐厅没有亮灯，不过女招待热情地请他们入座，还推荐了招牌菜。

候餐时，巴里问月是如何最终摆脱了抑郁症的困扰。

"心理医生有帮助，但对绝望和困扰了解得越多，我越发现需要其他帮助。我想找到痛苦的根源，我开始研究哲学，从传统的心灵之道中找答案。"

"答案找到了？"巴里问。

月点点头说："我去甘露是为了见那个人。"

"找到他了？"巴里问，他也认识月说的男子。

"见到我他很紧张，怕太太知道他正接受化疗。我告诉他，我找他是来原谅他。他向我道歉，一直流泪。"月说。

"为什么原谅他？"巴里不解地问。

"我要放过自己。"月回答。

她告诉巴里，为学生提供心理辅导，让她对痛苦了解更多。

"学校里有个跷跷板，孩子们很喜欢，绝望和希望像跷跷板的两头，我们不停地在两端徘徊，想根治痛苦就得从跷跷板上下来，超越绝望和希望。"月说。

"真能做到？"巴里怀疑地问。

"是的，亚洲就有这种心灵智慧：先了解痛苦，然后寻找痛苦根源，直到它能被祛除，学习消除痛苦的方法。"月解释道。用餐时间到了，餐厅亮起灯，一尊暹罗风格的行走佛像在门口闪闪发亮。

和月道别后，巴里回到甘露已是深夜。他坐在公寓沙发上，回忆着地狱门之行中他和月的谈话。巴里站起来把绿色胶囊丢入马桶冲掉。

午夜降临。月光透过百叶窗洒进卧室，落在巴里脸上。他独自躺在床上，入迷地望着窗外澄明月色。远处传来隐约的声音，听起来像隧道里的祈祷，又像蝉鸣，声音越来越密，如浪头将巴里席卷。巴里望着温柔月光，露出一丝微笑。他长吁一口气，随蝉鸣向黑暗隧道口的光芒飞去。

天微亮。河畔公园老橡树上挂着一个金色蝉蜕，空壳在晨风里微微摇摆。

沃尔夫先生的万圣节

　　七十三岁的沃尔夫坐在河滨路家庭医生诊所接待室。他身穿褐色粗呢外套，银灰色头发梳理得齐整。沃尔夫身旁坐着一排候诊者，大部分都是跟他年龄相仿的本地居民。

　　一位四十岁左右的中国女人走进诊所，身后跟着一个男孩。男孩眼神灵动，好奇地四处张望。他看到了那位银灰色头发的老人，老人友善地向他招手。

　　"早上好。"男孩和老人打招呼。

　　男孩的母亲也看到了老人，微笑着和他回应。

　　老人微笑点头回礼。女人走到诊所前台，从一个透明文件夹里抽出一叠文件，递给前台的女孩，低声解释了几句。负责接待的菲律宾女孩看了看文件，还给女人，递给她一本小册子："抱歉，我们诊所已经不接收新病人了。您看看这个手册，给这几个诊所打电话试试，他们可能还接收新病患。记得带着登陆纸，告诉他们你是新移民，想找家庭医生，他们知道怎么安排。"

　　女人向接待员道谢，把文件仔细放回文件夹里。她和男孩准备离开诊所，老人拦住男孩问。

"嘿，君！这个万圣节你想扮演谁啊？"

按照传统，万圣节挨家挨户讨糖的孩子们都会化装打扮成各种角色，如超人、蝙蝠侠或星球大战人物。

男孩犹豫了一下，望了一眼母亲，回答："我，还没想好……"

这是叫君的男孩到美国后的第一个万圣节，他不知道该怎么过。

老人笑着说："一定是选择太多了，别担心，还有大把时间。"

老人跟他们告别，望着男孩的母亲带男孩走出诊所。

"沃尔夫？"前台女孩报出了下一个病人的名字。

老人欠身向女孩招手示意。

"请到八号房间等候，斯黛芬妮医生很快就来，沃尔夫先生。"

老人拄着拐杖吃力地站起来，慢悠悠地穿过走廊，走进一间小诊室。老人独自坐在诊室里，看起来有点局促不安。房间刷着白漆，病床上铺着一次性纸床单，屋里悄然无声。沃尔夫十指交叉，双手时而握紧时而松开，墙上挂钟发出单调的嘀嗒声。

有人敲了敲门，随后一位年轻女医生走进房间："你好，沃尔夫先生，报告我已经拿到了，在这里。"她望着老人，递给他一份报告。她没急着解释，让他有机会读完首页短短的结论。

"很抱歉，"她停了一下，接着说，"情况比我们料想的要严重……"

老人戴着眼镜又看了几遍报告。他沉默半响，艰难地点了点头。沃尔夫看着医生说："好吧，其实我已经猜到了。"他挤出一个凄凉的笑容，仿佛她才是那个需要被安慰的人。

"如果有什么我能做的，请随时联系我。"女医生的声音很温柔，仿佛怕吵醒熟睡的婴儿。

从诊所回家后，沃尔夫先生坐在客厅沙发上，客厅没有开灯。从这个房间能看到东三十街大半条街，波特兰的美丽秋色尽收眼底。街上许多房子已经为迎接即将到来的万圣节做了精心装饰。沃尔夫先生家也不例外。他的前院立着一个稻草人，草帽上站着一只乌鸦，堆起的干草垛边摆着掏空刻着鬼脸的南瓜。前门廊挂满了紫色和橘黄色相间的小彩灯。跟左邻右舍的节日装饰有些不同，沃尔夫先生的院子里没有幽灵、骷髅、坟碑或恐怖吓人的装饰，看起来温暖而友善。

沃尔夫早早就做好了万圣节装饰，每天晚上六点，沃尔夫先生的前门廊准时亮起闪亮的彩灯。他抬头望着门外的街道，猜想肖恩今年会不会带孙子多兰来讨糖。肖恩是沃尔夫先生的独生子，小时候万圣节是他最期待的节日，远胜过圣诞节和感恩节。

多雨阴郁的波特兰今天阳光很好。坐在客厅里的沃尔夫先生却感觉有些潮湿阴冷。他吃力地起身打开壁炉，扶着壁炉台站在火旁，等腿脚暖和了才重新坐下。沃尔夫先生望着窗外。早上，家庭医生给他的诊断报告结论简洁明确，这将是他最后一次见到这条街道铺满秋叶。

沃尔夫先生已经在这条街生活了二十五年。儿子肖恩在这间房子出生。肖恩离开前，沃尔夫的前妻萨拉就搬走了，她后来再婚，搬到城市西端，那是波特兰传统的富裕街区。萨拉离开八年后，肖恩也从家里搬出去住了。他在太平洋银行找到了工作，在那里认识了一位女孩，后来娶了她。肖恩离开后，沃尔夫先生再也没听到儿子和前妻的消息。肖恩拒绝和沃尔夫联系，沃尔夫先生知道自从萨拉离开后，儿子一直没原谅他。不过沃尔夫没有对肖恩解释萨拉为什么离开，以及他们争吵的原因，他觉得自己都不明白的事情，无法跟别人解释。

壁炉架上堆着几本书和一个空雪茄盒。其实，这座房子有太多东西都像那个空雪茄盒，曾经有用，现在只是徒占空间。沃尔夫先生觉得他应该早点把那些扔掉，日积月累，东西越来越多，他腿脚不便，现在那是项无法完成的工作。但他心里其实不想扔掉那些看来毫无用处的东西。塞满旧物的屋子让这里看起来更像个家，有人仍然在生活，甚至暗示着屋里不是他独自一人，至少看起来如此。

秋日下午的阳光照在屋里，温暖的炉火微微跳动。沃尔夫先生仰头靠在沙发上，他看到自己骑着单车轻快地穿过一条条街道，他肆意按着清脆的车铃，从行人和停靠在路边的车旁飞驰而过。秋天的阳光透过七叶树追逐着他，地上落满红得发亮的马栗子。街口希腊人开的烘焙店里，有雀斑的女孩艾琳在厨房里抬头微笑地望着他，刚出炉的蓝莓派香甜的味道从店里飘出来，整条街都能闻到。他看到高中的自己和女友麦琪坐在快餐店分享一杯冰激凌，沃尔夫继续轻快地骑行，父亲走出超市，把沉甸甸的购物袋放在后备箱，副驾驶座上的母亲在涂口红……

阳光覆盖在沃尔夫先生身上，他不知道自己是梦是醒。窗外街上传来孩子说话的声音。沃尔夫先生睁开眼看向窗外，君和他的母亲在街边讲话。他们是刚搬到这条街的中国移民，半个月前刚入住，他们就住在街对面那座绿房子里。原来的房主吉布森和沃尔夫先生是中学校友，吉布森患糖尿病做了截肢手术后，卖了房子搬进了养老院。君和他母亲搬家那天，沃尔夫先生正好在家。搬家工人请他把车移开，好停车卸家具。

君七岁，和母亲刚搬到美国。沃尔夫先生没去过中国，但知道他们家乡青岛，因为他喜欢喝青岛啤酒，去唐人街吃饭时总会点一瓶。君的母亲说移民前他们从没来过美国。沃尔夫先生觉得她很有勇气，他从来没想过离开波特兰，更别说去另一个国家了。

君站在沃尔夫家的街对面，好奇地看着沃尔夫先生家的万圣节装饰。沃尔夫先生隔着窗户向男孩招手。他起身开门走出屋子，站在门廊和男孩打招呼："君，万圣节你打算去哪里讨糖？"

君腼腆地摇摇头。沃尔夫先生拿起拐杖走下楼梯，慢慢走到院子门口，示意君过来。君穿过马路，走到沃尔夫先生的院门口。

"我这里还有一个大南瓜，送给你好吗？"沃尔夫先生问。

君高兴地点点头："我告诉妈妈。"

不一会儿，他领着母亲来到沃尔夫先生的院门口。沃尔夫先生把南瓜送给他们。

他问君："你知道怎么刻南瓜吗？"

君摇摇头。

"我可不可以教他？"沃尔夫先生问君的母亲。

沃尔夫先生带君到他们家厨房一边刻南瓜，一边聊天。他这才知道这是男孩第一次过万圣节。刚搬到波特兰，人生地不熟，君的母亲特意向他请教晚上如果孩子出门讨糖应该去哪里。

"可我没有万圣节的衣服！"君说。

"这个好办，我来帮你，想好了打扮成什么吗？"沃尔夫先生问。

"想好了，我带你去看。"男孩回答。

他领着沃尔夫先生走到自己的卧室，兴奋地指着墙上挂着的一张电影海报。沃尔夫先生绽出微笑，那是经典影片《星球大战》的海报。亚历克·吉尼斯（Alec Guinness）扮演的绝地武士欧比旺·克诺比（Obi-Wan Kenobi）手持激光剑凝视着他们。

"我要做绝地武士，就像他这样。"君爬上床，站在海报旁边说。

"很有品位！知道了，明天晚上七点我来接你，我会准备好服装。"沃尔夫先生拍了拍君的脑袋说。

"别忘了激光剑。"君指着海报提醒道。

沃尔夫先生看着那张电影海报，脑子里突然有个想法。

看到沃尔夫先生变得沉默，男孩以为自己提的要求太多了。

"我可以付钱给你。"君从书架上取下圆滚滚的小猪储钱罐。

沃尔夫先生笑起来："不用，来，我有个建议想听听你妈妈的想法。"

回到厨房，沃尔夫先生征询君母亲的意见："如果您同意的话，万圣节我可不可以带君出去讨糖果？我从小在这里生活，知道哪条街的糖果最多。"

听到他的建议，君顿时欢呼起来："行吗，妈妈？我想要很多糖！"

君的母亲有些迟疑，可是男孩兴奋难耐，沃尔夫先生再三向她保证，晚上九点前一定把男孩送回家。经不起男孩软磨硬泡，而且知道沃尔夫先生是受人尊敬的邻居，君的母亲便答应了。

沃尔夫先生和他父亲一样，都是裁缝。他父亲曾经是波特兰最有名的裁缝，很多银行家和律师都在他的服装店定制衣服。沃尔夫先生小学毕业就在父亲的店里帮忙。父亲去世后，他继续经营那家在市中心百老汇街的老店，服装店在露西娅酒店旁，离波特兰唐人街不远。因为波特兰离洛杉矶很近，而且外景丰富，不少好莱坞电影都在波特兰取景拍摄。从他父亲开始，沃尔夫服装店就承接过不少影片的服装定制，店里挂满了好莱坞明星的签名照，亚历克·吉尼斯爵士也在其中。

沃尔夫先生和儿子肖恩的关系疏远，指望肖恩继承服装店毫无可能，几年前他因身体原因，再也无力独自支撑，便关掉了那家经营了几十年的沃尔夫服装店。

退休后已经好几年没碰过剪刀了。从君家里回来，沃尔夫先生好像突然找到了灵感。他找出尘封已久的裁缝家什，坐在火焰跃动的壁炉前，戴着老花镜丈量剪裁、穿针引线，忙碌到深夜。沃尔夫先生好像找到了一些遗忘已久的快乐，他想起肖恩儿时万圣节的那些夜晚，那时肖恩总会骄傲地穿着量身定做的万圣节服装出门讨糖，那些精心制作充满创意的服装总会引来众多赞赏羡慕的目光。直到有一天，肖恩拒绝再穿沃尔夫先生为他缝制的服装，他说那些衣服让他很尴尬。

午夜降临前，沃尔夫先生终于完成了君的万圣节服装。他把那套绝地武士服装挂在客厅里，退后一步挂着拐杖，挑剔地上下打量，忽明忽暗的壁炉火光中，那件道具服看起来简直像是从那部电影里拿来的。沃尔夫先生满意地点点头。

万圣夜的晚上，太阳刚落山，沃尔夫先生按响了君家的门铃。

男孩迫不及待地冲过来开门。沃尔夫先生微笑着举起塑料袋套着的绝地武士服装说："要不要试试看？"

君欢笑着接过衣服冲进自己的卧室。他母亲请沃尔夫先生进屋喝茶。没过多久，一位神秘威武的绝地武士从楼梯走下来。褐色套头长袍、白色短打装和皮袖套，君看起来精神极了。

"我的宝剑呢？"君急不可待地问。

沃尔夫不紧不慢地掏出一把激光剑递给他。

"太让您破费了，沃尔夫先生。"君的母亲带着歉意感谢道。她从房间找了一包崂山绿茶执意要送给沃尔夫先生，说是家乡特产要他品尝。

"没关系，这些都是我儿子小时候的玩具，幸好我没丢，稍微修一下应该还能用，君，你按一下按钮试试。"沃尔夫先生微笑着说。

君按下握柄上的按键，"嗡"的一声，荧光充满了剑身，激光剑发出寒光。

"噢！太酷了！是真的啊！"男孩激动得欢呼雀跃，不停挥舞着宝剑。

"我们先去哪儿？"沃尔夫先生刚发动了汽车，坐在后座的君扛着剑，提着印着骷髅头图案的橙色讨糖小桶，兴奋难耐。

"我知道一条街，那里有城里最好的糖果，我儿子每年万圣节都去那里讨糖，那时他就像你这么大。"沃尔夫先生回答。

"我没有见过他。"君说。

"我也很久没见过他了。"沃尔夫先生说。

"他出国了吗？"君问。

"他搬走了。"沃尔夫先生回答。

"为什么？你不喜欢他了吗？"

沃尔夫没再回答，车子经过市区老区唐人街，沃尔夫先生指着窗外说："那是唐人街，过去很多中国人住在那里。"

"难怪有很多中文！海鲜、云吞、南北点心……"君看着街边店招念道，车子经过戴维街，他指着一个标牌念道，"上海隧道，那里真的能到上海吗？"

沃尔夫先生笑道："可以，但是你可千万别从那儿去上海。"

"为什么？"君好奇地问。

"这个嘛……等你长大了可以自己去看看。"沃尔夫先生解释道。

上海隧道是十九世纪时，波特兰所建造的一座神秘的地下城。这座由华工开掘的地下建筑四通八达，出口在维拉米提河边。为了和中国做生意，美国商船对跨洋货船的劳工水手需求巨大，但供给严重短缺，于是有人专事绑架，满足劳工需求的勾当。隧道与老城的很多酒吧旅店通过暗板连接，掉进坑道的受害者被蒙面人绑架上船，醒来时已在太平洋上的航船上。因为很多船是前往上海，所以这个隧道被称为"上海隧道"。那里离沃尔夫服装店不远，阴森可怖，传说有怨灵出没。他可不想带君去那里。

天黑了，路上已经看到许多提着糖果袋的孩子沿街行走。君更加激动了。沃尔夫先生把车停在布莱特街和四街交界处，带君下了车。这里果然有不少家庭已经开始发糖，有的房屋前院精心布置着吓人的坟碑和残肢断臂，看起来像是幽灵乐园。没过多长时间，君的塑料桶里已经装了不少糖果，这让他兴奋不已。他站在街边，得意地看着桶里的战利品。

"要不换个地方？这里每家我都敲过门了。"君问沃尔夫先生。

"那家红房子呢？"沃尔夫先生指着不远处一座临街的房子问。那座红色小屋前院既没有万圣节装饰，也没有彩灯。

"他们没亮灯，应该不发糖。"君摇头，刚扫了一条街，他已经很有经验了。

"不一定，我们去试试。"沃尔夫先生拄着拐杖，和君朝那座房子走去。

沃尔夫先生站在人行道边等候，君独自上台阶，敲了敲前门。

屋门打开了，一位中年男子站在门口。

"不给糖就捣蛋！（Trick or treat!）"

君仰头望着那位身材高瘦的男子，长袍的头套差点掉下来。

男子装作害怕地问君："你是谁？为什么一点都不可怕？"

"我有剑！"君想了想，拍了拍扛在肩上的激光剑。

"那是真的吗？我觉得不像。"男子笑道。

"当然是真的！我拿到糖就给你看。"君犹豫了一下，坚持说。

"好吧，我相信你。你等着我去拿糖。"屋门敞开，男子走进里屋不见了。君得意地回头冲着沃尔夫先生挥了挥激光剑。沃尔夫先生戴着帽子，站在黑暗的街道上抬头望着他。君看不清沃尔夫先生的脸，只看到他眼镜的反光。

男子很快拿着一些巧克力走到门口，塞进君的塑料桶里。

"现在能给我看看你的激光剑吗？"

君把那柄激光剑打开，"嗡"的一声，寒光布满剑身，君把剑递给男子。

"好酷！我小时候也有一把，和你这把剑很像。"

瘦高个男子接过激光剑站在门廊灯下端详，男子挥了挥，倒提着剑柄打量，激光剑上刻着几个难以辨识的字"绝地武士肖恩"。

男子脸色骤变，他弯下腰急切地问君："你是从哪儿找到这把剑的？"

那个男子严肃的语气和神情让君有点害怕。他不知所措地回头望了望，指着站在街边的沃尔夫先生。

"是沃尔夫先生给我的。喏，他就在那儿，你可以问他。"

瘦高男子搭在门框上的手垂了下来，他望着站在街道边的沃尔夫先生，眼神复杂。

"可以把剑还给我吗？"君小声地提醒他。男子低头看着激光剑，犹豫半晌后还给了君。

"嘿，肖恩，很久不见。"沃尔夫先生的声音像是从很遥远的地方传来。他说话很谦卑。

"嘿。"瘦高个的男子脸上没有笑容。

"谢谢，万圣节快乐。"君拎着塑料桶和激光剑转身匆匆下楼梯，走到沃尔夫先生身边说，"好了，我们走吧。"

"君，给我几分钟好吗？我跟他讲几句话就走，很快。我保证。"

沃尔夫先生拄着拐杖蹒跚地走进院子，吃力地扶着栏杆走上楼梯。君站在街边，撕开一块刚得到的巧克力美滋滋地吃着。

他看到沃尔夫先生和那位瘦高个男子站在屋门口说着什么，不过听不到他们的对话。那个瘦高个男子没怎么讲话，只是静静听着沃尔夫先生在说话。一位抱着婴儿的女人走到门口，她好奇地看着屋外的访客。那个女子好像不认识沃尔夫先生，但是看到小婴儿，沃尔夫先生似乎变得激动，他伸手想要抱那个孩子，但是被男子冷漠地拒绝了。

君正要打开第二块巧克力，沃尔夫先生已经回来了。

他走下楼梯，缓慢地向车子走去。男子和抱婴儿的女人关上房门，前廊只剩下一盏暗淡的灯。君有点担心地看着沃尔夫先生，他走路看起来比平时更缓慢，君有点担心他会摔倒。

"你没事吧,沃尔夫先生?"君说,他担心地望着老人,沃尔夫先生看起来突然变得疲惫不堪。

"我很好,走吧,我还知道一个好地方。"沃尔夫先生说,他的声音听起来很低沉。能继续讨糖,君很开心,他急不可待地抱着塑料桶钻进车里。夜雨开始滴滴答答落下,君的兴致却丝毫不受雨水影响。

十分钟后,沃尔夫先生驾车和君来到城市西边的一个街区。君好奇地望着沿街豪宅。和刚才那地方相比,这条街上的房子又大又新,很多屋子都装饰着精心刻好的南瓜灯和各种万圣节装饰。

沃尔夫先生刚停好车,君便迫不及待地开始沿街扫荡。果然这里不但房子更好看,装饰更漂亮,糖果也高级得多。君得意地把收获展示给沃尔夫先生。

沃尔夫先生领着君走到一座豪华高大的白房子前。屋子前院草地上立着几个充气白色人偶,细长手臂随风摇摆,屋顶上趴着一只比汽车还大的充气毛蜘蛛,厚重橡木房门挂着的蜘蛛网缕缕白丝不停飘荡,每当行人经过,院子就展示惊悚音光效果,喷射烟雾。

"这家必须得去敲门。"君自言自语道。这是他晚上看到的最酷的装饰。

君飞快地跑上楼梯按下门铃。从房屋装饰来看,他猜这家人糖果准备得肯定充足。果然门打开了,一位笑容满面的银发妇人捧着一盆金色糖果站在门口。

"让我猜猜,你是位绝地武士?"她问君。

"我是欧比旺·克诺比。"君这次有所准备，从容不迫地回答，抽出激光剑按下按钮，"嗡"的一声，一道寒光闪现。

"哇，太酷了！你这身打扮是我晚上见过的最棒的，天哪，这身行头是定做的吧？必须得奖励。"她把装满糖果的盆递到君面前，任由他选。

"我可以拿几个？"君看着满袋包装精美的巧克力难以抉择。

"随便，想拿多少就拿多少。"妇人笑道。

君欢喜地表示感谢，低头仔细挑选心仪的糖果。

"爷爷带你讨糖？"妇人看着院子外的人影问。

"是我邻居沃尔夫先生。衣服是他亲手做的，他很会做衣服。"君回答。

妇人望着站在院外人行道上的沃尔夫先生，被夜雨打湿的外套在路灯下微微反光。那位妇人看起来有些吃惊，她犹豫了片刻，像是试图确认什么。沃尔夫先生仰头望着妇人，摘下帽子。

"凯特，别来无恙？"沃尔夫先生说。

君谢过妇人，转身下楼，脚步轻快。这是他今晚收获的最棒的糖果，君得意极了。沃尔夫先生打开车门让君上车。

"等我几分钟，我很快回来。"他关上车门朝院子走去。

君隔着车窗玻璃看着沃尔夫先生，那位妇人裹紧衣服从楼梯上走下来，两人站在院子里说话。夜雨越下越大，车里的雾气让车窗变得模糊不清，窗外雨滴顺车窗滑落。雾气完全蒙住了车窗，君用手指在窗上画了一张笑脸，他透过笑脸的双眼好奇地望着那座大宅，那位妇人已经不见了，房门紧闭，只剩下沃尔夫先生还站在院子里，拄着拐杖一动不动。

　　过了很长时间，驾驶座车门终于打开，沃尔夫先生把拐杖塞进车里，吃力地爬上驾驶座。衣服被雨水浸透，水滴顺着帽檐滴落。

　　沃尔夫先生说："雨越来越大了，我们回家好吗？"

　　"好的，沃尔夫先生。"君捧着装满糖果的小桶高兴地说。

　　那天晚上，君做了很多梦，这是他到波特兰后最开心的一天。君梦到自己是绝地武士欧比旺·克诺比，驾驶飞船在塔图因星球和敌人展开激战。砰！君听到一声枪响，那应该是克隆人的射击。君低头看看自己，毫发无伤，他继续飞驰。

　　第二天早上君醒来，刚睁开眼睛，就迫不及待地捡起枕边的激光剑，对着墙上那幅巨大的《星球大战》海报挥舞，嘴里发出嗡嗡的声音。

　　君打着哈欠走下楼，看到母亲正呆坐在客厅里，望着街对面沃尔夫先生家，眼眶发红。沃尔夫先生小屋门口扯起几条黄色警用封条，万圣节，这种警戒封条装饰司空见惯。

　　"糖呢？"君问。

　　"都在厨房里，睡得好吗？"母亲问。

　　"嗯，我梦到有人朝我开枪，不过没打中，哈哈。"

　　君扛着剑，打开冰箱拿出那桶糖果，倒在桌上开始数："妈妈，我想分给沃尔夫先生一些，他应该得到一份。"

　　"沃尔夫先生出门了。"君的母亲回答，背对君擦拭眼睛。

　　"他什么时候回来？我拿给他。"君低头清点满桌糖果。

　　"可能很久，他出远门了。"母亲回答。她点燃一炷香，默默为他祈祷。

供　茶

晚上九点，最后一位客人离开后，温哥华东区的巴吉奥意大利餐厅打烊了。

餐馆老板孙翰独坐在餐厅里吸烟，桌上的笔记本仍然空白，他一个字也没写。窗外淅淅沥沥的冬雨持续不停，十月前脚结束，细绵冬雨季就接踵而来，有时持续数周。餐馆里蓝调伴随着雨声萦绕不散。吧台上，一盏小台灯散着温暖的光，照亮餐厅一侧的油画，画中的妇人望着孙翰孤单的背影，目光悲悯。太太唐娜去年过世后，孙翰专门请人画了这幅肖像。餐厅窗户被风吹开，雨滴飘进屋里，孙翰打了个寒战，起身关窗后回到桌边坐下，不久就迷迷糊糊睡着了。

孙翰看见唐娜坐在桌边，他似乎并不意外。

孙翰问："想吃点什么？我给你做。"

她说："我不饿，我来是有件事。我以前承诺过，但走之前还没来得及办。"

"你告诉我，我来做。"孙翰说。唐娜开始讲述，说完了便消失了。孙翰猛然从瞌睡中惊醒，烟缸里烟蒂的火尚未全熄。窗外夜风中七叶树枝叶微微晃动。空荡荡的餐厅内只有他一人独坐。

周一巴吉奥餐厅休息。孙翰来到温哥华城外的法雨精舍，找到住持唐尼。

"最近写了什么新作？"唐尼看到孙翰问。

"试过，一个字也写不出来。"孙翰摇头叹了口气，接着问唐尼，"唐娜是不是许过愿，办一次供茶？有这么回事吗？"

唐娜是精舍常客，有时也拉孙翰一起来，不过和唐娜不同，孙翰到这儿多半是和唐尼聊诗歌。

"没错，她的确说过，不过还没来得及安排她就走了。"

坐在紫藤架下的唐尼点头确认，继续回复手机上的邮件。唐尼脚下趴着一头打着鼾的大黑猪，这头猪叫阿福，几年前被人从屠宰场救下，放在精舍时是头乳猪，现在已经变成大家伙。

"您看这事我能替她操办吗？"孙翰犹豫片刻问道。

"当然可以，那最好不过了，你可以为她满愿。"唐尼放下手机，驱赶着落在阿福身上的虫子。

孙翰看了看四周。法雨精舍是由一间带前后院的普通旧民居改建的，面积不大，除了前院竖立的一座石幢和紫藤架下的一尊石佛，从外面几乎看不出这是一座禅院。

"在这里办对吗？"孙翰问。

"这里平时就我一个人，你在餐厅里安排就行。很简单，来，我告诉你怎么办。"唐尼说。孙翰凑近唐尼，唐尼在他耳边低声嘱咐了几句。

孙翰听完半信半疑地问："这样就行了？您确定？"

"相信我。"唐尼笑眯眯地说。阿福"哼"了一声，不知梦见了什么。

回家的路上，孙翰心里还是觉得有点七上八下。不过不像唐娜，他对这些事完全不了解，既然唐娜的师父这么建议，孙翰决定严格照做——虽然他看不出这里面的逻辑。

回到意大利餐厅，孙翰便开始做供茶的各项准备：他在脸书（Facebook）和照片墙（Instgram）上发布了一条消息：巴吉奥意大利餐馆将连续七日，每晚提供免费餐饮，每晚仅限一桌，不论年龄性别，华裔顾客均可申请，报满为止。主厨孙翰将亲自下厨，为来客准备特色晚餐。因为孙翰经营的这家意式餐馆在东区颇有知名度，消息公布没多久，报名已满。

周一供茶如约开始。晚上七点，餐馆迎来了首批顾客，珍妮和苏珊准时来到巴吉奥餐馆。孙翰和她俩寒暄，得知她们同年，十几年前在上海读大学时两人同班，也都是毕业后从不同城市移民到此。珍妮在缅因街上一家西人律师楼工作，苏珊在列治文一家海鲜干货贸易行上班。

孙翰为她俩准备了墨鱼汁意大利面和托斯卡纳红酒。两人已经很久没见面了。落座后不久，苏珊开始聊起遗产的话题，原来她婆婆最近刚过世，她约珍妮主要是想向她打听从法律角度如何进行遗产分配，孙翰上菜的时候便听出来，很显然她想尽量多争取一些遗产，她说小姑家已经很有钱，不需要分大头，她和老公工资都不高，两个孩子开支大。她不停发问，可怜的珍妮几乎没法享受晚餐。离开餐厅的时候，苏珊不停夸孙翰手艺好，她打包带走了珍妮没碰的意面，还顺手带走了没喝完的红酒，餐前面包和黄油也没留下。出门后苏珊又回到餐厅，留了贸易行名片，再三叮嘱孙翰跟她拿货，说海鲜可以打折。

周二晚上，地产开发商廖长江和儿子贾斯汀一同来到餐厅。

廖长江多年前从中国香港移民加拿大，在本拿比创办了地产开发公司长江房屋，生意做得很成功，东区很多房屋都是他公司设计建造的。他也是孙翰餐厅的常客。廖长江的儿子在伯克利大学毕业后留美工作。孙翰虽然没见过贾斯汀，却经常听廖长江夸奖他儿子，但毕业后，廖长江很少再提起他，周围很多人知道他对儿子的职业选择不满意。孙翰听别人说贾斯汀最近离婚了，儿子随前妻去了多伦多，他自己继续在旧金山一家临终关怀机构上班。

孙翰为他们准备了廖长江最爱的托斯卡纳千层面和意式浓缩咖啡。从走进餐厅，孙翰就感到父子俩关系似乎很紧张，果然晚餐没吃完便开始争吵，两人越说越气愤，互相指责对方自私而固执。这时餐馆已经打烊并无其他客人，孙翰不想介入他们的家事，便在厨房埋头读诗集。争吵的声音传到了厨房，孙翰断断续续听到两人的争论：即将退休的廖长江极力游说儿子，要他搬回温哥华接手企业，但被儿子坚决拒绝。廖长江又提起孙子的赡养话题，更为争吵火上浇油。晚餐很快不欢而散，儿子面色铁青地独自驾车离开。孙翰陪怒气未消的廖长江坐了一会儿，廖长江告诉孙翰自己对儿子的现状非常担忧，他觉得自己辛苦了一辈子就是为了给他铺路，很不理解他为什么对如此合理合情的建议坚决不领情。

孙翰送廖长江离开后，走回餐厅，那股郁结的怒气依然迟迟不散。

第三夜，一对中年男女来到餐厅。男子停车进店坐下，女人在外面讲了很久电话，不知和谁在吵架，走进餐厅时心神不定，撞翻了花盆。

男子是位中国香港移民，孙翰叫他刘生，但两人不熟。听起来那位女士刚到温哥华不久，在这里陪伴读中学的女儿。孙翰为他俩准备了意大利蘑菇烩饭。刘生体贴地劝女子不要喝咖啡，说晚上影响睡眠，并要孙翰为她准备绿茶。

孙翰在餐厅吧台后静静读诗，听到餐厅里传来男子高谈阔论的声音，两人都说粤语，刘生不停炫耀他在本地的人脉，暗示能帮女人拿到签证和介绍工作，劝她不要考虑回南宁。孙翰对刘生的情况略知一二：他离婚后在东区做公寓出租，那些人脉水分很大。晚餐时，刘生不断为女人续酒，再三感叹自己孤独寂寞。他越凑越近，最后拉着女子的手不放，不过她看起来也不介意。喝完红酒他又要了啤酒。

满桌狼藉，晚餐终于结束。离开时，女子双颊绯红，脚步不稳。孙翰善意提出为她叫车，刘生塞给孙翰小费，对他耳语几句冲他挤挤眼，拒绝了孙翰的好意。孙翰无奈地看着他带她离开。

第四个晚上，客人是两位本地出生的华裔女生丹妮拉和玛丽萨。

她们都在温哥华一家私立女校就读，后来去纽约读名校，毕业后加入了曼哈顿的一家投行。她俩父母都是孙翰的老顾客，小时候都来过孙翰餐厅，现在出落得漂亮干练。他为两位女孩准备了玛莎拉牛仔肉，餐后甜品是那不勒斯的特色酥皮点心和卡布奇诺。

孙翰的侄女南希和她们曾是童年好友，她没读私校，高中毕业后去了医护技校，现在温哥华东区一家私人养老院做护士。孙翰好意拨通了南希的电话，让她们视频聊几句。两个女孩和南希客套地简单说了几句便挂了电话，傲慢而冷淡。她们低声说了几句便大笑起来，接着继续讨论一家人工智能企业的融资话题，那是她们温哥华之行的目的。

两位女孩对意餐和衣着同样有品位，她们对孙翰的手艺赞不绝口，说要在社交媒体上帮他点赞。顾客满意地离开，孙翰却一点也高兴不起来。

第五夜，孙翰精心准备了番茄芝士鸡肉。晚上七点，两位中年妇人孙菲菲和张琼如约而至。她们都是在温哥华的陪读母亲，孩子都面临升大学。她们一起约了升学顾问丽莎见面。这位升学顾问是华人社区的名人，孙翰也认识她。她来自中国台北，早年做过新移民的英文培训，后来开设课后补习班，近几年找了几位退休的西人教授，开始做大学升学规划，终于踩对了点，业务增长，收费也越来越高。

两位新移民母亲面色焦虑，不断感慨在这里万事靠自己，在国内的丈夫对孩子投入太少。整个晚上，她们的谈话始终围绕孩子。孙菲菲说起读高中的儿子抗拒沟通，两人话越来越少，张琼为女儿如何才能被常春藤大学录取而忧心忡忡。丽莎不时打断她们点拨几句，如精准点穴，让疑虑的火焰更加猛烈。丽莎对她俩这种客户很了解，他们精明善算，疑心很重，家境富裕但内心焦虑。

孙翰为她们提供甜味美斯混金百利作餐后酒，虽然有美食美酒，晚上却只有愁容叹息，没有欢笑。孙翰听到她们不停讲到"卷"，他知道意思，但缺乏切身体会。孙翰搬来时，这里没有"卷"这种概念，他儿子和女儿都在本拿比的普通公校上学，毕业后在本地就业，那时没有补习班，也没听过升学顾问和竞争私校这些事。

第六个晚上，巴吉奥餐馆迎来了两位中年男子赵雪涛和王辉。

王辉是"空中飞人"，每年在中国和加拿大两边跑，自己继续留在中国经营家具企业，赵雪涛过去在国内经营医疗器械，现在入籍定居本地。二十世纪八十年代初两人曾在沈阳同一家单位上班，没想到在温哥华重逢，他俩都已年过半百。

王辉说他考虑过搬到本地常住，来这里陪家人，但又难以割舍国内生意。赵雪涛劝他早做决定，不要瞻前顾后。王辉担心自己英文水平低和没有本地朋友圈，赵雪涛劝王辉说，既然搬到这里，就该努力融入主流，像老外那样去教会，有信仰就不会迷惘，以往的过失会被洗涤，而且还能认识朋友，甚至孩子到青春期也不容易逆反，赵雪涛以自己为例，列举了种种好处。

孙翰为两位中年男子准备了意大利烤猪肉卷，配基安蒂葡萄酒。两人多年未见面，难得重聚，不知不觉多喝了几杯，赵雪涛变得有些口齿不清，他兴致很高，继续帮老朋友梳理人生方向，王辉叼着牙签若有所思。吃完饭两人忘了晚餐是孙翰免费提供的，推搡着坚持要付餐费。孙翰为他俩叫了辆出租车，叮嘱他们隔日到餐厅取他们自己的车。

第七天是星期天，是巴吉奥餐厅最后一晚供茶。禅师唐尼和他的狸花猫泰戈尔如约而至。他们俩可是孙翰特别邀请的客人。他准备了招牌白酱蘑菇意面和金枪鱼胡萝卜。

和前几天到访的一些客人一样，唐尼也是移民，他原本是位剧作家，因为厌倦了纽约，搬到加拿大哈利法克斯并在那里出家，十年前辗转来到温哥华。

"师父，你该把阿福也带来。"孙翰不无遗憾地说。

"我也想来着，不过巴士不同意猪上车。"唐尼说。

"我给阿福也准备了吃的，已经打包了，您带给它。"孙翰贴心地说。

唐尼是个货真价实的美食家。餐后甜点孙翰为他准备了西西里特色奶油酥卷和意式浓缩咖啡，还给高冷的泰戈尔准备了莫苏里拉软奶酪。看到他俩都吃得很开心，孙翰很满意。

"最近有写什么吗？"唐尼放下咖啡问。

"一直想写，但写不出来。"孙翰如实回答。泰戈尔吃完甜点叫了一声。

"泰戈尔说什么？"孙翰问。

"它说你的新诗正在路上，"唐尼笑道，"昨天我刚写了一首，叫《玩具兵和乌鸦》。"

"念给我听听。"孙翰说。

　　泰戈尔跳到唐尼膝上，唐尼掏出一张纸展平，清了清喉咙，开始念。

　　阳光明媚的下午，玩具兵躺在雪松树下。
　　孩子们游戏后将他忘在了后院。
　　玩具兵不感到孤独，其实他很高兴不被打扰，
　　他对游戏已经有点厌倦。
　　希望孩子们永远别找到他，这样他就可以在阳光里休息。

　　乌鸦落在树枝上。
　　这是她的领地，这棵树是这里最后一棵雪松。
　　乌鸦凝视着太阳，深蓝羽毛在日光下发亮，像女王的华丽长袍。

　　下方树枝上，浣熊正偷偷爬上树，寻找晚餐。
　　一颗松果被它蹭落，向玩具兵坠落。
　　士兵迅速翻滚，避开松果的攻击。

　　乌鸦觉察到脚下有动静。
　　发现了蠢蠢欲动的浣熊。
　　她高唱战歌，狂怒从天而降，
　　一道阴影闪过浣熊的头顶。
　　如同霹雳，信息响亮而清晰。
　　浣熊消失了。

乌鸦在树枝上踱步，舒缓着愤怒。

她俯视下方，看到院子里的士兵。

乌鸦落在玩具兵身旁。

她说："谢谢你提醒我。"

"没什么，我只是想躲开松果。"玩具兵回答。

"让我来回报你，你想回房子里，还是去别的地方？"乌鸦说。

玩具兵想了想，说："我想去树巅。"

"好吧，我带你去。"她的声音很轻柔。

乌鸦衔着玩具兵，把他带到雪松树冠的巢中。

巢里有五枚蛋。他明白了她为何战斗。

玩具兵从鸟巢向外看。

一切看起来都如此不同！

白日已逝，新月来临。

玩具兵躺在舒适的巢里。

"你听到了什么？看到了什么？"乌鸦问。

"我听到了狗叫，我看到了星星。"玩具兵回答。

"是了。"乌鸦打着哈欠，说了声"晚安"。

那天晚上，玩具兵做了一个奇怪的梦，

他梦到自己是一只正在蛋里休息的小鸟。

供茶完成了，孙翰感到格外轻松。晚上他辗转反侧，一直回想着这几天来到餐厅的那些面孔和谈话。经营餐厅这些年，孙翰第一次这样认真观察客人。虽然那些客人年龄、身份、背景各异，但每个人似乎都有某种悲伤感。午夜已过，孙翰毫无睡意，他走到餐桌旁坐下，在笔记本上不停地写着。

风卷起纱帘，唐娜在孙翰身旁坐下，她看着笔记本好奇地问："新写的诗？"

"刚写完，叫作《供茶》，念给你听好吗？"孙翰问。

后　记

　　这部短篇小说集的书名源于《庄子·逍遥游》，书里的故事《北冥有鱼》创作于海滨小镇托菲诺，正是那里出没的鲸群、原住民的神鸟传说和海岸森林启发了故事创作。我相信来自东方传统的智慧，能给每一位身处异域、在文化夹缝中穿行的灵魂带来指引，并希望以此向中国传统致敬。

　　和我创作的其他作品相似，这部故事集里的很多角色都是当代在境外生活的华人。他们或远走他乡求学、工作，或被命运带到了异国他乡重新扎根。他们的故事常常游离在主流文学视野之外，既不属于国内文学的叙述焦点，也尚未在西方语境中被重视和表达。这种"在场而不可见"的现实让这个人数众多的社群成为失声群体，无论是文学，还是其他文化传播的内容形式，如影视、音乐、戏剧等，都很难找到他们的故事，在主流文化里，华人故事似乎仍然停滞在唐人街的故事。这是一个颇为尴尬的情况：当代华人及他们所代表的文化传统和族群现实理应占有一席之地。这种缺失让我产生了讲述当代海外华人故事的愿望。这些故事不是宏大叙事，不是历史回望，也不是刻板印象里的异乡漂泊，它们更细碎、更私人，更接近真实。对我来说，《北冥有鱼》的创作并非源自一场文学理想的觉醒，而更像是一次自然的延伸——延伸自我讲故事的本能，以及在跨文化生活经验中积累下的观察与共情能力。

我的职业生涯早期集中于品牌传播和市场营销。营销和传播的本质，是寻找与人心连接的语言，讲故事是最有效的传播手段。以讲故事作为沟通的习惯潜移默化地影响了我的写作；影视剧本创作则是对我写作产生影响的另一个主要因素：相对于文字，影像更讲求节奏、结构和画面语言；电影剧本强调结构、故事曲线和张力。剧本创作与小说写作虽差异很大，却在角色塑造、情节推进和情感捕捉上有诸多共通之处。事实上，这本小说集中的若干故事，最初灵感亦来自影视项目构思。

在写作过程中，我尝试使用魔幻现实主义的表达方式。对我来说，魔幻并不是逃避现实的方式，而是一种探索现实的工具。当代华人在境外所面对的现实往往是多层次的：语言的错位、身份的模糊、文化的断裂、家庭的羁绊，甚至自我认同的质疑——而这些层层交叠的体验，很难用单一的叙述方式承载。故事和人物的那种独特不确定感：梦幻与现实交错、历史与现实缠绕、理性与潜意识共处，正如角色身在异国他乡时那种似真非真的精神体验，可以贴切地通过魔幻现实主义色彩表达。魔幻既非奇观，也不是逃避现实的幻想，而是另一种接近真实的方式。我们可以在现实与潜意识之间穿梭，让那些看似魔幻或荒诞的片段成为真实情感的隐喻。比如，梦中的沉默角色，象征着失效的沟通；看见不存在的人，代表了逻辑和语言的局限。这些元素使故事更像情绪投射，而非简单的情节记录。

在创作过程中，我也希望在故事中结合心理学与传统文化智慧元素。这两个领域，一个关注当下的内在机制，一个承载千年的文化积淀，两者交点恰好反映了当代华人的现状。正如故事中人物的内心挣扎和寻找答案，反映了他们寻找自我身份的努力。实际上，源自西方哲学体系的心理学一直对古老的东方哲学传统有兴趣，比如，分析心理学创始人卡尔·荣格对梦境的浓厚兴趣，针对焦虑和恐惧症的森田疗法创始人森田正马对禅宗的深刻理解。焦虑、抑郁等心理问题困扰着包括海外华人在内的众多当代人，故事不仅讲述个体的情绪与困境，也反映了华人运用自身文化传统的自救尝试。

我写的这些故事，也是在尝试理解自己。写作对我来说并非答案，而是一种寻找，试图在言语、念头之间找到真实自我。从这个层面来说，我既是讲故事者，也是倾听者。这些故事是不同背景、年龄、身份的海外华人生活的切面，故事里，既有虚构的情节，也有取材于现实的碎片。它们混合在一起，构成了一个似真似幻的族群精神图景。我相信，一个民族最本质的记忆，往往藏在它所讲述的故事里。而这些看似个人的、边缘的叙述，其实正构成了我们共同的文化肌理。

这些故事，若其中有一个场景、一句对话令您停顿片刻，想起某种熟悉的情绪；或者一个情节，把您带回一段久远的回忆，或某种早已遗忘的感受，那我们便已在故事里相遇。感谢您花时间读这本书。

高　萨

2025 年于温哥华